못해 그리고 안 할 거야

CAN'T AND WON'T

Copyright ⓒ 2014 by Lydia Davis
Korean translation rights arranged with Denise Shannon Literary Agency, Inc.
through Danny Hong Agency, Seoul, Korea.

이 책의 한국어판 저작권은 대니홍 에이전시를 통한 저작권사와의
독점 계약으로 에트르에 있습니다. 신저작권법에 의해
한국 내에서 보호를 받는 저작물이므로 무단 전재와 복제를 금합니다.

못해 그리고 안 할 거야
Can't and Won't

리디아 데이비스 이야기집
Lydia Davis Stories

이주혜 옮김

에트르

대니얼과 시오
로라와 스테파니에게

1부　어떻게든 읽으려고 노력 중이다　　　　차례

- 15　도둑맞은 살라미 이야기
- 16　개털
- 17　돌고 도는 이야기
- 18　표지판에 대한 아이디어
- 21　블루밍턴
- 22　요리사의 교훈
- 23　은행에서
- 24　한밤중에 깨어나
- 25　은행에서 2
- 26　두 데이비스와 러그
- 33　우연성 (대 필연성)
- 34　단모음 a와 장모음 a 그리고 약모음 ə의 짧은 사건
- 35　우연성 (대 필연성) 2: 휴가에 대하여
- 36　한 친구가 들려준 이야기
- 38　나쁜 소설
- 39　당신이 떠난 후
- 42　경호원
- 43　아이
- 44　교회 경내
- 45　내 언니와 영국 여왕
- 47　치과 가는 길
- 49　냉동 완두콩 제조사에 보내는 편지
- 51　옥수수죽

2부   그저 평범한 난기류

55   두 명의 장의사
56   메리에게 우울증 환자 친구와 그의 휴가에 관해 묻다
57   기차의 마법
58   혼자 생선 먹기
66   못해 그리고 안 할 거야
67   푸셰의 아내
68   만찬
69   개
70   할머니
71   무시무시한 가정부들
84   뒤집을 수 있는 이야기
85   여자, 서른
86   내가 좋아하는 것을 아는 방법 (여섯 가지 버전)
88   헨델
90   잠재의식의 힘
93   그녀의 지리학: 앨라배마
94   장례식
95   남편감을 찾는 사람들
96   갤러리에서
97   낮은 태양
98   착륙
105 전화 회사의 언어
106 마부와 벌레
108 마케팅 담당자에게 보내는 편지

3부 감정의 진실에 더 가까이 다가가

- 113 최후의 모히칸
- 114 2등급 숙제
- 115 달인
- 116 거북한 상황
- 118 집안일 관찰
- 119 처형
- 120 신문 배달 소년의 쪽지
- 121 기차역에서
- 122 달
- 123 내 발걸음
- 124 《타임스 리터러리 서플먼트》 과월호를 최대한 빨리 읽는 방법
- 130 어머니와 긴 통화 중 쓴 메모
- 131 남자들
- 132 부정적인 감정
- 134 나는 아주 편안하지만 조금 더 편해질 수도 있을 것이다
- 141 판단
- 142 의자들
- 143 내 친구의 창작품
- 144 피아노
- 145 파티
- 147 암소들
- 168 전시회
- 171 페퍼민트 사탕 회사에 보내는 편지
- 175 그녀의 지리학: 일리노이

4부   모든 것이 변했다는 느낌과
      어떤 것도 변하지 않았다는 느낌

179 외된 폰 호르바트의 산책
180 기차에서
181 진공청소기 문제
182 물개들
220 중세 역사 배우기
221 나의 학교 친구
222 피아노 교습
223 커다란 건물의 초등학생들
225 문장과 청년
226 몰리, 암고양이: 내력/발견점
229 재단에 보내는 편지
273 통계학의 한 가지 결과
274 교정 사항: 1
276 짧은 대화 (공항 출발 라운지에서)
277 교정 사항: 2
278 수하물 보관
281 이륙을 기다리며
282 산업
283 로스앤젤레스 상공
284 한 문단 속 두 등장인물
285 이집트에서 수영하기
286 집 안 사물들의 언어
293 세탁부들
294 호텔 매니저에게 보내는 편지
302 그녀의 생일

5부　인생이 너무 심각해서 글을 계속 쓸 수 없다

- 305　내 어린 시절 친구
- 306　그들의 가엾은 개
- 308　안녕, 자기
- 309　흥미 없음
- 313　늙은 여자, 늙은 물고기
- 314　약사 집에서
- 316　노래
- 317　두 명의 전직 학생
- 318　작은 초콜릿 상자에 대한 소소한 이야기
- 324　비행기 옆자리 여자
- 325　글쓰기
- 326　극장에서 쓰는 "고마워요"의 잘못된 사례
- 327　수탉
- 330　내 어린 친구와 나란히 앉아
- 331　늙은 군인
- 334　두 명의 슬라이고 젊은이
- 335　붉은 옷을 입은 여자
- 336　만약 결혼식에서 (동물원에서)
- 339　금광지의 금광꾼
- 342　낡은 진공청소기가 계속 눈앞에서 죽자
- 343　플로베르와 관점
- 345　가족 쇼핑
- 346　지역 신문 부고란
- 357　미국 인명 정보연구소 회장에게 보내는 편지
- 360　낸시 브라운이 마을에 온다
- 361　박사학위

- 363　옮긴이의 말 / 이주혜
- 370　추천의 말 / 이제니

일러두기
- 원서에서 강조하기 위해 이탤릭체로 표기한 부분은 고딕체로 표기했습니다.
- 본문의 주석은 내용의 이해를 돕기 위해 모두 옮긴이가 달았습니다.

어떻게든 읽으려고
노력 중이다

1부

도둑맞은 살라미 이야기

내 아들이 사는 브루클린의 이탈리아인 집주인은 뒤채 헛간에서 살라미를 건조 훈제했다. 어느 밤 소소한 기물 파손과 도난 사건이 일어났는데, 누군가 그 헛간에 침입해 살라미를 훔쳐 갔다. 다음 날 아들이 집주인에게 그 일에 관해 말하며 사라진 소시지에 대해 안타까워했다. 집주인은 달관한 듯 체념한 상태였지만, 아들의 말을 고쳐주었다. "그건 소시지가 아니었어. 살라미였지." 얼마 후 그 일은 도시의 저명한 잡지 한 곳에 우스꽝스러우면서도 파란만장한 사건으로 기사화되었다. 기자는 기사 본문에서 도난당한 물품을 '소시지'라고 했다. 아들이 집주인에게 기사를 보여주었는데 그는 기사가 난 걸 모르고 있었다. 집주인은 그 사건을 보도하기로 한 잡지사의 결정을 흥미롭게 여기고 흡족해했지만, 이렇게 덧붙였다. "그건 소시지가 아니었어. 살라미였지."

개털

개가 떠났다. 우리는 그 개가 그립다. 이제 초인종이 울려도 아무도 짖지 않는다. 우리가 늦게 귀가해도 아무도 기다리지 않는다. 여전히 집 안 곳곳에서 녀석의 흰 털이 발견된다. 우리는 그 털을 줍는다. 버려야 한다. 하지만 그 털은 우리에게 남은 녀석의 전부다. 우리는 털을 버리지 않는다. 우리에겐 엉뚱한 소원이 있다. 개털을 충분히 모으기만 하면 녀석을 다시 되돌릴 수 있을 거라는.

돌고 도는 이야기

수요일 이른 아침마다 도로에 한바탕 소음이 발생한다. 그 소리에 잠에서 깨어나면 도대체 무슨 소린지 궁금해진다. 언제나 쓰레기를 가지러 오는 쓰레기 수거용 트럭 소리다. 트럭은 매주 수요일 이른 아침에 온다. 그 소리가 늘 나를 깨우고 그때마다 도대체 무슨 소린지 궁금해진다.

표지판에 대한 아이디어

기차 여행을 떠날 때 사람들은 좋은 자리를 찾기 마련인데, 어떤 사람들은 벌써 자리를 잡고 앉은 주변 사람들을 유심히 살피며 그들이 좋은 이웃이 될지 가늠해본다.

이때 다른 승객을 어떤 식으로 방해하고 혹은 방해하지 않을 것인지 알려주는 작은 표지판을 걸고 다닌다면 도움이 될 것이다. 예를 들면, 휴대전화 통화를 하지 않음. 냄새 나는 음식을 먹지 않음.

내 표지판에는 다음과 같은 말들이 포함될 것이다. 휴대전화로 절대 통화하지 않음. 단, 귀갓길 초입에 남편에게 아주 잠깐 연락해 그 도시 방문이 어땠는지 요약해줄 수는 있음. 보다 드물게는 가는 길에 친구에게 늦을 거라고 미리 짧게 보고할 수 있음. 여행길 대부분 동안 좌석 등받이를 끝까지 젖히고 갈 것임. 단, 점심이나 간식을 먹을 때, 그리고 도중에 가끔 등받이를 앞뒤로 살짝 조정할 때는 제외. 조만간 뭔가를 먹을 예정임. 보통은 샌드위치, 때로는 샐러드나 용기에 든 쌀 푸딩 하나를 먹을 것임. 사실은 두 개. 크기가 작기는 하지만. 샌드위치에는 거의 언제나 스위스 치즈, 달랑 한 장에 실로 아주 작은 치즈와 상추, 토마토가 들었는데, 적어도 내 생각엔 냄새가 심하게 나지는 않을 것임. 나는 샐러드를 깔끔하게 먹는 사람인데, 플라스틱 포크로 샐러드를 먹으려면 어렵고 어색한 법이고, 쌀 푸딩은 조금씩 베어 먹으니 깔끔하게 먹을 수 있지만 밀봉한 마개를 뜯다 보면 순간적으로 뜯어지는 소리가 요란할 수도 있음. 계속해서 물병 뚜껑을 열어가며 물을 마실 예정이고, 특히 샌드위치를 먹는 동안과 식후 한 시간 후에 마실 것임. 다른 승객보다 더 불안한 모습을 보일 수 있고, 여행 도중 작은 손 소독제 병을 꺼내 손을 닦을 수 있으며, 때로는 소독 후 핸드크림을 바를 수도 있는데, 그러려면 가방에 손을 넣고 작은 세면도구 파우치를 꺼내 지퍼를 열고 일을 마치면 다시 지퍼를 닫아 가방에 돌려놓을 수 있음. 그러나 몇 분 동안은 완벽하게 조용히 앉아 창밖을 응시할 것임. 여행 대부분 동안 책을 읽을 때 말고는 아무것도 하지 않을 예정임. 다만, 한 번은 통로를 지나 화장실에 갔다가 다시 자리로 돌아올 수 있음. 하지만 어떤 날은 몇 분에 한 번씩 책을 내려놓고 가방에서 작은 노트를 꺼내 고무밴드를 풀고 메모하거나, 혹은 문학잡지 과월호를 읽다가 보관용으로 몇 페이지를 찢을 수도 있지만, 그건 기차가 어느 역에 정차했을 때만 하도록 노력할 것임. 마지막으로 그 도시에서 하루를 보낸 후라 여행길 일부 구간 동안에는 구두끈을 풀고 구두를 벗을 수도 있는데, 그건 구두가 아주 불편할 때만 특별히 그럴 예정임. 맨발은 바닥이 아닌 내가 벗어놓은 구두에 올려놓을 것이고, 아주 드물게는 구두를 벗은 후 슬리퍼를 신을 것임. 그건 슬리퍼가 있을 경우이고 목적지에 거의 다다를 때까지 슬리퍼를 신고 있을 것임. 하지만 내 발은 아주 깨끗하고 발톱에도 근사한 검붉은 페디큐어가 발라져 있음.

블루밍턴

여기 아주 잠깐 머물렀으므로 이곳에 와본 적이 없다고 자신 있게 말할 수 있다.

요리사의 교훈

플로베르 이야기

오늘 대단한 교훈을 하나 배웠어. 우리 집 요리사가 내 스승이었지. 요리사는 스물다섯 살이고 프랑스 사람이야. 알고 보니 그 여자는 루이 필립이 더 이상 프랑스의 국왕이 아니고 이제 우리는 공화국이 되었다는 사실을 알지 못했어. 국왕이 왕좌에서 물러난 지 5년이나 됐는데 말이야. 하지만 그 사람은 루이 필립이 더 이상 국왕이 아니든 말든 눈곱만큼도 관심 없다고 했어. 그 사람 말을 그대로 옮긴 거야.

난 내가 꽤 영리한 사람이라고 생각해! 하지만 그 사람과 비교하면 한낱 얼간이일 뿐이지.

은행에서

은행에 동전 지갑을 들고 가 동전 세는 기계에 집어넣는다. 은행 직원이 내 동전이 전부 얼마나 될 것 같으냐고 묻는다. 난 3달러라고 추측한다. 틀렸다. 동전은 4달러 24센트다. 하지만 정확한 합계에서 1달러 99센트 안쪽으로 맞히면 상품을 받을 수 있다. 근처에 있던 사람들이 일제히 나를 따뜻하게 축하해준다. 나는 수많은 상품 가운데 하나를 선택해야 한다. 내가 첫 번째 상품과 두 번째 상품을 거절하고 다음 상품도 거절할 기미를 보이자 초조해진 직원이 귀중품 보관실 잠금장치를 열고 상품을 전부 보여준다. 그중에는 커다란 플라스틱 돼지 저금통과 색칠 공부책과 크레용, 그리고 작은 고무공이 있다. 직원을 실망시키고 싶지 않아 나는 마침내 그중 최고로 보이는 것을 고른다. 휴대용 가방이 딸린 근사한 원반 장난감이다.

꿈

한밤중에 깨어나

이렇게 낯선 도시, 이 호텔 방에서는 잠들 수 없다. 아주 늦은 시간, 새벽 2시고, 이윽고 3시, 이윽고 4시다. 나는 어둠 속에 누워 있다. 왜 이러는 거지? 아, 어쩌면 그가, 늘 내 옆에서 자는 그 사람이 그리운 것인지도 모른다. 이 때 근처 어딘가에서 문 닫히는 소리가 들린다. 또 다른 손님이 아주 늦게 들어온 모양이다. 이제 해결책을 알겠다. 그 사람 방으로 가서 그 옆에 누우면 잠들 수 있겠다.

꿈

은행에서 2

다시, 나는 동전이 가득한 봉지를 들고 은행에 간다. 다시, 내 동전이 모두 3달러라고 추측한다. 기계가 동전을 센다. 전부 4달러 92센트다. 다시, 은행 직원이 내가 총합에 가깝게 맞혔기 때문에 상품을 받을 수 있다고 말한다. 나는 이번에도 상품을 전부 볼 수 있기를 기대하지만 상품은 단 하나, 줄자뿐이다. 나는 실망했지만 상품을 받는다. 적어도 이번에는 은행 직원이 여성이라는 걸 알 수 있다. 전에는 여성인지 남성인지 확실히 알 수 없었다. 하지만 이번에도 직원은 여전히 대머리고, 더 우아하게 움직이고 더 다정하게 미소 지으며, 목소리가 더 높고, 가슴에 재닛이라고 쓴 배지를 달고 있다.

꿈

두 데이비스와 러그

두 사람 다 이름이 데이비스였지만 서로 결혼한 부부는 아니고 혈연으로 맺어진 친척도 아니었다. 하지만 둘은 이웃이었다. 둘 다 우유부단했고, 자기 직업과 관계가 있거나 중요한 어떤 일에 대해서는 매우 단호할 수 있었지만 소소한 일에 관해서는 아주 우유부단해 하루 단위로 마음을 바꾸고 다시 바꾸기를 반복했고, 어느 날은 어떤 일 편을 들기로 완전히 마음먹었다가 다음 날 같은 일에 반대하기로 완전히 마음먹기도 했다.

그녀가 자기 러그를 판매용으로 내놓겠다고 결정할 때까지는 둘 다 이런 사실을 알지 못했다.

다이아몬드와 검은 줄무늬로 과감하게 디자인된 빨간색과 흰색, 검은색의 화사한 양모 러그였다. 그녀는 이 러그를 예전에 살던 동네 근처 어느 아메리카 원주민 상점에서 샀지만, 이제 아메리카 원주민의 작품이 아니라는 것을 알게 되었다. 지금은 함께 살지 않는 아들의 방에 깔아두었는데 어느새 질려버렸고, 약간 때가 타고 귀퉁이가 말려 올라간 김에 좋은 일에 쓰려고 모금을 하는 어느 단체의 벼룩시장에 내다 팔기로 했다. 하지만 판매장에서 러그가 뜻밖의 칭찬을 받고 처음 정한 10달러라는 가격이 50달러까지 올라가자 그녀는 마음이 바뀌면서 아무도 러그를 사지 않기를 바라게 되었다. 하루가 저무는 동안 주변 사람들이 물건 가격을 내리기 시작했지만 그녀는 러그 값을 내리지 않았고, 사람들도 러그를 계속 칭찬할 뿐 아무도 사지는 않았다.

다른 데이비스는 그날 일찍 판매장에 왔다가 단박에 그 러그에 반했다. 하지만 무늬가 너무 과감하고 색깔도 노골적인 빨간색과 흰색, 검은색이라서 러그가 자기 집에 어울리지 않을 거 같아 구입을 망설였다. 그의 집은 깔끔하고 현대적인 분위기였다. 그는 그녀에게 큰 소리로 러그를 칭찬했지만 자기 집에 어울릴지 확신이 서지 않는다고 말했고, 결국 러그를 사지 않고 판매장을 떠났다. 하지만 그날 아무도 러그를 사지 않고 그녀도 가격을 내리지 않는 동안 그는 러그를 계속 생각했고, 그날 늦게 러그를 다시 보려고, 만약 러그가 아직 남아 있으면 살지 말지 결정하기로 하고 판매장으로 돌아갔다. 하지만 행사는 끝났고, 모든 물품이 팔렸거나, 기부용으로 내놓았거나, 아니면 다시 집으로 가져가기 위해 포장된 상태라, 벼룩시장이 열렸던 교구 회관 옆 드넓은 잔디밭은 다시금 깔끔하고 매끄러운 상태로 늦은 오후의 그늘에 잠겨 있었다.

다른 데이비스는 놀라고도 실망했고, 하루나 이틀 후 우체국에서 그 데이비스를 마주쳤을 때 러그에 대한 자기 마음이 바뀌었는데 혹시 러그가 팔렸냐고 물었다. 그녀가 그렇지 않다고 대답하자 그는 자기 집에 어울리는지 보게 러그를 집에 가져가도 되겠냐고 물었다.

그 데이비스는 곧바로 당황했는데, 그 사이 결국 러그를 계속 가지고 있기로 하고 러그를 깨끗이 세탁해 집 안 여기저기 깔아봐야겠다고 결심했기 때문이다. 그런데 다른 데이비스가 러그에 이토록 관심을 보이니 그녀는 더 이상 그래도 되는지 확신이 서지 않았다. 사실 얼마 전까지만 해도 자진해서 러그를 팔기로 했고 가격도 겨우 10달러로 잡지 않았던가. 그녀는 다른 데이비스에게 러그를 포기할지 말지 결정하게 며칠만 기다려줄 수 있냐고 물었다. 다른 데이비스는 이해했고, 괜찮다고 했으며, 그녀가 러그를 계속 가지고 있지 않겠다고 결정하면 자기에게 알려달라고 했다.

그녀는 한동안 러그를 원래 자리였던 아들 방에 두었다. 가끔 그 방에 들어가 러그를 보았다. 러그는 여전히 약간 때가 탔고 귀퉁이가 말려 올라갔다. 여전히 어떻게 보면 매력적이고 어떻게 보면 매력이 없었다. 순간 그녀는 러그를 매일 볼 수 있는 곳에 내놓아야 러그를 계속 가지고 있을지 말지 결정할 수 있겠다는 생각이 들었다. 다른 데이비스가 기다리고 있지 않은가.

러그를 1층과 2층 사이 계단참에 놓자 그곳 벽에 걸린 그림과 썩 잘 어울렸다. 하지만 그녀의 남편은 러그가 너무 화사하다고 생각했다. 그러던 어느 날 그녀는 꽤 단호하게 러그가 아무리 매력적이라도 다른 데이비스가 러그를 가지거나 적어도 그의 집에 한번 가져가 봐야 한다고 결정했다. 그는 러그를 좋아하고 어쩌면 러그가 그의 집에 아주 잘 어울릴지도 모르니까. 하지만 다음 날 그녀가 결심을 실행에 옮기기 전 한 친구가 집에 와서 러그를 특별히 칭찬했다. 친구는 러그가 새것인 줄 알았고 아주 예쁘다고 했다. 그 데이비스는 결국 자기가 러그를 가져야 하는 게 아닐까 생각했다.

하지만 시간이 흐를수록 그 데이비스는 다른 데이비스가 너무 걱정되었다. 그는 분명히 러그를 집에 가져가 보고 싶어 했는데, 그녀는 자진해서 러그를 팔기로 했으면서, 그것도 겨우 10달러에 팔려고 해놓고서 이기적으로 계속 러그를 가지고 있었다. 그녀는 그가 아마도 자신보다 러그를 더 원하거나 혹은 더 좋아한다고 생각했다. 그러면서도 애초에 돈을 주고 샀을 만큼 좋아했고, 다른 사람들도 좋아했지만, 깨끗이 세탁한다면 훨씬 더 좋아하게 될지도 모르는 물건을 포기하고 싶지 않았다.

이제 러그는 그녀의 마음을 자주 건드렸고, 거의 매일

러그에 대해 마음을 먹었다가 거의 하루 단위로 마음을 바꾸었다. 그러기 위해 계속 다른 논리를 사용했다. 러그는 질이 좋은 물건이었다. 어느 전문가가 그렇게 말했었다. 러그는 분명히 아메리카 원주민의 작품은 아니었지만, 그 아메리카 원주민 상점에서 보고 마음에 들었기 때문에 샀다. 그녀의 아들은 집에 잘 오지 않았지만 러그를 좋아했다. 러그를 약간 세탁한다면 그녀도 여전히 러그를 좋아할 것이다. 반면, 그녀는 전에도 러그를 세탁하지 않았고 아마 또 하지 않을 것이다. 집을 깨끗하고 깔끔하고 사려 깊게 정리해놓은 걸 보면 다른 데이비스는 러그를 세탁할 것이고 잘 관리할 것이다. 그녀는 러그를 팔 준비가 되어 있었고, 다른 데이비스는 러그를 살 준비가 되어 있었다. 어쩌면 다른 데이비스는 러그에 50달러를 선뜻 쓸 것이고, 그러면 그녀도 좋은 일에 돈을 쓸 수 있을 것이다. 순간 그녀가 러그를 계속 가지고 있으려면 좋은 일에 쓸 50달러를 내야 한다는 생각이 들었다. 자진해서 러그를 팔려고 했지만 아무도 러그를 사지 않았으므로. 좋은 일에 쓰려고 벼룩시장에 내놓은 물건은 더 이상 그녀의 것으로 볼 수 없었기 때문에 이미 자신의 것인 물건을 계속 가지고 있으려면 50달러를 내야 할 것이다.

어느 날 친구의 아들이 신선한 채소가 가득 담긴 커다란 종이 상자를 하나 주었다. 어느덧 한여름이었고 그의 정원에는 팔아치워도 채소가 너무 많았다. 그녀와 남편이 먹기에도 상자 속 채소가 너무 많아서 정원이 없는 이웃들과 채소를 나눠 먹어야겠다고 생각했다. 그녀는 최근 눈먼 개와 함께 이 동네로 이사 온 모퉁이 집의 전문 무용수에게 채소를 조금 나눠주었다. 무용수의 집을 나와서는 그 집 건너편에 있는 다른 데이비스와 그의 아내에게 남은 채소를 가져갔다.

진입로에 서서 러그를 포함해 이런저런 이야기를 나누던 중 그녀는 그동안 마음을 먹느라 힘든 시간을 보냈고, 그건 단지 러그에 관한 일만은 아니었다고 말했다. 그러자 다른 데이비스도 마음을 먹느라 힘들었다고 말했다. 그의 아내가 남편이 어떤 일을 좋아한다고 마음먹었다가 금세 마음을 바꾸고 단호하게 그 일을 싫어하는 모습을 보면 정말 놀라울 뿐이라고 말했다. 그녀는 남편이 어떤 일에 관해 마음을 먹으려고 노력 중인지 자신에게 말하는 게 오히려 도움이 된다고 했다. 그러면 그녀는 보통 이런 식으로 연달아 대답한다고 했다. "응, 당신 말이 맞는 거 같아." "당신 하고 싶은 대로 해." "나는 상관없어." 그녀는 두 데이비스 모두 너무 우유부단하기 때문에 이 경우 러그 자체에 운명이 있을 거라고 말했다. 그러니 러그에게 이름을 붙여주어야 한다고도 했다. 두 데이비스 모두 그 생각이 마음에 들었지만 당장 어떤 이름도 떠오르지 않았다.

그 데이비스는 대신 판결을 내려줄 솔로몬이 있으면 좋겠다고 생각하며 그 집을 나섰다. 사실 이 문제는 그녀가 러그를 계속 가지고 있기를 원하느냐 아니냐의 문제가 아니라, 둘 중 누가 진정으로 러그를 가치 있게 여기느냐의 문제일지도 몰랐다. 다른 데이비스가 러그를 더 가치 있게 여긴다면 그가 가져야 하고, 자신이 더 가치 있게 여긴다면 자신이 가져야 한다고 생각했다. 아니면 이 문제를 조금 다르게 생각해야 할지도 몰랐다. 어떻게 보면 그건 이미 '그녀의' 러그였기 때문에 러그를 가져도 될 만큼 전보다 러그를 더 가치 있게 여기느냐는 그녀가 결정해야 할 것이다. 하지만 다시 아니라는 생각이 들었다. 만약 다른 데이비스가 그녀보다 러그를 정말로 더 사랑한다면 그가 가져야 옳았다. 아마도 그녀가 먼저 다른 데이비스에게 러그를 가져다가 한동안 그의 집에 놔두고 정말로 러그를 아주 많이 사랑하는지, 그저 조금 좋아하는 정도인지, 아니면 사실은 전혀 원하지 않는지 살펴보라고 제안해야 할 것이다. 만약 그가 정말로 러그를 사랑한다면 그가 가져야 하고, 그가 원하지 않는다면 그녀가 가져야 할 것이며, 그가 그저 조금 좋아하는 정도라면 그녀가 가져야 할 것이다. 하지만 그녀는 이 역시 최선의 해결책인지 확신이 서지 않았다.

우연성 (대 필연성)

그는 우리 개일지도 모른다.
하지만 그는 우리 개가 아니다.
그래서 그는 우릴 보고 짖는다.

단모음 a와 장모음 a
그리고 약모음 ə의 짧은 사건*

잿빛 태비, 고양이가, 가만히, 커다란 검은 개미를 본다. 남자는, 골똘히, 서서 고양이와 개미를 응시한다. 개미가 길을 따라 전진한다. 개미가 당황해, 멈춘다. 개미가 재빨리 뒤로 간다, 곧장 고양이에게로. 고양이, 깜짝 놀라, 뒷걸음친다. 남자는, 서서, 응시하고, 웃는다. 개미가 얼른 길을 바꾼다. 고양이, 다시 가만히, 다시 본다.

> * a 발음의 여러 종류를—cat, man, tabby, change, again, gray 등—늘어놓고 문장을 구성했다. 번역하면 작가의 의도가 살지 않지만 내용이 귀엽다. 원문은 다음과 같다.
> Cat, gray tabby, calm, watches large black ant. Man, rapt, stands staring at cat and ant. Ant advances along path. Ant halts, baffled. Ant backtracks fast, straight at cat. Cat, alarmed, backs away. Man, standing, staring, laughs. Ant changes path again. Cat, calm again, watches again.

우연성 (대 필연성) 2: 휴가에 대하여

그는 내 남편일지도 모른다.
그러나 그는 내 남편이 아니다.
그는 그녀의 남편이다.
그러므로 그는 꽃무늬 해변 복장을 하고 옛 요새 앞에 선 (내가 아닌) 그녀의 사진을 찍는다.

한 친구가 들려준 이야기

며칠 전 친구가 자기 이웃의 슬픈 이야기를 들려주었다. 그 이웃은 온라인 데이트 서비스를 통해 모르는 사람과 통신을 시작했다. 상대방은 수백 마일 떨어진 노스캐롤라이나에 살았다. 두 남자는 메시지를 주고받다가 곧 사진을 주고받았고, 이윽고 긴 대화를 나누기 시작했는데, 처음에는 글로 나중에는 전화로 했다. 두 사람은 인터넷에서 알 수 있는 한도 내에서는 공통 관심사가 많았고, 감정적으로나 지적으로 잘 맞았으며, 서로가 편안하고 육체적으로도 끌린다는 것을 발견했다. 둘은 직업적인 관심사도 가까웠는데, 내 친구의 이웃은 회계사였고 그의 새 친구는 남부의 작은 대학에서 경제학과 조교수로 일했다. 몇 달이 지나도록 두 사람은 서로 잘 맞고 정말로 사랑한다 느꼈기에 내 친구의 이웃은 '이거다'라고 확신하게 되었다. 휴가가 생기자 그는 며칠 동안 남부로 날아가서 '인터넷 연인'을 만나기로 했다.

여행 당일 그는 친구에게 두세 차례 전화를 걸어 대화를 나누었다. 그런데 놀랍게도 그 후로는 전화를 받지 않앉다. 친구는 공항에 마중을 나오지도 않았다. 그 이웃은 몇 번 더 전화를 걸며 기다리다가 결국 공항을 나와 친구가 알려준 주소로 찾아갔다. 문을 두드리고 초인종을 눌렀지만 아무도 대답하지 않았다. 온갖 가능성이 떠올랐다.

이야기의 일부가 빠졌지만, 내 친구 말로는 그 이웃이 남부로 향하던 바로 그날 그의 인터넷 친구는 의사와 통화하던 중에 심장발작을 일으켜 사망했고, 이웃인지 경찰인지로부터 소식을 전해 들은 그 남자는 지역 영안실에 찾아가 인터넷 친구를 볼 수 있는 허락을 받았으며, 그곳에서 평생 동반자가 될 수 있으리라 확신했던 사람과 대면하고 처음으로 그의 죽은 모습을 볼 수 있었다.

나쁜 소설

여행길에 챙겨온 이 지루하고 어려운 소설, 어떻게든 읽으려고 노력 중이다. 몇 번이나 소설로 돌아갔고, 매번 진저리가 났으며, 매번 지난번보다 나을 게 없다는 걸 깨달았고, 이제는 오랜 친구 같은 것이 되었다. 내 오랜 친구 나쁜 소설.

당신이 떠난 후

플로베르 이야기

당신, 그날 우리가 헤어진 후 무슨 일이 있었는지 전부 들려달라고 했지.

음, 나는 몹시 슬펐어. 정말 아름다웠으니까. 열차 안으로 사라지는 당신 등을 보고 당신이 탄 기차가 지나가는 걸 보려고 다리 위로 올라갔어. 그게 내가 본 전부야. 당신이 그 기차에 타고 있었잖아! 가능한 한 오래 기차를 바라보며 그 소리에 귀를 기울였어. 반대편 루앙 쪽 하늘은 붉었고 넓은 자주색 띠가 드리워졌지. 당신이 파리에 도착하고 내가 루앙에 도착할 무렵이면 하늘은 완전히 어두워져 있을 거야. 나는 또 시가 한 대에 불을 붙였어. 잠시 서성였고. 이윽고 너무 피곤하고 멍해지는 바람에 길 건너 카페에 들어가 체리주를 한잔했어.

당신이 떠난 반대 방향으로 내가 탈 기차가 들어왔어. 열차 안에서 학창 시절 알고 지낸 어떤 남자를 만났지. 우리는 오래도록 거의 루앙에 도착할 때까지 이야기를 나누었어.

루앙에 도착해보니 예정대로 루이가 마중을 나와 있었

지만, 어머니는 우리를 집까지 데려다줄 마차는 보내지 않았어. 우리는 잠시 기다렸다가 달빛 아래 다리를 건너고 항구를 가로질렀어. 그곳에 전세 마차를 빌릴 수 있는 곳이 두 군데 있거든.

두 번째 마차 대여소는 옛 교회 건물에 있었어. 주변이 어둑했지. 문을 두드리자 여자가 취침용 모자를 둘러쓴 채로 문을 열어주었어. 어떤 모습이었을지 상상해봐. 한밤중에 여자 뒤로 옛날 교회의 안쪽이 보이고, 여자의 입은 하품으로 크게 벌어졌는데, 촛불이 타오르는 가운데 여자가 걸친 레이스 숄이 엉덩이 아래로 축 늘어져 있더라고. 물론 말에 마구를 채워야 했지. 엉덩이 끈이 끊어지는 바람에 사람들이 밧줄을 엮어 끈을 고치는 동안 우리는 기다렸어.

집으로 가는 길에 루이에게 열차 안에서 만난 옛 학교 친구 이야기를 들려주었어. 루이에게도 옛 학교 친구였으니까. 또 당신과 어떤 시간을 보냈는지도 루이에게 말했어. 마차 창밖으로 강물 위에 빛나는 달이 보였어. 그러자 늦은 밤 달빛을 받으며 집으로 향했던 또 다른 여정이 떠올랐지. 루이에게 그때 일을 들려주었어. 땅에는 눈이 깊이 쌓여 있었어. 나는 빨간색 양털모자를 쓰고 모피 망토를 두르고 썰매를 탔어. 아프리카에서 온 야만인들의 전시회를 보러 가는 길에 부츠를 잃어버렸어. 창이 전부 열려 있어서 파이프로 담배를 피웠어. 강물이 검었어. 나무들도 검었어. 눈밭 위로 달이 빛났어. 눈밭은 새틴처럼 매끄러워 보였고. 눈 덮인 집들이 웅크리고 잠든 곰 같았어. 나는 러시아 초원지대에 있다고 상상했어. 안개 너머로 순록이 힝힝거리는 소리가 들려올 것만 같았고, 썰매 뒤쪽에서 늑대 무리가 달려올 것만 같았어. 늑대 눈은 도로 양쪽에서 석탄처럼 이글거렸겠지.

마침내 집에 도착했을 때 새벽 1시였어. 자기 전에 책상을 정리하고 싶었어. 서재 창밖으로 달이 여전히 빛나고 있었어. 물 위에도, 운하로에도, 집 가까운 곳에도, 내 창문 옆 백합나무 위에도. 일을 마무리하고 루이는 제 방으로 갔고 나는 내 방으로 갔어.

경호원

그는 어딜 가든 나와 함께 다닌다. 그는 금발이다. 그는 젊고 강하다. 그의 팔다리는 둥글고 근육질이다. 그는 나의 경호원이다. 하지만 그는 절대 눈을 뜨지 않고, 자기 안락의자를 떠나지 않는다. 의자 깊숙이 몸을 묻고 보호자들에게 번갈아 보살핌을 받으며 여기저기 옮겨 다닌다.

꿈

아이

여자는 아이 위로 몸을 숙이고 있다. 여자는 아이 곁을 떠날 수 없다. 아이는 안치대 위에 가만히 누워 있다. 여자는 아이 사진을 한 장만 더, 어쩌면 마지막으로 찍고 싶다. 살아 있었다면 아이는 절대로 사진을 찍겠다고 가만히 앉아 있지 않았을 것이다. 여자는 혼잣말한다. "카메라를 가져와야겠어." 마치 아이에게 말하듯이. "움직이면 안 돼."

꿈

교회 경내

교회 경내로 들어가는 열쇠가 생겨서 문을 연다. 교회는 도시에 있고 울타리가 크다. 문이 열리자 사람들이 많이 들어와 풀밭에 앉아 햇볕을 즐긴다.

그동안 길모퉁이에서 여자들이 시어머니를 위해 모금을 하는데, 시어머니는 '라 벨라'라고 불린다.

나는 두 여자를 기분 상하게 했거나 실망하게 했지만, 편안하게 즐기는 사람들 사이에서 (살아 있는) 예수를 요람에 넣어 재우고 있다.

꿈

내 언니와 영국 여왕

50년 동안 줄기차게 잔소리, 잔소리, 잔소리, 한 소리 또 하고 또 하고. 언니가 뭘 하든 어머니나 아버지의 성에 차지 않았다. 언니는 영국으로 도망쳤고, 영국 남자와 결혼했고, 그 남자가 죽자 또 다른 영국 남자와 결혼했지만, 그 정도로는 성에 차지 않았다.

그래서 언니는 대영제국의 작위를 받았다. 부모님은 영국으로 날아가 무도회장 너머로 언니가 홀로 앞으로 나가 영국 여왕과 대화하는 모습을 지켜보았다. 부모님은 몹시 감동했다. 어머니는 내게 편지를 보내 그날 작위를 받는 사람 중 언니처럼 여왕과 오래 대화한 사람은 없었다고 전했다. 나는 놀라지 않았다. 언니는 언제 어디서나 말솜씨가 기가 막혔으니까. 하지만 나중에 어머니를 만나 언니가 어떤 옷을 입었느냐고 물었을 때 어머니는 잘 기억하지 못했다. 흰색 장갑을 끼고 무슨 텐트처럼 생긴 걸 입었더라고 어머니는 말했다. 영국 상원의원 네 명이 최초 연설에서 내 언니를 언급했는데, 언니가 장애인을 위해 많은 일을 했고, 어머니 말을 빌리자면, 장애인을 다른 사람과 똑같이 대했기 때문이었다. 언니는 운전사에게도 상원의원에게 하듯 말했고, 상원의원에게도 장애인에게 하듯 말했다. 다들 언니를 사랑했고, 언니 집이 약간 지저분하다는 사실을 신경 쓰는 사람은 아무도 없었다. 어머니는 언니 집이 여전히 지저분하고, 언니가 여전히 몸매를 드러내고 있고, 집에 너무 많은 사람을 초대하며, 하루 종일 버터를 상온에 내놓고, 길모퉁이에서 잡화점을 하는 인도인 친구에게 사적인 이야기를 너무 많이 하고, 도무지 말을 멈추질 않는다고 했지만, 어머니도 아버지도 이제 언니가 좋은 일을 많이 하고 칭찬을 많이 받고 있으니 잔소리를 할 수 있을까 싶고, 입을 다물어야 한다고 느꼈다.

나는 언니가 자랑스럽고 언니가 상을 받아서 행복한데, 어머니와 아버지가 한동안 잔소리를 하지 않고 언니를 가만히 놔둘 것 같아서 행복하기도 하다. 물론 그 시간은 그리 오래가지 않을 것이고, 그렇게 되기까지 영국 여왕씩이나 필요했던 게 유감이다.

치과 가는 길

플로베르 이야기

지난주 이를 뽑으러 치과에 갔어. 의사는 통증이 가라앉을 때까지 기다리는 게 좋겠다고 했지.

음, 통증은 가라앉지 않았어. 고통스럽고 열까지 났어. 그래서 어제 다시 이를 뽑으러 갔어. 치과 가는 길에 그렇게 오래전은 아닌 옛날에 사람들을 처형했던 옛 시장터를 지나갔어. 내가 고작 여섯 살이나 일곱 살이었던 어느 날, 학교에서 집으로 돌아가는 길에 처형 직후의 광장을 지났던 일이 생각나. 거기 단두대가 있었어. 포석 위에 신선한 피가 보였어. 사람들이 양동이를 옮기고 있었지.

지난밤 치과 가는 길에 광장에 들어섰다가 내게 어떤 일이 벌어질까 겁을 냈던 순간을 생각해보았어. 그리고 오래전 사형선고를 받은 사람들도 자신에게 어떤 일이 벌어질까 똑같이 겁을 내며 광장에 들어섰겠다는 생각도 했지. 물론 그 사람들 쪽이 훨씬 무서웠겠지만.

잠들었다가 단두대 꿈을 꾸었어. 신기하게도 아래층에서 자는 내 어린 조카도 단두대 꿈을 꾸었다지 뭐야. 아이에게 그 이야기를 전혀 하지 않았는데도 말이지. 나는 생각이 유동적인지, 같은 집에서, 한 사람에게서 다른 사람에게로, 아래로 흐르는지 궁금해.

냉동 완두콩 제조사에 보내는 편지

냉동 완두콩 제조사 귀하

 우리는 귀사의 냉동 완두콩 포장지에 그려진 완두콩 색깔이 그리 매력적이지 않다고 생각해 이렇게 편지를 씁니다. 콩꼬투리가 서너 개이고 그중 하나가 갈라져서 완두콩 알이 굴러 나오는 그림이 그려진 16온스 비닐 포장 말입니다. 포장지의 완두콩은 칙칙한 연두색으로 신선한 완두콩보다는 콩죽 색에 더 가깝고, 근사하게 밝고 진한 녹색인 귀사의 실제 콩 색깔과는 전혀 다릅니다. 게다가 그 완두콩은 포장지 안에 든 실제 콩보다 약 세 배는 더 크고, 그 칙칙한 색깔 때문에 별로 먹고 싶지 않게 생겼습니다. 과숙으로 질감이 퍼석퍼석할 것만 같고요. 게다가 귀사가 그린 완두콩 색깔은 쨍한 네온 녹색인 포장지 글자나 다른 장식과 심하게 어울리지 않습니다. 우리는 귀사의 완두콩 그림을 타사의 냉동 완두콩 포장지 그림과 비교해보았는데, 귀사의 것이 가장 매력이 없었습니다. 대부분의 식품 제조사는 포장지의 식품을 실제 안에 든 것보다 더 매력적으로 그리기 마련이고, 그래서 눈길을 끕니다. 그러나 귀사는 완전히 반대로 하고 있어요. 귀사의 완두콩 그림은 실제 완두콩보다 덜 매력적으로 그려졌습니다. 우리는 귀사의 완두콩을 즐겨 먹기 때문에 귀사의 사업이 어려움에 처하는 걸 원하지 않습니다. 제발 포장지 디자인을 다시 고려해주세요.

진심을 담아.

옥수수죽

오늘 아침, 뜨거운 옥수수죽 그릇에 투명 접시가 덮여 있었는데, 투명 접시 아랫면에 수증기가 응결된 물방울이 맺혀 있었다. 접시 역시 나름대로 조치를 취하고 있었다.

그저 평범한 난기류

2부

두 명의 장의사

프랑스에서 고속도로를 타고 북쪽으로 시신을 운구하던 장의사가 점심을 먹으려고 길가 식당에 들렀다. 거기서 다른 장의사를 만났는데, 잘 아는 동료로 그 또한 남쪽으로 시신을 운구하던 중 점심을 먹으러 들렀다. 두 사람은 같은 테이블에 앉아 함께 식사하기로 했다.

롤랑 바르트가 두 전문가의 만남을 목격했다. 남쪽으로 운구 중이던 시신이 돌아가신 그의 어머니였다. 그는 누이와 함께 앉아 있던 테이블에서 이 모습을 지켜보았다. 물론 그의 어머니는 바깥 장의차 안에 누워 있었다.

메리에게 우울증 환자 친구와
그의 휴가에 관해 묻다

어느 해, 메리가 말하길
"그는 배들랜즈(Badlands)*에 갔어."

이듬해, 메리가 말하길
"그는 블랙힐스(Black Hills)에 갔어."

* 배들랜즈, 블랙힐스 둘 다 미국 사우스다코타주 남서부 그레이트플레인스에 펼쳐진 침식 산악 지대다.

기차의 마법

사람들이 열차 저쪽으로 걸어가, 열린 화장실 문을 지나, 끝에 있는 슬라이딩 문을 통과해 열차의 다른 칸으로 들어가는 것을 뒷모습만 보고 알 수 있다. 딱 달라붙는 검은 진을 입고, 플랫폼 힐을 신고, 꼭 맞는 스웨터와 청재킷을 멋지게 겹쳐 입고, 풍성한 검은 머리를 길게 늘어뜨린 두 여자의 뒷모습과 걸음걸이만 보고도 십 대 후반이나 어쩌면 이십 대 초반이라는 걸 알 수 있다. 그러나 그들이 잠시 후 우리 쪽으로 돌아올 때면 여전히 성큼성큼 걷고 있고, 눈 밑에 드리운 자주색 그늘, 늘어진 뺨, 여기저기 박힌 점, 웃느라 생긴 까마귀 발 모양 주름살이 고스란히 보이는 창백하고 초라한 얼굴이 약간은 다정하게 웃고 있어도 기차 특유의 마법 효과 때문에 그들이 한꺼번에 이십 년은 늙어버렸음을 알 수 있다.

혼자 생선 먹기

생선을 먹는 건 보통 나 혼자 한다. 냄새가 강해서 집에서는 혼자 있을 때만 생선을 먹는다. 나 혼자 흰 빵 위에 정어리를 올리고 마요네즈와 상추를 곁들여 먹는다. 나 혼자 버터 바른 호밀빵 위에 훈제 연어를 올리거나 니스식 샐러드에 참치와 안초비를 넣거나, 혹은 통조림 연어 샐러드 샌드위치나 가끔은 버터로 구운 연어 부침을 먹는다.

보통 외식할 때도 생선 요리를 주문한다. 생선을 좋아하기도 하고, 거의 먹지 않는 육류나 지나치게 기름진 파스타나 내가 너무 잘 아는 것만 같은 채식 요리가 아니기 때문이기도 하다. 책을 한 권 가져가는데, 종종 테이블 위 조명이 독서에 적합하지 않고 주위가 너무 산만해서 책을 읽기 힘들 때도 있다. 그래서 조명이 좋은 자리에 앉으려 하고, 와인 한잔을 주문한 다음 책을 꺼낸다. 늘 와인이 곧바로 나오면 좋겠기에 와인이 나올 때까지 몹시 초조하다. 와인이 나오면 한 모금 마시고 접시 옆에 책을 내려놓은 다음 메뉴를 고민하는데, 언제나 생선 요리를 주문하는 게 내 계획이다.

생선을 정말 좋아하지만 많은 생선을 더 이상 먹으면 안 되고, 먹을 수 있는 생선이 뭔지 아는 것도 점점 어려워졌다. 나는 어떤 생선은 피하고, 어떤 생선은 조심해서 먹고, 어떤 생선은 맘 놓고 먹어도 되는지 조언해주는, 오뒤봉 협회가 발행한 작은 접이식 목록을 지갑에 넣고 다닌다. 다른 사람들과 식사할 때는 지갑에서 이 목록을 꺼내지 않는데, 주문하기 전에 지갑에서 이런 목록을 꺼내는 사람과의 식사는 어쩐지 즐겁지가 않기 때문이다. 그럴 때는 목록 없이 어찌어찌 주문을 하는데, 메뉴판에는 절대 올라가지 않는 야생 알래스카 연어를 제외하고는 양식 연어든 야생 연어든 먹어서는 안 된다는 사실만 기억한다.

하지만 나 혼자 먹을 때는 목록을 꺼낸다. 근처 테이블의 누구도 내가 보고 있는 게 이런 목록이라는 걸 상상하지 못할 것이다. 문제는 식당 메뉴판에 있는 생선 대부분이 맘 놓고 먹을 수 있는 생선이 아니라는 점이다. 어떤 생선은 절대 먹어서는 안 되고, 어떤 생선은 적합한 곳에서 왔거나 적합한 방식으로 잡힌 생선일 때만 먹을 수 있다. 나는 직원에게 생선이 어떤 방식으로 잡혔냐고 묻지 않지만, 종종 어디서 왔는지는 물어본다. 보통 직원은 잘 모른다. 다시 말해 그날 저녁 그 직원에게 이런 질문을 한 사람이 없다는 뜻이다. 다른 사람은 관심이 없거나 혹은 일부는 관심이 없고 일부는 이미 답을 알고 있다는 뜻이다. 직원이 답을 모르면 주방장에게 물어보러 가고, 답을 가지고 돌아온다. 물론 보통은 내가 듣고 싶어 하는 답이 아니다.

언젠가 넙치에 관해 완전히 무의미한 질문을 한 적이 있다. 나는 직원이 주방장에게 물어보러 갈 때까지 그 질문이 얼마나 무의미한지 미처 몰랐다. 태평양 넙치는 먹어도 괜찮지만, 대서양 넙치는 그렇지 않다. 나는 대서양을 면한 해안 혹은 그 근처에 살고 있으면서 직원에게 이 넙치가 어디서 왔는지 물었다. 여기서 태평양이 얼마나 먼지 깜박 잊었거나 마치 넙치가 건강에 좋거나 조업 방식이 좋다는 이유만으로 태평양 해안에서 대서양 해안까지 먼 길을 운송될 수도 있다는 듯이 말이다. 우연히도 그날 식당은 붐볐고, 직원은 주방장에게 물어보는 걸 깜박 잊었으며, 그가 다시 돌아왔을 때 나는 넙치를 주문하면 안 된다는 걸 깨닫고 대신 가리비를 주문할 준비를 하고 있었다. 내 목록에 의하면 가리비는 피해야 하거나 맘 놓고 먹을 건 아니었고, 조심해서 먹어야 하는 것이었다. 나는 직원과 주방장에게 평소보다 몇 가지 질문을 더 해야 한다는 것을 제외하면 식당에서 생선을 먹을 때 뭘 조심해야 한다는 말인지는 몰랐다. 하지만 단순한 질문에도 종종 만족스러운 대답을 구하지 못했기에 자세한 질문에 대한 만족스러운 대답은 아예 기대하지 않았다. 게다가 직원도 주방장도 자세한 질문에 대답할 시간이 없었다. 확실한 건, 가리비가 메뉴판에 올라가 있는 한 직원이나 주방장이 내게 가리비가 위험하다거나 깨끗하지 않다고 말하지는 않을 것이며, 가리비를 먹지 말라고 조언하지도 않을 것이다. 나는 가리비를 주문해 먹었고, 혹시 그 가리비가 잘못된 방식으로 잡혔거나 독성 물질이 들었을까 싶어 조금 불편하기는 했지만 맛은 좋았다.

혼자 먹으면 대화할 사람도 없고 먹고 마시는 것 말고 할 일도 없어서 음식을 씹고 와인을 마시는 걸 지나치게 의식하게 된다. 나는 계속해서 또 한 입 먹을 때야, 라거나 거의 다 먹었으니 식사가 너무 일찍 끝나지 않도록 먹는 속도를 천천히 하자, 라고 생각한다. 또 한 입 혹은 또 한 모금 하기 전에 시간을 보내려고 책을 읽는다. 그러나 한 번에 읽는 양이 너무 적어서 무슨 내용인지 거의 이해할 수 없다. 또 식당 내 다른 사람들 때문에 산만해지기도 한다. 별로 흥미롭지 않지만 식당 직원들이나 다른 손님들을 아주 자세히 관찰하고 싶어진다.

식당 메뉴에 내가 가진 목록에 없는 생선이 있을 때도 있다. 어느 저녁 내가 사는 곳 근처의 근사한 프랑스 식당에 샴페인 소스를 곁들인 가자미 요리가 있었지만, 내 목록에는 없었다. 어쩌면 먹어본 생선일 수도 있었지만, 직원이 아주 담백한 생선이라고 말했을 때는 별로 맛이 없나 보다 생각했다. 게다가 생선 위에 치즈 층이 덮여 있었다. 내가 치즈가 너무 많은 것 아니냐고 말하자 직원은 치즈 층이 아주 얇다고 말했다. 그래도 그 요리는 별로 먹고 싶지 않았다. 메뉴에 다른 생선도 있었는데, 내 목록에서 피하라고 말한 붉돔, 멸종 위기라는 대서양 대구, 그리고 야생 알래스카 연어가 아닌 다른 연어였다. 나는 생선을 포기하고 그 식당의 특별 채소 모둠 요리를 주문했는데, 틀에 넣어 모양을 낸 아름다운 금갈색 감자 부침 둘레에 회향 구근을 비롯한 다양한 채소가 시계방향으로 조금씩 배열된 모습으로 나왔다. 뿌리채소가 너무 많기는 했지만, 그러니까 당근과 감자뿐만 아니라 기름에 볶은 적환무와 순무, 설탕당근까지 있었는데, 다양한 채소 맛은 뜻밖에도 훌륭했다.

식당 주인은 프랑스에서 온 부부였다. 부인이 손님을 맞이하고 서비스를 감독했고, 남편은 요리했다. 그날 밤 식당에서 나와 주차장으로 가는 길에 주방 창문 옆을 지나갔다. 조명이 밝아서 걸음을 멈추고 안쪽을 보았다. 주방장 혼자 있었다. 흰색 옷을 입고 주방장 모자를 썼고, 도마 위로 숙인 몸은 날씬하고 활동적이었다. 내 위치에서 볼 수 있는 한 그의 자세는 섬세하고 세련되었으며, 표정은 강렬했다. 내가 지켜보는 동안 그가 고개를 살짝 뒤로 젖히더니 음식 한 조각을 입에 넣고는 잠시 멈추고 맛을 보앉다. 그보다 젊은 남자가 뭔가를 담은 쟁반을 들고 왼쪽에서 등장하더니 쟁반을 내려놓고 다시 나갔다. 그 남자는 요리와는 아무 상관 없어 보였다. 주방장은 다시 혼자가 되었다. 나는 진짜 주방장이 일하는 모습을 본 적이 없었고, 주방장이 주방에서 혼자 일할 거라고는 상상하지 못했다. 그를 오래 지켜볼 수도 있었지만 어쩐지 경솔한 짓인 것 같아 자리를 떠났다.

지난번 혼자 식사했을 때는 달리 대안이 없어서 선택한 식당에 가게 되었다. 나는 먼 시골에 가 있었는데 문을 연 식당이 그곳뿐이었다. 음식을 잘하는 곳은 아닐 거라고 생각했다. 앞쪽에 시끄럽고 붐비는 바가 있었다. 이번에는 맥주를 주문하고 메뉴판을 보았다. 특별 생선 요리로 청새치 스테이크가 있었다. 나는 청새치가 뭘까 생각해보았다. 청새치 생각을 한 것도 꽤 오랜만이었다. 그러자 등에 큼직한 지느러미를 달고 공중으로 뛰어오르는 물고기가 떠올랐고, 스포츠 낚시로 인기 있는 물고기라는 확신이 들었지만, 어떤 맛일지는 상상할 수 없었다. 내가 가진 목록에 없는 생선이었지만 어쨌든 주문했다. 그 생선을 피해야 하는지 아닌지 모른다는 것은 먹어도 괜찮을 가능성이 있다는 뜻이었다. 물론 그 생선은 먹어도 괜찮지 않을 수 있었지만, 가끔은 먹어서는 안 되는 생선도 먹을 수 있는 법이다.

직원은 생선 요리를 내오면서 주방장의 말도 전해주었다. 주방장은 내가 그 생선을 좋아하는지 알고 싶어 기다리는 중이었고, 이 요리가 무척 아름다운 스테이크라고 했다. 나는 주방장의 열정에 감탄해 평소보다 훨씬 더 주의를 기울이며 먹었다. 주방장은 그날이 월요일 저녁이고 커다란 식당 안에 손님이 나와 다른 테이블 하나뿐이라 스테이크에 집중할 시간이 있었을 것이다. 물론 내가 먹고 있을 때 손님이 몇 명 더 들어오기는 했다. 바에도 손님이 두 명뿐이었는데 격자무늬 플란넬 셔츠를 입은 왜소한 노인들이었다. 그래도 텔레비전이 크게 틀어져 있고, 안주인이자 주방장의 부인인 바 담당 여자의 웃음소리 때문에 바는 여전히 시끄러웠다.

청새치는 조금 질겼지만 맛있었다. 직원이 음식이 어떤지 보러 들렀을 때 나는 스테이크가 질기다고 말하지 않았다. 아주 맛있고 소스에 들어간 섬세한 허브의 맛이 좋다고 말했다. 이번에는 책도 읽지 않고 계속해서 천천히 먹고 있었는데, 저 멀리 주방에서 주방장이 나왔다. 어깨가 약간 구부정하고 키가 컸다. 그는 바 쪽으로 걸어가 음료를 한잔 마시고 자기 부인과 노인들에게 몇 마디를 하더니 다시 주방 쪽으로 갔다. 흔들문을 밀고 들어가기 직전 주방장이 잠시 몸을 돌리더니 식당 너머 내가 있는 방향을 보았다. 확신하건대 그는 자신의 아름다운 청새치 스테이크를 먹는 사람이 누군지 궁금했다. 나는 그를 마주 보았다. 손을 흔들어줄 수도 있었지만, 그런 생각을 하기도 전에 그가 문 너머로 사라졌다.

　내 접시 위 청새치 스테이크와 구운 감자와 채소는 양이 넉넉했고, 나는 다 먹을 수가 없었다. 그래도 살짝 볶은 주키니 호박과 붉은 고추와 얇게 썬 허브로 조리된 채소는 다 먹었다. 직원에게 남은 음식을 포장해달라고 부탁했다. 직원은 생선을 반만 먹었다고 걱정했다. "하지만 마음에 드셨죠?" 직원이 물었다. 젊은 여성이었다. 나는 직원이 주방장과 바 담당 여자의 딸이라고 생각했다. 나는 맛있게 먹었다고 안심시켰다. 그러자 이번엔 주방장이 내가 정말로 그 생선을 맛있게 먹었다고 믿지 않으리라는 걱정이 들었다. 이 문제에 관해 더 할 수 있는 말이 없었지만 계산하면서 직원에게 채소가 정말 맛있었다고 말했다. "사람들은 대부분 채소를 먹지 않아요." 직원이 사실 그대로 말했다. 나는 그 낭비와 주방장이 아무도 먹지 않는 채소를 반복해서 준비했을 그 노력을 생각했다. 적어도 나는 그가 준비한 채소를 다 먹었고, 그 역시 내가 자기 채소를 좋아했다는 것을 알 것이다. 하지만 그의 청새치는 다 먹지 않아서 미안했다. 다 먹을 수도 있었을 것이다.

못해 그리고 안 할 거야

최근 나는 어느 문학상을 받지 못했는데, 내가 게을러서 그렇다는 말을 들었다. 여기서 게으르다는 것은 내가 축약형을 너무 많이 사용한다는 말이었다. 예를 들어, 나는 할 수 없어 그리고 하지 않을 거야(cannot and will not)라고 온전히 쓰지 않고 못해 그리고 안 할 거야(can't and won't)로 줄여 쓴다는 것이다.

푸셰의 아내

플로베르 이야기

내일 장례식 때문에 루앙에 가. 의사의 아내 푸셰 부인이 전날 거리에서 죽었어. 남편과 함께 말에 타고 있었는데 뇌졸중을 일으켜 말에서 떨어졌어. 나는 타인에게 연민을 보이지 않는 성격이라는 말을 들어왔지만, 이번 일은 몹시 슬퍼. 푸셰는 좋은 사람이야. 청력을 완전히 잃었고 선천적으로 그리 유쾌한 사람은 아니지만 말이지. 그는 환자를 보지는 않고 동물학을 연구해. 그 아내는 싹싹하고 예쁜 영국 여성으로 그의 연구를 상당히 도왔지. 남편을 위해 그림을 그렸고 교정쇄를 읽었어. 두 사람은 함께 여행을 다녔어. 부인은 진정한 동반자였어. 그는 아내를 몹시 사랑했고, 상실로 퍽 괴로울 거야. 루이는 부부의 집 길 건너에 살아. 루이가 우연히 부인을 집으로 데려가는 마차를 보았는데, 아들 품에 안겨 나온 부인의 얼굴에 손수건이 덮여 있었대. 그렇게 부인이 발부터 집 안으로 옮겨지자마자 심부름꾼 소년이 나타났대. 그날 아침 부인이 주문한 커다란 꽃다발을 들고서. 오, 정말 셰익스피어 같은 이야기야!

만찬

친구들이 저녁을 먹으려고 우리 집에 도착했는데 나는 아직 침대에 있다. 내 침대는 부엌에 있다. 일어나 어떤 음식을 대접할 수 있을지 살펴본다. 냉장고에 포장된 햄버거가 서너 개 있는데, 몇 개는 건드렸고 몇 개는 손도 대지 않았다. 그 햄버거를 전부 한 군데에 몰아넣고 미트로프를 만들 수 있겠다 생각한다. 한 시간은 걸리겠지만 다른 생각은 전혀 떠오르지 않는다. 그 문제를 잠시 생각해보려고 다시 침대로 돌아간다.

꿈

개

우리는 커다란 꽃밭과 분수가 하나 있는 곳에서 출발하려고 한다. 차창 너머로 우리 개가 헛간처럼 생긴 곳 문간에서 바퀴 달린 들것 위에 누워 있는 게 보인다. 녀석은 우리에게 등을 보인 채다. 녀석은 가만히 누워 있다. 녀석의 목 위에 잘린 꽃 두 송이가 놓였는데, 하나는 붉은색, 하나는 흰색이다. 나는 고개를 돌렸다가 다시 본다. 녀석을 마지막으로 한번 더 보고 싶다. 하지만 헛간 문간은 비어 있다. 그 짧은 순간에 녀석이 사라져버렸다. 너무도 순식간에 사람들이 녀석을 태우고 갔다.

꿈

할머니

어떤 사람이 커다란 복숭아 타르트를 들고 내 집에 왔다. 다른 사람들도 데려왔는데 그중에 자갈길을 불평해 몹시 힘들게 집 안으로 옮겨진 노파가 있다. 테이블에서 노파는 대화를 한답시고 한 남자에게 치아가 마음에 든다고 말한다. 또 다른 남자가 계속 노파의 얼굴에 대고 고함을 지르는데, 노파는 놀라지도 않고 그저 악의를 품은 표정으로 남자를 볼 뿐이다. 나중에 집에 돌아간 노파는 캐슈너트를 먹다가 자기 보청기까지 먹어버렸다는 것을 깨닫는다. 거의 두 시간이나 보청기를 씹었지만, 아직 삼킬 만큼 작은 조각으로 부수지는 못했다. 잠자리에 들 시간, 노파는 보호자 손에 그것을 뱉어내고 이 캐슈너트는 참 별로라고 말했다.

꿈

무시무시한 가정부들

그들은 고집이 아주 세고 융통성도 없는 볼리비아 여자들이다. 가능하면 뭐든지 거절하고 태만하게 군다.

그들은 우리가 임대한 아파트에 딸린 가정부다. 그중 아델라의 지능이 낮아서 비용을 깎아주었다. 아델라는 정신이 산만하다.

처음에 나는 그들에게 말했다. 함께 지내게 되어 정말 기뻐요. 우린 분명 잘 지낼 수 있을 거예요.

우리 문제의 예 하나를 들겠다. 실제로 일어난 전형적인 사건이다. 실을 잘라야 하는데 내 15센티미터짜리 가위가 보이지 않았다. 아델라를 불러 내 가위가 보이지 않는다고 말했다. 그녀는 자기도 가위를 보지 못했다고 항의했다. 나는 아델라와 함께 부엌에 가서 루이자에게 내 실 좀 잘라줄 수 있냐고 물었다. 루이자는 그냥 이로 물어 끊어버리지 그러냐고 했다. 나는 이로 물어뜯으면 바늘귀에 실을 꿰기 힘들다고 말했다. 그리고 제발 가위를 가져와서 실을 잘라달라고 말했다, 지금 당장. 루이자는 아델라에게 브로디 부인의 가위를 찾아보라고 했고, 나는 가위가 어디 있는지 보려고 아델라를 따라 서재로 갔다. 아델라가 어떤 상자에서 가위를 꺼냈다. 그때 상자에 길고 지저분한 끈실 조각이 붙어 있는 게 보여서 아델라에게 가위를 든 김에 그 나달나달한 끝을 좀 다듬는 게 어떠냐고 말했다. 그녀는 할 수 없다고 소리쳤다. 언젠가 상자를 묶는 데 그 끈실이 필요할지도 모른다고 했다. 나는 어쩔 수 없이 웃어버렸다. 그리고 아델라에게서 가위를 받아다가 내 손으로 직접 잘랐다. 아델라가 비명을 질렀다. 그 뒤에서 아델라의 어머니가 나타났다. 내가 다시 웃자 이제 두 사람 모두 비명을 질렀다. 그리고 둘 다 조용해졌다.

나는 그들에게 말했다. 부탁인데, 우리가 아침을 달라고 말하기 전에 토스트를 만들지 말아요. 우린 영국인들처럼 아주 바삭한 토스트를 좋아하지 않아요.

나는 그들에게 말했다. 매일 아침, 내가 종을 울리면 곧바로 생수를 가져다줘요. 그 후에 토스트를 만들고 동시에 우유를 넣은 갓 내린 커피를 준비해줘요. 우리는 보나피데에서 사 온 프랑하 블랑카나 신타 아술 커피를 좋아해요.

아침 식사 전 루이자가 생수를 가지고 왔을 때, 기분 좋게 말을 나누었다. 그러나 토스트에 관해 다시 말하자 루이자가 잔소리를 늘어놓기 시작했다. 어떻게 자기가 차갑거나 딱딱한 토스트를 줄 거라고 생각할 수 있냐는 말이었다. 하지만 토스트는 거의 언제나 차갑고 딱딱했다.

우리는 그들에게 말했다. 우리는 당신이 카스도프에서 라스 트레스 니냐스나 헤르마 우유를 사 오면 좋겠어요.

아델라는 소리를 지르지 않고는 말을 할 수가 없다. 나는 그녀에게 조용히 말하라고, 그리고 "부인(Señora)"이라고 불러달라고 부탁했지만, 그녀는 절대 그렇게 하지 않는다. 그들은 부엌에서 서로에게도 아주 큰 소리로 말한다.

가끔은 아델라에게 세 마디를 하기도 전에 그녀가 내게 소리를 지른다. 네… 네, 네, 네…! 그리고 방을 나가버린다. 솔직히 더는 견딜 수 없을 것 같다.

●

나는 루이자에게 말한다. 내 말 자르지 말아요! 나는 말한다. No me interrumpe!

문제는 아델라가 일을 열심히 하지 않는다는 게 아니다. 그녀는 제 어머니의 전갈을 가지고 내 방에 온다. 목청껏 소리를 지르면서 손가락을 앞뒤로 흔들며 내가 부탁한 식사가 불가능하다고 말한다.

어머니와 딸 모두 고집이 너무 세고 무자비하다. 가끔은 그들이 완전히 교양 없는 사람 같다는 생각이 든다.

나는 아델라에게 말했다. 필요하면 홀을 청소하는데, 진공청소기는 일주일에 두 번 이상 사용하지 말아요.
　지난주 그녀는 출입구 옆 현관에 놓은 진공청소기를 치우지 않겠다고 노골적으로 버텼다. 하필 파타고니아 지역 총괄 주임 사제가 오기로 한 그때.

그들은 특권 의식과 지배 의식이 너무 강하다.

나는 그들에게 부탁했다. 우선 내가 뭐라고 말하는지 들어봐요!

나는 내 속옷을 세탁해달라고 그들에게 보냈다. 루이자가 곧바로 거들을 손빨래하기가 너무 힘들다고 했다. 나는 동의하지 않았지만 말싸움을 벌이지도 않았다.

아델라는 아침에는 집 안 청소 외에 어떤 일도 하지 않으려 든다.

●

나는 그들에게 말한다. 우리는 식구가 많지 않아요. 아이도 없어요.

내가 그들에게 준 임무에 관해 물어보려고 찾아가면 그들은 보통 자기들 볼일로 바쁘다. 스웨터를 빨거나 전화를 하고 있다.
 다림질은 제시간에 마친 적이 단 한번도 없다.

오늘 나는 두 사람 모두에게 내 속옷을 빨아야 한다고 일렀다. 그들은 대답하지 않았다. 결국 내 손으로 직접 내 슬립을 빨아야 했다.

나는 그들에게 말한다. 우리는 당신들이 잘하려고 노력했다는 걸 알아요. 특히 지금은 빨래를 더 빨리하고 있다는 걸요.

나는 아델라에게 부탁했다. 제발 먼지랑 청소 도구를 홀에 놔두지 말아요.

나는 그녀에게 부탁했다. 제발, 쓰레기는 모아서 즉시 소각장에 가져가요.

오늘 아델라에게 부엌으로 좀 와달라고 했지만, 그녀는 자기 어머니 방으로 가더니 스웨터를 입고 밖으로 나가버렸다. 그녀는 상추를 사러 갔는데, 알고 보니 우리가 아니라 자기들이 먹을 상추였다.
 식사 때마다 그녀는 도망치려고 애쓴다.

오늘 아침 식당을 지나가다가 평소처럼 즐겁게 대화를 나누려고 아델라에게 말을 걸었다. 하지만 내가 두 마디를 하기 전에 그녀는 식탁을 차리는 동안에는 어떤 일도 할 수 없다고 날카롭게 쏘아붙였다.

아델라는 손님들이 있을 때도 부엌에서 달려 나와 거실로 들어오며 외친다. 당신 방에 전화 왔어요!

나는 조용조용 말해달라고 부탁했지만, 그녀는 절대로 그렇게 하지 않는다. 오늘은 부엌에서 달려 나와 거실로 들어오며 말했다. 당신, 전화요! 그리고 나를 손가락으로 가리켰다. 나중에는 내가 교수인 손님과 오찬 중일 때도 똑같이 했다.

나는 루이자에게 말한다. 앞으로 식단을 의논하고 싶어요. 오늘은 정오에 샌드위치 하나와 과일 말고는 필요하지 않아요. 하지만 남편은 영양가 있는 차를 좋아해요.

내일 우리는 6시에 완숙 달걀과 정어리를 곁들여 영양가 있는 차를 마실 거고, 집에서 다른 식사는 하지 않을 거예요.

적어도 하루 한 번은 익힌 채소를 먹고 싶어요. 샐러드를 좋아하지만 익힌 채소도 좋아해요. 가끔은 한번에 샐러드와 익힌 채소를 전부 먹을 수도 있어요.

점심은 특별한 경우를 제외하고 고기를 먹지 않아도 돼요. 치즈나 토마토를 곁들인 오믈렛이면 아주 좋아요.

그리고 구운 감자는 오븐에서 꺼내자마자 바로 주세요.

우리는 2주일 동안 식사 후에 과일 말고는 다른 것을 먹지 못했다. 나는 루이자에게 디저트를 부탁했다. 그녀는 사과 소스를 채운 크레프를 조금 가져다주었다. 근사했지만 꽤 차가웠다. 오늘 그녀는 다시 과일을 주었다.

●

나는 그녀에게 말한다. 루이자, 내 지시를 '변덕스럽고 부조리한 것'으로 여기면 안 돼요.

루이자는 감정적이고 원초적이다. 기분이 너무 빨리 바뀐다. 얼마든지 모욕당했다고 느끼면 폭력적으로 변할 수 있다. 그녀는 자존심이 정말 세다.

  아델라는 그저 거칠고 난폭하고, 무모한 야수다.

나는 루이자에게 말한다. 우리 손님인 플랜더스 부인이 공원에 가본 적이 없대요. 거기서 몇 시간을 보내고 싶대요. 그분이 가져갈 수 있게 차가운 고기 샌드위치를 만들어줄 수 있어요? 그분이 여기서 보내는 마지막 일요일이거든요.

  이번만은 그녀가 거절하지 않았다.

저녁 테이블을 차릴 때 아델라는 모든 것을 쾅 소리 나게 내려놓는다.

나는 루이자에게 말한다. 부탁인데 아델라가 촛대를 닦아주면 좋겠어요. 밤에 테이블에 촛대를 놓을 거예요.

내가 식당 테이블에서 종을 울리면 곧바로 부엌에서 뭔가 부딪치는 소리가 크게 들린다.

나는 그들에게 말했다. 우리가 칵테일과 저녁을 드는 동안 부엌에서 소음을 내면 안 돼요. 하지만 그들은 여전히 서로를 때리고 소리를 지른다.

●

식사 도중 우리가 뭔가를 부탁하면 아델라가 부엌에서 나와 말한다. 없어요.

이 모든 일이 너무도 신경을 긁는다. 종종 그녀에게 뭔가를 말하려고 하면 너덜너덜해지는 기분이다.

나는 말한다. 루이자, 내 말을 확실히 이해했는지 알고 싶어요. 우리가 만찬을 드는 동안 부엌에서 라디오를 틀면 안 돼요. 또 부엌에서 고함을 너무 많이 질러요. 집 안이 평화로웠으면 좋겠어요.

그들이 우리를 만족시키려고 진심으로 노력하고 있다고는 믿지 않는다.

아델라는 가끔 식당 테이블에서 종을 가지고 가서 돌려놓지 않는다. 그러면 식사 도중 종을 울릴 수가 없어서 식당에서 부엌까지 큰 소리로 외치거나, 필요한 것을 포기하고 식사하거나, 아니면 종을 울리기 위해 내 손으로 직접 종을 가져와야 한다. 내 의문은 이러하다. 아델라는 일부러 테이블에서 종을 가져가는 걸까?

나는 그들에게 미리 지시한다. 파티에 토마토 주스와 오렌지 주스, 코카콜라가 필요해요.

나는 그녀에게 말한다. 아델라, 당신이 문을 열어주고 외투를 받아줘야 해요. 또 숙녀들이 물어보면 화장실이 어디인지 가르쳐줘야 해요.

•

나는 루이자에게 묻는다. 볼리비아 스타일로 엠파나다* 만들 줄 알아요?

우리는 두 사람 모두 언제나 유니폼을 입기를 원한다.

나는 아델라에게 말한다. 부탁하는데, 얼마 전 준비한 전채 요리를 손님들에게 자주 건네주면 좋겠어요.

* 밀가루 반죽에 고기나 채소를 넣고 구운 아르헨티나 전통 요리.

음식 접시가 더 이상 매력적으로 보이지 않으면, 부엌으로 가져가서 새 접시를 준비해줘요.

나는 그녀에게 말한다. 부탁하는데 아델라, 테이블 위에 언제나 깨끗한 유리잔과 얼음과 소다가 있으면 좋겠어요.

나는 그녀에게 말했다. 비데 위 선반에는 언제나 수건 한 장을 놔둬요.

나는 그녀에게 말한다. 꽃병 충분한가요? 나한테 보여줄 수 있어요? 꽃을 좀 사고 싶어요.

조용한 그 전쟁의 세부를 전한다. 나는 아델라가 침대 옆 바닥에 긴 끈을 놔둔 것을 본다. 그녀는 방금 휴지통을 들고 나갔다. 혹시 그녀가 나를 시험하고 있는 게 아닐까 싶다. 그녀는 내가 너무 소심하거나 무지해서 이 끈을 주우라고 요구하지 못할 거라고 생각하나? 하지만 그녀가 감기에 걸려 기분이 좋지 않고, 또 정말로 그 끈을 보지 못했다면, 이런 일로 지나치게 수선을 피우고 싶지는 않다. 결국 나는 내 손으로 그 끈을 줍기로 한다.

우리는 그들의 무례하고 무자비한 앙갚음으로 고통받고 있다.

•

남편의 셔츠 깃에서 단추 하나가 사라졌다. 나는 아델라에게 셔츠를 가져갔다. 아델라가 손가락을 흔들며 싫다고 했다. 그녀는 브로디 부인은 언제나 의상실에 가져가 옷을 수선했다고 말했다.

고작 단추 하나를? 내가 물었다. 집에 단추가 없었나?

그녀는 집에 단추가 없다고 했다.

루이자에게 일요일에는 아침 식사 전이라도 외출할 수 있다고 말했다. 그녀는 외출하고 싶지 않다고 소리를 질렀고, 어디로 가란 말이냐고 내게 물었다.

나는 외출해도 좋지만 외출하지 않으면 간단한 거라도 우리에게 뭔가를 만들어줬으면 한다고 말했다. 그녀는 아침에는 그렇게 하겠지만, 오후에는 그럴 수 없다고 말했다. 일요일이면 언제나 두 딸이 자기를 보러 온다고 말했다.

아침 내내 루이자에게 긴 편지를 썼지만, 편지를 주지는 않기로 했다.

편지에 나는 이렇게 썼다. 살면서 수많은 가정부를 고용했어요.

내가 사려 깊고 관대하고 공정한 고용주라고 생각한다

고 그녀에게 말했다.

   그녀가 이런 상황의 현실을 인정한다면 모든 일이 잘 풀릴 거라 믿는다고 말했다.

그들이 실제로 태도를 바꾼다면 우리는 그들을 도와주고 싶다. 예를 들면 아델라의 치과 치료 비용을 댈 것이다. 그녀는 자기 치아를 무척 부끄러워한다.

   하지만 지금껏 그들의 태도는 전혀 바뀌지 않았다.

•

우리는 또한 부엌 뒤에 은밀히 함께 사는 친척들이 있을지도 모른다고 생각한다.

나는 루이자에게 말할 문장 하나를 배워 연습하고 있다. 내 느낌보다는 희망적으로 들렸으면 좋겠다. Con el correr del tiempo, todo se solucionará.(시간이 지나면 모든 것이 해결될 것이다.)

하지만 그들은 너무도 어두운 인디오의 표정으로 우리를 본다!

뒤집을 수 있는 이야기

필요한 지출
레미콘차가 옆집을 드나들었다. 샤레이 씨 부부가 와인 저장고를 개조하는 중이다. 저장고를 개선하면 화재보험료를 덜 낼 수 있다. 지금 그들이 내는 화재보험료는 아주 비싸다. 그들이 질 좋은 와인을 수천 병이나 보유하고 있기 때문이다. 그들은 아주 좋은 와인과 멋진 그림을 가졌지만, 엄밀히 말해 옷이나 가구 취향은 중하류급이다.

지출의 필요
엄밀히 말해 샤레이 씨 부부의 옷이나 가구 취향은 중하류급이다. 하지만 그들은 동시대 캐나다와 미국 화가들의 멋진 그림을 많이 갖고 있다. 또 좋은 와인도 많이 갖고 있다. 사실 그들은 아주 좋은 와인을 수천 병이나 보유하고 있다. 그래서 그들이 내는 화재보험료는 아주 비싸다. 하지만 와인 저장고를 넓히고 개선한다면 화재보험료가 훨씬 줄어들 것이다. 그래서 그들은 그렇게 하고 있다. 우리 옆집인 그들의 집에 레미콘차가 드나들었다.

여자, 서른

여자, 서른은 어린 시절 살던 집을 떠나고 싶지 않다.

왜 집을 떠나야 하지? 이분들은 나의 부모다. 그들은 나를 사랑한다. 내가 왜 나를 향해 소리를 지르고 말다툼이나 벌일 어떤 남자와 결혼해야 하지?

그러나 여자는 여전히 창문 앞에서 옷 벗는 걸 좋아한다. 어떤 남자가 적어도 그녀를 바라보길 소망한다.

내가 좋아하는 것을 아는 방법
(여섯 가지 버전)

그녀가 그것을 좋아한다. 그녀는 나와 같다. 그러므로 나도 그것을 좋아할 것이다.

그녀는 나와 같다. 그녀는 내가 좋아하는 것들을 좋아한다. 그녀는 이것을 좋아한다. 그래서 나도 그것을 좋아할 것이다.

나는 그것을 좋아한다. 나는 그녀에게 그것을 보여준다. 그녀는 그것을 좋아한다. 그녀는 나와 같다. 그러므로 나는 그것을 정말로 좋아할 것이다.

나는 그것을 좋아한다고 생각한다. 나는 그것을 그녀에게 보여준다. 그녀는 그것을 좋아한다. 그녀는 나와 같다. 그러므로 나는 그것을 정말로 좋아할 것이다.

나는 그것을 좋아한다고 생각한다. 나는 그것을 그녀에게 보여준다. (그녀는 나와 같다. 그녀는 내가 좋아하는 것들을 좋아한다.) 그녀는 그것을 좋아한다. 그래서 나는 그것을 정말로 좋아할 것이다.

나는 그것을 좋아한다. 나는 그것을 그녀에게 보여준다. 그녀는 그것을 좋아한다. (그녀는 다른 것이 "소름 끼치게 싫다"라고 말한다) 그녀는 나와 같다. 그녀는 내가 좋아하는 것들을 좋아한다. 그래서 나도 그것이 정말로 좋을 것이다.

헨델

내 결혼생활에 문제가 하나 있는데, 내가 남편만큼 게오르크 프리드리히 헨델을 별로 좋아하지 않는다는 것이다. 그것은 우리 사이의 진정한 장벽이다. 예를 들어, 나는 우리가 아는 어느 부부를 부러워하는데, 두 사람 다 헨델을 몹시 사랑해서 가끔 헨델의 오페라에서 특정 테너가 부르는 노래 한 곡을 듣겠다고 텍사스까지 먼 길을 날아간다. 이제 그들은 우리 친구 하나를 헨델 팬으로 개종시켰다. 나는 이 소식을 듣고 놀랐는데, 지난번 그 친구와 음악 이야기를 나누었을 때 그녀가 사랑한 사람은 행크 윌리엄스*였기 때문이다. 세 사람은 〈이집트의 줄리오 체사레〉를 들으러 기차를 타고 워싱턴 D.C.까지 갔었다. 나는 19세기 작곡가들, 특히 드보르자크를 좋아한다. 하지만 모든 종류의 음악에 꽤 열려 있는 편이고, 보통 어떤 것을 오래 접하면 좋아하게 된다. 그러나 남편이 거의 매일 밤 내가 말리지 않으면 헨델의 성악곡을 틀어놓는데도 나는 헨델을

* 미국 컨트리 음악 가수.

사랑하게 되지는 않았다. 다행히 여기서 그리 멀지 않은 매사추세츠 레녹스에 헨델 치료를 전문으로 하는 치료사가 있다는 사실을 알게 되었고, 조만간 거기 가볼 생각이다. (남편은 치료 효과를 믿지 않고, 행여 그런 게 있다 해도 드보르자크 치료에 가지 않을 것이다.)

잠재의식의 힘

레아는 1박 일정으로 이곳에 왔고 우리는 생일에 관해 이야기를 나누었다. 나는 레아에게 생일이 언제냐고 물었다. 그녀는 4월 13일인데 생일에 카드나 선물을 받아본 적이 없고, 하지만 생일을 떠올리고 싶지 않았기 때문에 오히려 괜찮다고 말했다. 나는 우리 공동의 친구 엘리가 누구도 자기 생일을 잊지 않게 하는 사람이라고 말했다.

엘리는 먼 외국에 살았는데, 거기선 사람들에게 자기 생일을 기억시키기가 더 어려웠다. 순간 나는 어머, 10월이야, 바로 엘리의 생일이 있는 달이잖아! 하고 생각했다. 10월 중 어느 날인지는 기억나지 않아서 내 주소록에 써 두었던 데를 찾아보았다. 바로 그날인 10월 23일이었다. 나는 레아에게 이 사실을 말했고, 우리는 엘리의 생일에 생일 이야기를 꺼낸 것에 감탄했다. 레아는 내 잠재의식이 내내 그 사실을 알고 있었을 거라고 말했다.

나는 내가 어쩌다 생일에 관해 생각하게 되었는지 레아에게 말하지 않았다. 사실 저녁을 차리며 테이블에 냅킨을 내려놓다가 언젠가 레아가 내게 들려준 이야기를 떠올렸는데, 아주 오래전 레아가 음식과 와인과 테이블 서비스에 관한 기준이 너무 높아 만족시키기가 다소 어려웠던 우리 친구들 몇몇에게 저녁을 대접했을 때의 이야기였다. 당시 레아는 테이블 세팅 같은 것에 별로 신경 쓰지 않았지만, 이런 친구들 앞에서는 가장 먼저 집에 어떤 종류의 냅킨도 없고, 이어서 종이 타월도 없으며, 이윽고 크리넥스 티슈도 없다는 사실을 깨닫고 적잖이 당황할 수밖에 없었다. 그런데 식사가 시작되고 몇 분 후 손님 하나가 예의 바르게 냅킨을 부탁했고, 레아가 문제를 설명하자 또 다른 손님이 그럼 화장실 휴지라도 사용하자고 제안했다. 손님들이 화장실 휴지를 사용해가며 식사를 계속할 때 레아가 느꼈다는 당혹감이 내 마음을 움직였고, 결국 나는 레아가 다시는 그런 상황에 처하지 않도록 레아의 다음 생일에 천 냅킨 세트를 보내고 싶다는 생각에 이르렀다. 하지만 내 잠재의식이 오늘이 엘리의 생일이라는 것을 기억하지 못했더라면 레아의 이야기도 떠올리지 못했을 것이 사실이다.

 나중에 레아가 잠자리에 든 후 나는 마지막 설거지를 마무리하면서 그 대화를 생각하고 약간의 만족감을 느끼며 혼잣말을 했다. 어쨌거나 올해 엘리는 나에게 제 생일을 상기시키지 못했군. 그 애는 너무 멀리 떨어져 있으니까. 하지만 곧바로 나는 생각했다. 잠깐, 어쨌든 내가 엘리의 생일을 떠올린 게 사실이잖아. 그러자 결국 엘리가 누구도 자기 생일을 잊지 못하게 했고, 나도 그 사실을 너무나 잘 알았기 때문에 레아와 내가 생각한 대로 내 잠재의식이 내내 엘리의 생일을 알고 있었던 게 아니라 기어이 어떻게든 나를 상기시킨 사람은 사실 엘리였다는 것, 다만 그 방식이 평소처럼 직접적이지는 않았고, 엘리 특유의 효율성으로 레아까지 동시에 상기시켰을 뿐이라는 것을 깨달았다.

그녀의 지리학: 앨라배마

 그녀는 앨라배마가 조지아주의 한 도시라고 생각한다. 그래서 흔히 앨라배마, 조지아라고 부르는 거라고.*

* 앨라배마와 조지아는 둘 다 미국의 주이지만, 나란히 붙어 있어 하나로 묶어 부르는 경우가 많다.

장례식

플로베르 이야기

어제는 푸셰 부인의 장례식에 갔어. 바람맞는 한 줄기 풀처럼 슬픔에 휘어지고 흔들리며 서 있는 가엾은 푸셰를 바라보는 사이 근처에 있던 몇몇 친구들이 과수원 이야기를 시작했어. 그들은 어린 과실나무의 줄기 둘레를 비교했어. 그러다가 내 옆의 남자가 내게 중동에 관해 물었어. 이집트에도 박물관이 있는지 알고 싶다고 했지. 남자가 물었어. "거기 공공도서관 상태는 어떤가요?" 구덩이 위쪽에 서 있는 사제가 라틴어가 아닌 프랑스어로 말했어. 장례식이 개신교식이었거든. 내 옆의 신사가 그 소리를 듣고 천주교를 약간 깔보는 식으로 말했어. 그동안 가엾은 푸셰는 쓸쓸한 모습으로 우리 앞에 서 있었지.

우리 작가들은 너무 많은 이야기를 지어낸다고 생각하지만, 언제나 현실이 훨씬 더 나빠!

남편감을 찾는 사람들

한 무리의 여자들이 아주 아름다운 청년들로 이루어진 부족에서 남편감을 찾으려고 어느 섬에 상륙을 시도한다. 여자들은 면봉 혹은 파종기 야생식물처럼 바다 곳곳에서 피어나고, 마침내 거절당하자 양털처럼 하얀 둑으로 쌓여 앞바다에 둥둥 떠 있다.

꿈

갤러리에서

아는 여자가 시각예술가인데, 어느 전시회에 작품을 걸려고 한다. 그의 작품은 벽에 붙인 단 한 줄의 텍스트인데, 그 앞에 투명한 커튼이 걸려 있다.

그녀는 사다리 꼭대기에 올라가 있는데 내려올 수가 없다. 몸이 안쪽이 아닌 바깥쪽을 향해 있다. 아래쪽에 있는 사람들이 몸을 돌리라고 말하지만, 그녀는 어떻게 하는지 모른다.

내가 다시 그쪽을 보았을 때 그녀는 이미 사다리에서 내려와 있다. 이 사람 저 사람 옮겨 다니며 자기 작품을 걸어 달라고 부탁하고 있다. 하지만 아무도 그녀를 도와주지 않는다. 사람들은 그녀가 너무 까다롭다고 말한다.

꿈

낮은 태양

나는 여대생이다. 나보다 더 어린 여대생이자 무용수에게 지금 하늘에 해가 굉장히 낮게 떴다고 말한다. 햇빛이 바닷가 동굴 속을 가득 채우고 있을 것이다.

꿈

착륙

지금까지도 죽음을 몹시 두려워하는 요즘, 비행기에서 이상한 경험을 했다.

학회 참석차 시카고로 가는 중이었다. 공항에 가까워지는 사이 응급 상황이 발생했다. 내가 언제나 두려워하던 일이었다. 나는 비행기를 탈 때마다 세계와 화해를 시도하고 삶에 관해 새로운 성찰을 얻으려고 한다. 비행 중이면 언제나 이런 일을 두 번 하는데 이륙 전과 착륙 전이다. 하지만 이러한 비행 중에 만났던 가장 나빴던 일이라야 그저 평범한 난기류뿐이었다. 물론 난기류가 시작되면 이것이 그저 평범한 난기류에 불과한지 아닌지는 잘 모른다.

그런데 이번에는 비행기 날개에 문제가 생겼다. 비행기가 활주로로 다가가는 동안 비행 속도를 줄일 목적으로 만든 일부 플랩이 열리지 않아서 비행기가 고속으로 착륙해야 했다. 그렇게 고속으로 착륙했다간 타이어가 터지고 비행기가 회전하면서 충돌하거나, 바퀴가 무너지면서 비행기가 뒤집혀 불이 날 위험이 있었다.

기장의 발표를 듣고 나는 겁에 질렸다. 공포는 몹시 물리적이라 얼음 번개 같은 것이 등줄기를 타고 내려왔다. 기장의 발표와 함께 모든 것이 변했다. 우리는 한 시간 안에 전부 죽을 수도 있었다. 나는 위안 혹은 공포의 동반자를 찾아 옆자리 여자를 보았지만, 그 여자는 눈을 질끈 감고 고개를 창 쪽으로 돌린 채여서 별 도움이 되지 않았다. 다른 승객들을 보았지만 저마다 기장의 말을 이해하느라 몰두하고 있었다. 나도 눈을 질끈 감고 좌석 팔걸이를 꽉 붙잡았다.

시간이 조금 흐르자 승무원이 비행기가 공항 상공을 얼마나 오래 선회할 것인지 알려주었다. 승무원은 침착했다. 나는 말하는 승무원의 얼굴에 시선을 고정했다. 순간, 나중에 다른 비행 시에, 물론 다른 비행이라는 게 있다면 말이지만, 떠올려야겠다고 마음에 새겨둔 어떤 교훈을 얻었다. 바로 내가 지금 걱정을 해야 하는지 아닌지 알고 싶으면 승무원의 얼굴을 바라보며 그의 표정을 읽어야 한다는 교훈이었다. 이 승무원의 표정은 부드럽고 편안했다. 그가 이 응급 상황은 최악의 상황은 아니라고 덧붙였다. 나는 통로를 훑어보다가 역시 침착한 육십 대 남자 승객과 눈이 마주쳤다. 그가 내게 자기는 1981년부터 900만 마일 넘게 비행을 해왔고 응급 상황 역시 무수히 경험했다고 말했다. 하지만 그는 설명을 계속해주지는 않았다.

그때 승무원이 어떤 일을 했는데, 그게 내 두려움을 증폭시켰다. 승무원은 여전히 침착했지만, 내 생각에 그것은 오랜 훈련과 경험이 낳은 숙명론 혹은 그저 종말을 받아들인 체념으로 인한 침착이었다. 그가 맨 앞줄 승객들에게 만약 자신이 기절이라도 한다면 어떻게 해야 하는지 일일이 지시하고 있었다. 그 모습을 보고 있자니 내 눈에는 그들이 단순한 승객에서 갑자기 승무원 조수나 대리자로 승격한 것처럼 보였고, 승무원은 벌써 죽었거나 마비되어 무기력한 상태로 전락한 것만 같았다. 오직 상상 속의 모습이었지만 치명적인 충돌이 임박했다. 그 순간 나는 승무원의 일상적인 행동을 제외하면 그 어떤 것도 위험을 알리는 경보와 같다는 사실을 깨달았다.

이제 우리 목숨은 거의 끝났다. 곧바로 죽음에 관한 생각과 화해해야 했고, 이 세상을 떠날 최선의 방식을 즉각 결정해야 했다. 이 지상에서, 이 삶에서 나는 마지막으로 무슨 생각을 해야 하는가? 이는 위안이 아니라 인정을 찾는 문제였고, 당장 죽어도 괜찮다고 믿는 방식의 문제였다. 우선 나는 가까운 곳에 있는 사람들에게 작별 인사를 건넸다. 그리고 최종적인 최후에는 더 큰 생각을 해야만 했는데, 내가 최선의 생각이라고 생각한 것은 바로 이 넓은 우주에서 내가 얼마나 작은 존재인가 하는 생각이었다. 더 큰 우주를, 그리고 모든 은하를 그려보고 그 안에서 내가 얼마나 작은지 생각하면 지금 죽어도 괜찮을 것 같았다. 만물은 언제나 죽어간다. 우주는 신비롭다. 어쨌든 또 한번의 빙하기가 오고 있고, 우리 문명은 사라질 것이다. 그러므로 내가 지금 죽어도 완전히 괜찮다.

나는 이렇게 원대한 생각을 하면서 다시 눈을 감고 양손이 축축해질 때까지 두 손을 꼭 맞잡고 발은 앞 좌석 아랫부분을 단단히 디디고 있었다. 치명적인 충돌이 일어나면 발로 단단히 버틴들 아무 소용이 없겠지만, 할 수 있는 최소한의 행동이라도 해야 했고, 아주 작은 양이라도 통제를 시도해야 했다. 공포의 한가운데서도 통제할 수 없는 상황에서 통제를 시도해야 한다고 생각하는 게 재미있다는 생각이 들었다. 잠시 후 나는 어떤 행동도 완전히 포기하고 지금 내 안에서 일어나는 일 가운데 또 다른 흥미로운 점을 관찰했다. 즉, 어떤 행동이라도 취해야 한다고 생각하는 동안 나는 고통스러웠고, 모든 책임을 포기하고 어떤 시도도 중단하면 나는 비교적 평화로워졌다. 물론 우리는 착륙에 문제가 있는 결함 있는 비행기를 타고 지상에서 멀리 떨어진 공중을 선회하고 있었지만 말이다.

비행기는 한참 동안 공중을 맴돌았다. 그 후 혹은 바로 그때, 나는 비행기가 선회하는 동안 지상에서 비상 착륙을 위한 대비가 이루어지고 있음을 깨달았다. 비행기가 고속으로 착륙한 다음 속도를 줄일 때까지 길게 주행해야 하므로 지금 가장 긴 활주로를 비우고 있을 것이다. 소방차들이 들어와 활주로 옆에 대기했다. 이렇게 고속으로 착륙할 경우 예측할 수 있는 문제가 몇 가지 있었다. 바퀴가 빠져 비행기가 무너질 수도 있고, 그러면 비행기가 뒤집힌 채 주행할 수 있었다. 주행 시 마찰이 화재를 일으킬 수도 있고, 비행기가 앞으로 고꾸라지면서 코부터 충돌할 수 있었다. 만약 비행기가 뒤집힌 채로 달리거나 타이어가 터지면 기장이 조종 통제력을 잃을 수 있고, 비행기가 활주로를 벗어나 충돌할 수도 있었다.

마침내 긴 활주로가 비워졌고 소방차들이 자리를 잡자 기장이 하강을 시작했다. 우리 승객들은 하강 동안 기장의 조종 방식이 평소와 어떻게 다른지 전혀 알 수 없었지만, 착륙 시간이 다가오자 더 긴장했다. 좀 전까지만 해도 재앙의 가능성이 가까운 미래에 있었고 우리에게 아무 일도 일어나지 않았지만, 지금은 그 순간들도 지나갔다.

정상적인 착륙 시 비행기는 꽤 가파른 경사, 아마도 30도 각도로 진입하므로 지면에 닿을 때 약간 반동하거나 덜컹거리기 마련이다. 지금처럼 고속으로 움직일 때는 그렇게 할 수 없으므로 기장은 하강 내내 넓은 원을 그리며 활주로로 향했고, 지상에 접근했을 때는 기울기가 수평에 가까울 정도였다. 활주로 전체를 쓰기 위해 기장은 활주로 가장자리를 지나자마자 비행기를 착륙시켰고, 바퀴가 아스팔트에 살포시 내려앉아 우리는 거의 느낄 수도 없었다. 내가 이전에 경험했던 어떤 착륙보다 매끄러웠다. 이윽고 기장은 평소 속도가 될 때까지 서서히 비행기의 속도를 줄였다. 그는 아름다운 착륙 작업을 해냈고 우리는 안전했다.

이제 당연히 승객 전원이 안도하며 손뼉을 치고 함성을 질렀고, 서로를 바라보는 동시에 창문 너머로 이제는 필요가 없어진 소방차들을 경외심을 품고 바라보았다. 환호성이 가라앉자 객실 안의 대화와 웃음소리가 커졌다. 통로 건너편 남자가 재앙에 가까웠던 다른 경험, 일테면 비행 중 화재와 같은 이야기를 들려주었다. 착륙 후 말이 더 많아진 승무원이 조종사들이 훈련 중 이런 종류의 착륙을 수없이 연습한다고 알려주었다. 그 사실을 일찍 알았더라면 도움이 됐겠지만 어쩌면 도움이 안 됐을지도 모른다.

그날 밤 질서정연하고도 부산스러운 호텔 1층 식당에서 저녁을 먹으며 그날의 착륙에 대해 생각했다. 접시 위에 있는 아주 작은 메추리알 프라이 겉면을 들여다보다가 문득, 만약 결과가 달랐다면 지금 이 순간 이 메추리알은 내가 아닌 다른 사람을 올려다보고 있겠구나, 하는 생각이 들었다. 메추리알은 다른 포크를 올려다보거나, 같은 포크라도 다른 사람 손에 들린 포크를 보고 있을 것이다. 내 손은 다른 곳, 어쩌면 시카고 영안실에 있었을지도 모른다.

저녁 식사가 식어가는 동안 그날의 착륙에 대해 기억나

는 대로 적었다. 내 접시를 살피던 웨이터가 이렇게 말했다. "손님 펜이 포크보다 더 빨리 움직이는군요." 그러다가 다시 생각해보더니 이렇게 덧붙였다. "원래 그게 맞는 거죠." 그 말에 나는 웨이터가 한결 더 좋아졌다. 전에는 덥수룩한 곱슬머리와 지나치게 친근한 농담 때문에 그가 별로 마음에 들지 않았다.

한편 뒤쪽의 호텔 안내 데스크에서 조심성 많고 마른 회색 턱수염 영국 남자가 직원에게 "성함이 어떻게 되십니까?"라는 질문을 받고 대답했다. "모리스요. M, o, r, r, i, s."

전화 회사의 언어

"고객님이 최근 신고한 문제가 현재 제대로 작동하고 있습니다."

마부와 벌레

플로베르 이야기

우리 집 전직 하인이자 애처로운 친구가 요즘 전세 마차를 몰아. 그 사람이 명망 있는 상을 받았지만 동시에 아내가 도둑질로 노예형을 선고받은 어느 짐꾼의 딸과 결혼했다는 사실을 기억할 거야. 하지만 실제 도둑은 그 짐꾼이었다는 이야기. 어쨌든 우리 집 전직 하인이자 불운한 남자 톨레가 몸속에 촌충이 생겼다고 생각해. 그는 마치 그 벌레가 자신과 교류하면서 원하는 것을 말해주는 살아 있는 사람인 것처럼 말해. 자기 몸속에 있는 벌레에 대해 말할 때도 언제나 '그가'라는 말을 사용하지. 톨레는 가끔 갑작스러운 충동을 느끼는데 그것도 이 촌충 때문이라고 해. "그가 이걸 원해요." 그렇게 말하고 곧바로 벌레에게 복종한다니까. 최근 그는 신선한 흰색 롤빵을 먹고 싶어 했고, 또 언젠가 그는 백포도주를 마셔야만 했지만, 다음 날 그는 적포도주를 먹지 못했다고 화를 냈어.

가엾은 톨레는 이제 자신의 눈을 촌충 수준으로 낮추었어. 둘은 똑같이 지배권을 놓고 격렬한 전투를 벌이고 있지. 톨레가 최근 내 형수에게 말했어. "이 생명체가 나한테 앙심을 품고 있어요. 이건 기 싸움이에요. 그는 자신이 하고 싶은 대로 하라고 강요하고 있어요. 하지만 난 복수를 할 겁니다. 우리 둘 중 하나만 살아남을 거예요." 뭐, 살아남을 사람은 바로 그 남자겠지만 그리 오래가지는 않을 거야. 왜냐하면 그 벌레를 죽이고 제거하겠다고 얼마 전 톨레가 황산염 한 병을 삼켰고 바로 그 순간부터 그는 죽어가고 있으니까. 당신, 이 이야기의 진정한 깊이를 이해할 수 있겠어?

정말 이상하지, 인간의 두뇌란!

마케팅 담당자에게 보내는 편지

하버드 서점 마케팅 담당자 귀하

최근 귀 서점에 아래 기술한 문제에 관해 전화로 문의한 결과, 귀하에게 직접 연락하라는 말을 들었습니다. 제 문의 사항은 귀 서점이 발행한 2002년 1월 뉴스레터 약력에 발생한 안타까운 오류에 관한 것입니다.

최근 출간된 제 책이 이 뉴스레터 뒤쪽에 실린 '집중 조명: 맥린 정신병원 출신들'이라는 칼럼에 등장한 것을 보고 깜짝 놀랐습니다. 현재 저는 맥린 출신 환자 목록이 꽤 탁월하고 여기가 이 나라에서 이런 종류의 기관 중 가장 권위 있는 곳이라는 사실을 알고 있습니다만, 저는 그 병원에 딱 한 번, 그것도 방문객으로 가봤습니다. 고등학교 친구를 만나러 들렀고, 기껏해야 한 시간쯤 그와 어색하게 있었습니다. 잘해도 우리의 대화란 게 어려웠으니까요.

완전히 솔직하게 말씀드리자면, 어쩌면 그게 오해의 원인일지 모르니까요, 제 가족 중 한 분이 한때 맥린에 입원한 적이 있습니다. 저와 성이 같은 증조부가 예전에 그 병원 환자였는데 지난 세기 초반의 일이고, 제 아버지에게서 들은 말과 편지들, 또 제가 소유한 다른 문서상의 증거들로 짐작하건대 그분이 정서가 심각하게 불안한 사람은 아니었습니다. 그분은 자기 직장에 무관심하고, 불합리한 사업 계획에서 종종 영감을 얻었으며, 가정생활에 불만이 많고, 요구가 심하고 상대를 구속하려 드는 아내의 성격에 억눌린, 일반적으로 불안정한 사람에 불과했습니다. 한때 정신병원을 탈출했다가 붙들려 강제로 귀환한 적이 있지만, 몇 달 후 사회 복귀 판정을 받고 퇴원했습니다. 그 후 가족과 떨어져 매사추세츠 하위치의 농장에서 한 남자 하인과 다소 고독하지만 평온한 삶을 살았습니다.

귀하가 그분과 저를 혼동할 어떤 이유도 떠오르지 않지만, 혹시 도움이 될까 싶어 이 정보를 제공합니다. 그러나 귀사 고객들이 제 책의 내용이나 제목, 혹은 제가 보기에도 다소 눈이 풀린 듯한 제 사진을 근거로 제가 과거에 맥린 정신병원 환자였다고 추측하지 않았다면, 귀사가 제 신원을 오해할 만한 다른 이유는 전혀 떠오르지 않습니다.

자신의 책이 관심을 받는 일은 언제나 반갑지만, 이런 식의 오해는 당혹스럽습니다. 모쪼록 이 문제를 해명해주시겠습니까?

진심을 담아.

감정의 진실에
더 가까이 다가가

3부

최후의 모히칸

우리는 늙은 어머니와 함께 요양원에 앉아 있다.

"물론 너희들이 보고 싶어 외롭단다. 하지만 아는 사람이 하나도 없는 낯선 곳에 와 있는 느낌은 아니야."

어머니는 우리를 안심시키려는 듯이 웃는다. "여긴 착한 윌리 같은 사람들이 아주 많아."

어머니가 덧붙인다. "물론 말을 못하는 사람들이 많아." 어머니는 잠시 멈추었다가 다시 말을 잇는다. "앞을 못 보는 사람도 많고."

어머니가 두꺼운 안경 너머로 우리를 본다. 우리는 어머니가 빛과 그림자 말고는 어떤 것도 볼 수 없다는 것을 안다.

"나는 사람들 말로 최후의 모히칸이란다."

2등급 숙제

이 물고기를 색칠하시오.
물고기를 자르시오.
각 물고기 위에 구멍을 뚫으시오.
구멍마다 끈을 꿰시오.
이 물고기들을 하나로 묶으시오.

이제 물고기들 위에 쓰인 글자를 읽으시오.
예수는 친구다.
예수는 친구들을 모은다.
나는 예수의 친구다.

달인

"너는 달인이 되고 싶구나." 그가 말했다. "음, 너는 달인이 아니야."

그 말이 내 자존심을 한순간에 무너뜨렸다.

나는 아직도 배울 게 많아 보인다.

거북한 상황

젊은 작가가 자신의 글을 개선하려고 자기보다 나이가 많고 경험도 많은 작가를 고용했다. 그러나 그는 그녀에게 보수를 지급하지 않는다. 사실 그녀는 그의 저택 부지 안에서 감금에 가까운 상황에 처했다. 늙고 허약한 그의 어머니가 마치 아들을 보고 싶지 않은 것처럼 등을 돌리고 멀어지면서 아주 작은 소리로 그가 고용한 작가에게 보수를 지급하라고 독촉했지만, 그는 그러지 않는다. 대신 그는 그녀를 향해 주먹 쥔 손을 쭉 내밀었고, 그녀는 뭔가를 받을 것처럼 그의 주먹 아래로 손을 내밀고 쫙 폈다. 그러자 그가 주먹을 펼쳤는데 빈손이었다. 그녀는 그가 복수하고 있다는 걸 안다. 한때 두 사람은 소위 연인 관계였는데 그녀가 그에게 마땅한 친절을 베풀지 않았다. 그녀는 때로 그에게 무례하게 굴었고, 다른 사람들 앞에서나 둘만 있을 때나 그를 얕잡아 보았다. 그녀는 지금 그가 자기에게 잔인하게 구는 것처럼 오래전 자신도 그에게 잔인하게 굴었는지 반복해서 생각해본다. 상황이 복잡해진 것은 지금 또 다른 사람이 이곳에서 그녀와 함께 살면서 부양을 의지하고 있는데, 그 사람이 그녀의 전남편이기 때문이다. 그녀와 달리, 또 억울해하는 전 연인과 달리 전남편은 유쾌하고 자신감이 넘치며, 그녀가 직접 말해줄 때까지 보수를 못 받고 있다는 사실을 모른다. 그러나 그 소식을 전해 들었을 때도 사실을 이해한 순간 잠깐 침묵할 뿐 다시 유쾌하고 자신감 넘치는 상태로 돌아갔는데, 부분적으로는 그가 그녀의 말을 믿지 않기 때문이고, 또 부분적으로는 그가 이제 막 시작한 자신의 글쓰기 프로젝트에 정신이 팔려 있기 때문이다. 그는 그녀에게 함께 그 일을 하자고 청한다. 그녀는 협력할 흥미도 의지도 있었지만, 막상 그 일을 보니 안타깝게도 또 다른 사람의 글쓰기와 관계가 있었다. 그녀는 그 글 혹은 캐릭터가 마음에 들지 않고, 그 다른 사람을 망치고 있다고 의심되는 점도 마음에 들지 않았으며, 그 일에 연루되고 싶지 않았다. 하지만 그에게 이런 생각을 말하거나 더 좋게는 숨기기 전, 이 글쓰기 프로젝트에 협력하고 싶지 않다고 생각하는 도중에 또 다른 의문이 떠올랐다. 놀라울 정도로 오랜 시간 동안, 아마도 몇 주 동안, 이 모든 일이 벌어지고 있는 가운데, 언제나 그녀에게 도움이 되었던 현 남편은 대체 어디에 있으며, 왜 그는 이 거북하기 짝이 없는 상황에서 그녀를 꺼내주지 않는가?

집안일 관찰

이 모든 먼지 아래서도
바닥은 사실 아주 깨끗하다.

처형

플로베르 이야기

연민에 관한 이야기가 하나 더 있어. 여기서 그리 멀지 않은 어느 마을에서 한 청년이 은행가와 그 부인을 살해하고 하녀를 성폭행하고 지하실에 있는 포도주를 전부 마셔 버렸어. 그는 기소되었고 사형선고를 받고 처형됐어. 그런데 이 특이한 친구가 단두대에서 죽는 모습을 보고 싶어 하는 사람이 많아서 전날 밤 시골 전역에서 엄청난 인파가 몰려왔어. 자그마치 만 명이 넘었지. 사람들이 어찌나 많이 몰려왔는지 빵집의 빵도 동났어. 여관도 다 차서 사람들은 밖에서 밤을 보냈지. 이 남자가 죽는 것을 보겠다고 사람들이 눈밭에서 잤단 말이야.

그러면서 우리는 로마의 검투사들을 향해 고개를 내젓지. 오, 허풍선이들!

신문 배달 소년의 쪽지

그녀가 남편에게 바닥에 나란히 함께 누워 있는 개와 고양이를 좀 보라고 한다. 남편은 자기 일에 집중하고 있기 때문에 곧바로 짜증을 낸다.

그가 그녀와 대화를 나누려 들지 않아서 그녀는 고양이와 개에게 말하기 시작한다. 또 그는 그녀에게 조용히 하라고 말한다. 집중할 수 없다고.

그가 하는 일은 신문 배달 소년에게 쪽지를 쓰는 것이다. 신문 배달 소년이 쓴 쪽지에 대한 답장이다.

신문 배달 소년은 이른 아침 어두운 그들의 마당을 지나다가 "스컹크처럼 생긴" "몇 마리 동물을 만났다"라고 썼다. 그래서 지금부터 신문을 마당 바깥쪽인 "뒤쪽 대문에" 놔두겠다고 선언했다.

그녀의 남편은 신문 배달 소년에게 답장으로 안 된다, 늘 그랬듯이 뒤쪽 현관에 신문을 배달받기를 원한다, 그럴 수 없다면 구독을 중단하겠다, 라고 쓰는 중이다.

사실 신문 배달 소년이 쓴 쪽지의 문법 구조를 따져보면 마당을 가로질러 신문을 배달하는 것은 동물들이다.

기차역에서

기차역이 몹시 붐빈다. 가만히 서 있는 사람도 있지만, 사람들이 한꺼번에 사방에서 걷고 있다. 민머리에 긴 자주색 승복을 입은 티베트 불교 승려가 걱정하는 얼굴로 군중 속에 서 있다. 나는 가만히 서서 그를 보고 있다. 기차가 출발하기까지 시간이 많이 남았다. 이제 막 기차 하나를 놓쳤기 때문이다. 승려가 자기를 보는 나를 본다. 그가 다가와 3번 트랙을 찾고 있다고 말한다. 나는 그 트랙이 어딘지 안다. 나는 그에게 길을 알려준다.

꿈

달

한밤중 침대에서 일어난다. 내 방은 크고, 바닥에 있는 하얀 개를 제외하곤 어둡다. 나는 방을 나간다. 복도는 넓고 길며, 황혼의 물결로 가득하다. 화장실 문간에 도착했는데 밝은 빛이 넘쳐흐르는 게 보인다. 저 멀리 머리 위로 보름달이 떴다. 달빛이 창 너머에서 들어와 곧바로 변기 좌석에 떨어진다. 마치 자비로운 신이 보내는 빛 같다.

잠시 후 침대로 돌아온다. 한동안 깬 채로 누워 있다. 방은 원래보다 더 밝다. 달이 건물 이쪽으로 돌아온 모양이다. 하지만 그게 아니다. 동이 트고 있었다.

꿈

내 발걸음

걷는 내 뒷모습을 본다. 걸음마다 빛과 그림자의 원이 생긴다. 걸을수록 이전보다 더 멀리 더 빨리 갈 수 있다는 걸 안다. 그래서 당연히 앞으로 도약해 달리고 싶어진다. 그러나 발이 잠시 땅에서 쉴 수 있도록 걸음마다 잠시 멈춰야 한다는 말을 들었다. 그래야 발이 다음 걸음을 떼기 전 힘과 뻗는 간격을 완전히 확보할 수 있다고 했다.

꿈

《타임스 리터러리 서플먼트》 과월호를
최대한 빨리 읽는 방법

제리 루이스의 삶에 관해 읽고 싶지 않다.

포유류 육식동물에 관해 읽고 싶지 않다.

어느 카스트라토의 초상에 관해 읽고 싶지 않다.

나는 이 시를 읽고 싶지 않다.
("…그리하여 나는 섰네 / 물가의 전해질 사이에…")

잉카 키푸 문자의 역사에 관해 읽고 싶지 않다.

나는 다음에 관해 읽고 싶지 않다.
중국 판다의 역사
셰익스피어 작품 속 여성 사전

다음에 관해서는 꼭 읽고 싶다.
쥐며느리

뒤영벌

•

로널드 레이건에 관해서는 읽고 싶지 않다.

이 시를 읽고 싶지 않다.
("버스에 앉아 / 부아를 내봐야 무슨 소용인가?")

뮤지컬 〈남태평양〉의 창작에 관해 읽고 싶다.
("이 연구는 아직 제대로 쓰이지 않은 브로드웨이 뮤지컬의 역사에 지대한 공헌을 할 것이다.")

다음에 관해서는 관심이 없다.
캐나다 군사 역사에 관한 옥스퍼드 편람

다음에 관해서는 관심이 없다.(적어도 오늘은)
히틀러
런던의 연극 제작사들

다음에 관해 관심이 있다.
거짓말의 심리학

자기 오빠의 죽음에 관해 쓴 앤 카슨
프루스트가 존경한 프랑스 작가들
카툴루스의 시들
세르비아어 번역들

다음에 관해서는 관심이 없다.
자유의 여인상 제작

●

다음에 관해 관심이 있다.
맥주
2차 세계대전 후 동 프러시아
유대인애호

다음에 관해서는 관심이 없다.
캔터베리 대주교

이 시에는 관심이 없다.
("풀밭에서 밝은 눈부심이 / 속세의 모래언덕 위로…")

다음에는 관심이 없다.

앵글로포르투갈계
표범 문장(紋章)

다음에는 관심이 있다.
보르헤스의 강연들
레몽 크노의《문체 연습》
서지학 역사 속 책 표지들
("처음으로 책 표지에 마땅한 지위가 부여되었다…")

다음에는 관심이 없다.
엘가와 솅커의 우정
알렉산더 포프의 작품
T. S. 엘리엇의 만년필

다음에는 관심이 없다.
감사원

●

다음에 관심이 있다.
이타주의의 사회적 가치
퐁네프의 건축

은판사진법의 역사

다음에는 관심이 없다.
영국 인구조사의 문화사
("이 학문적 책에서 필요 부분을 약간 수정하자면, 그러한 논쟁이 초기부터 인구조사를 어렵게 했음을 아는 게 유익하다…")

다음에는 관심이 없다.
미국 아코디언의 문화사
("여기를 꽉 쥐어라.")

다음에 관심이 있다.
사우스포트 잔디 깎기 박물관

다음에는 관심이 없다.
영국 텔레비전 비평의 역사
아카데미 시상식 패션
("1928년 제1회 시상식 이후 오스카의 복장 에티켓이 어떻게 변했는가.")

다음에는 관심이 없다.

아나카오나: 쿠바 최초 전원 여성 밴드의 놀라운 모험

•

언제나 (혹은 거의 언제나) 관심이 있다.
JC의 NB* 그리고 지하 미궁의 행적

다음에는 관심이 없다. 아니면 뭐, 그래, 어쩌면 관심이 있을지도 모른다.
외교의 역사
로라 부시의 자서전

* 작가 제임스 캠벨의 인기 연재 칼럼 NB를 말한다.

어머니와 긴 통화 중 쓴 메모

여름에   필요
예쁜 드레스   면(cotton)

cotton   nottoc
     coontt
     tcoont
               toonct
     tocnot   tocont
     tocton
  contot

남자들

세상에는 남자들도 있다. 우리는 가끔 그걸 잊고 여자들만 있다고 생각한다. 끝없는 언덕과 평원처럼 유순한 여자들만 펼쳐져 있다고. 우리는 농담을 거의 하지 않고, 서로를 위로하며, 삶은 빠른 속도로 지나간다. 그러나 이따금 우리 사이에 뜻밖의 남자가 소나무처럼 솟아올라 우리를 무자비하게 굽어보면, 우리는 우르르 떼를 지어 동굴과 도랑 속에 숨어들어 남자가 갈 때까지 기다리기도 한다.

부정적인 감정

한 교사가 읽고 있던 자료에서 영감을 받아 좋은 뜻으로 교내 다른 교사 전원에게 부정적인 감정에 관한 메시지를 보냈다. 어느 베트남 승려의 말을 인용한 조언의 메시지였다.

승려는 감정이란 폭풍과 같아서 한동안 머물렀다가도 사라진다고 말했다. 우리는 (폭풍이 다가오는 것처럼) 감정을 인지하자마자 스스로 안정적인 자리를 찾아가야 한다. 즉, 앉거나 누워야 한다. 복부에 집중해야 한다. 구체적으로는 배꼽 바로 아래 부위에 집중하고 호흡을 신경 써야 한다. 감정을 감정으로 알아볼 수 있으면 대처하기가 훨씬 쉬워진다.

다른 교사들은 당황했다. 동료 교사가 왜 부정적인 감정에 관한 메시지를 보냈는지 이해할 수 없었다. 그들은 그 메시지에 분개했고 그 동료에게 분개했다. 그 동료는 다른 교사들이 부정적인 감정을 품었고 그런 감정을 다루는 방법에 관한 조언이 필요하다고 비난하고 있었다. 일부 교사는 실제로 화를 냈다.

교사들은 분노를 다가오는 폭풍으로 여기지 않기로 했다. 그들은 복부에 집중하지 않았다. 배꼽 바로 아래 부위에 집중하지 않았다. 대신 왜 이런 메시지를 보냈는지 이해할 수 없고, 그 메시지야말로 부정적인 감정으로 가득하다고 따지는 답장을 즉시 보냈다. 그들은 동료 교사에게 그 메시지 때문에 촉발된 자신들의 부정적인 감정을 극복하려면 많은 연습이 필요할 거라고 썼다. 그러나 그런 연습을 할 생각은 없다고도 썼다. 그 부정적인 감정 때문에 괴로운 게 아니라 오히려 그 부정적인 감정이 좋으며, 특히 그 동료 교사와 그가 보낸 메시지에 관한 부정적인 감정이 좋다고 했다.

나는 아주 편안하지만
조금 더 편해질 수도 있을 것이다

나는 피곤하다.

내 앞의 사람들이 아이스크림을 너무 오래 고르고 있다.

내 엄지가 아프다.

한 남자가 콘서트 도중에 기침을 한다.

샤워 물이 너무 차갑다.

오늘 아침 해야 할 일이 어렵다.

식당에서 주방과 너무 가까운 자리에 앉게 되었다.

수하물 카운터에 줄이 길다.

●

자동차 안에 앉아 있는데 춥다.

스웨터 소매 끝이 축축하다.

샤워기 수압이 약하다.

배고프다.

그들이 다시 싸운다.

이 수프 맛이 밍밍하다.

네이블 오렌지가 약간 말랐다.

기차에 탔는데 혼자 두 좌석을 전부 차지하지 못했다.

그가 계속 나를 기다리게 한다.

그들은 떠났고 만찬 테이블에 나 혼자 남았다.

그 여자 말이 내 호흡이 정확하지 않다고 한다.

화장실에 가야 하는데 안에 누가 있다.

•

약간 긴장했다.

목덜미가 따끔거린다.

고양이한테 부스럼이 생겼다.

열차 뒷좌석 사람이 냄새가 많이 나는 음식을 먹고 있다.

피아노 연습을 하기에 저 방이 너무 덥다.

일하는 중인데 그에게서 전화가 온다.

실수로 사워크림을 샀다.

포크가 너무 짧다.

너무 피곤해 레슨을 잘 못 받을 것 같다.

사과에 갈색 점들이 있다.

말린 옥수수 머핀을 주문했는데, 나왔을 때 말라 있지 않았다.

●

그가 너무 큰 소리로 씹어서 라디오를 켜야 한다.

페스토가 너무 단단히 뭉쳐서 잘 섞이지 않는다.

내 엄지에 사마귀가 다시 자라고 있다.

검사 때문에 오늘 아침 어떤 것도 먹거나 마실 수가 없다.

그 여자가 자기 메르세데스를 내 집 진입로 입구를 가로질러 막으며 주차했다.

살짝 구운 귀리 건포도 머핀을 주문했는데, 살짝 굽지 않았다.

찻물이 끓기까지 너무 오래 걸린다.

양말 끝 솔기가 비뚤어졌다.

피아노를 연습하기에 저 방은 너무 춥다.

그는 외국어 단어를 정확하게 발음하지 않는다.

차에 우유를 너무 많이 탔다.

●

부엌에 너무 오래 있었다.

새 양말에 고양이 침이 묻었다.

좌석에 등받이가 없다.

믹서기 바닥이 샌다.

이 책을 계속 읽을지 결정할 수가 없다.

어두워져서 기차 안에서 강을 바라볼 수 없었다.

라즈베리가 시다.

후추 그라인더가 잘 갈리지 않는다.

고양이가 내 전화기에 오줌을 쌌다.

내 반창고가 젖었다.

그 가게에 디카페인 헤이즐넛 커피가 떨어졌다.

•

건조기 안에서 시트가 완전히 뭉쳐버렸다.

당근 케이크가 약간 맛이 갔다.

건포도빵을 살짝 구우면 건포도가 너무 뜨거워진다.

콧잔등이 약간 건조하다.

졸리지만 누울 수 없다.

검사실 오디오에서 포크 음악이 나온다.

저 샌드위치가 별로 기대되지 않는다.

라디오에 새 기상통보관이 왔다.

나무에 나뭇잎이 다 떨어져 이웃집 새 데크가 보인다.

이제 침대 위 깔개가 마음에 들지 않는다.

식당에서 소프트 록 음악이 계속 나온다.

●

안경테가 차갑다.

접시에 생 앙드레 치즈가 있지만 먹을 수 없다.

시계가 아주 큰 소리로 째깍거린다.

판단

판단(judgment)이라는 단어는 얼마나 작은 공간으로까지 압축될 수 있을까. 내 눈앞에서 무당벌레의 두뇌 안에 꼭 맞게 들어가 뭔가를 결정할 것 같다.

의자들

플로베르 이야기

루이는 망트의 교회에 다닐 때 의자를 바라보았어. 의자마다 아주 세밀하게 관찰해왔지. 그는 의자만 봐도 그 사람에 관해 많은 것을 알 수 있기를 바라. 그는 프리코트 부인이라는 여자의 의자부터 시작했어. 어쩌면 의자 뒤쪽에 여자의 이름이 씌어 있었을지도 모르지. 여자는 틀림없이 건장한 체격일 거야. 의자 좌석이 깊이 패였고 기도용 스툴도 두어 군데 보강이 되어 있었어. 여자의 남편은 부자일지도 몰라. 기도용 스툴에 놋쇠 못으로 고정한 붉은 벨벳이 씌워져 있었거든. 아니면 여자는 남편과 사별했을지도 몰라. 프리코트 씨라는 이름의 의자가 없었거든. 그 남편이 무신론자가 아니라면 말이지. 만약 프리코트 부인이 혼자라면 다른 남편을 찾고 있을지도 몰라. 의자 뒤쪽에 염색약 얼룩이 잔뜩 묻어 있었거든.

내 친구의 창작품

우리는 밤에 어느 빈터에 있다. 한쪽 면에 거대한 이집트 여신 넷의 측면상이 뒤쪽에서 조명을 받으며 서 있다. 검은 형체의 사람들이 빈터로 들어와 서로의 그림자를 스쳐 지나간다. 검은 하늘에 달이 붙어 있다. 어느 높은 기둥 위에서 뺨이 붉은 쾌활한 남자가 피리를 불고 노래한다. 가끔 남자가 기둥에서 내려온다. 남자는 내 친구의 창작품인데, 친구가 내게 묻는다. "무슨 노래를 부르라고 할까?"

꿈

피아노

우리는 새 피아노를 사려고 한다. 오래된 업라이트 피아노 소리판 전체에 금이 갔고 다른 문제들도 생겼다. 피아노 가게에서 낡은 피아노를 가져다 되팔아주길 바라지만 피아노가 너무 망가져서 누구도 사지 않을 거라고 한다. 그들 말이 피아노를 벼랑 끝으로 밀어 던져야 한단다. 원래 그렇게들 한다고. 트럭 운전사 두 명이 피아노를 외딴곳으로 가져간다. 한 사람이 뒤돌아 좁은 길을 내려가는 동안 또 다른 사람이 피아노를 벼랑 너머로 밀친다.

꿈

파티

친구와 함께 성대한 축제에 가는 길이다. 모르는 사이지만 막연히 익숙한 어떤 사람의 차를 타고 있다. 내 친구는 다른 흰색 차를 타고 우리 앞에 간다. 우리는 인적이 드문 거리를 몇 시간 달려 도시 가장자리에 있는 언덕으로 향한다. 우리는 계속 길을 잃고 방향을 묻기 위해 차를 세운다. 우리가 가진 지도는 부정확하고 읽기도 어렵다.

마침내 가파른 언덕 꼭대기에 이르러 나무 사이로 등을 밝힌 굽은 진입로에 들어섰다가 각광을 받고 있는 높은 돌 풍차 앞에 멈춘다. 차에서 내려 시끄러운 분수를 지나 자갈밭을 가로지른다. 발밑과 뒤편으로 도시 교외 지역이 펼쳐져 있다. 우리는 풍차 안으로 들어간다. 안쪽에서 검은색과 흰색으로 된 옷을 입은 작은 여자가 우리를 하얗게 바랜 계단 아래로 안내한다. 우리는 여자를 따라 돌로 된 통로를 지나고 모퉁이를 몇 번 돌아 마침내 마지막으로 더 넓어진 계단을 내려간다.

맨 아래에 광활한 원형 방이 있는데, 서까래 천장이 어둠에 묻혀 보이지 않는다. 우리보다 먼저 도착한 손님들이 왜소해 보일 정도로 거대한 회전목마가 방 가장자리까지 닿게 자리를 차지하고 있다. 회전목마는 움직이지 않는데 강력한 광선 조명을 받고 있다. 열린 마차가 달린 백마 네 마리는 밑부분이 앞뒤로 흔들리고, 선수상 두 개가 달린 배는 움직이지 않는 녹색 파도 위로 높이 솟구친다. 회전목마 주위에서 소심한 미소로 샴페인을 홀짝이던 손님들이 주춤거리며 뒤로 물러난다.

우리는 너무 놀라 계단 맨 아래 칸에서 더 움직이지 않고 있다. 회전목마는 여전히 움직이지 않지만 칼리오페*가 귀가 쟁쟁해질 정도로 울부짖으며 쿠르릉거리기 시작하자 방이 몸을 떤다. 손님들이 차례차례 회전목마에 올라타지만, 흔쾌한 혹은 행복한 모습은 아니고, 그저 두려워 보일 뿐이다.

꿈

---

* 그리스 신화에 나오는 아홉 뮤즈 중 한 명으로 서사시를 관장한다.

암소들

매일 새날에 그들이 외양간 저편에서 나오는 모습은 연극의 다음 막, 혹은 완전히 새로운 연극이 시작되는 것 같다.

외양간 저편에서부터 시야에 들어오는 그들의 리드미컬하고 우아하고 느릿느릿한 걸음걸이는 퍼레이드의 시작 같은 하나의 행사로 보인다.

가끔 첫째가 걸음을 멈추고 가만히 서서 보고 있으면 둘째와 셋째가 위풍당당하게 등장한다.

그들은 무슨 일이라도 벌어질 것처럼 외양간 뒤에서 모습을 드러내지만 아무 일도 일어나지 않는다.

어쩌다 우리가 아침에 커튼을 젖히면 그들은 이미 나와 이른 아침 햇살을 받고 있다.

그들은 진한 잉크 같은 검은색이다. 빛을 삼키는 검은색이다.

그들의 몸은 완전히 검지만 얼굴은 흰색이다. 두 마리의 얼굴에는 마스크처럼 커다란 흰색 반점이 있다. 셋째의 얼굴에는 이마에 은화 크기의 작은 반점이 있을 뿐이다.

그들은 다시 움직일 때까지 멈췄다가 앞, 뒤, 앞, 뒤, 한 발 한 발 움직이며 다른 곳에 가 멈추고 다시 미동 없이 서 있다.

완전히 가만히 서 있을 때가 종종 있다. 하지만 몇 분 후 다시 고개를 들어보면 그들은 어느새 다른 곳에 가 있고 또 완전히 가만히 서 있다.

그들 셋이 전부 숲 옆 들판의 먼 구석까지 나가 모여 서 있으면 다리가 열두 개인 하나의 어둡고 불규칙한 덩어리가 된다.

그들은 종종 커다란 들판에 함께 모여 있다. 그러나 때로는 서로 균등한 간격으로 멀찍이 떨어져 풀밭에 누워 있다.

오늘은 둘이 외양간 뒤에서 절반만 몸을 내밀고 가만히

서 있다. 10분이 흘러간다. 이제 그들은 외양간 밖으로 완전히 빠져나와 가만히 서 있다. 또 10분이 흐른다. 이제 셋째가 나와 셋이서 한 줄로 선 채 가만히 있다.

다른 둘이 이미 꽤 멀리 떨어진 곳에 나와 각자 자리를 잡았을 때 셋째가 외양간 뒤쪽에서 들판으로 나온다. 셋째는 둘 중 하나에게 합류할 것이다. 셋째는 일부러 먼 구석쪽 녀석에게 다가간다. 셋째는 그 암소와 함께 있는 게 좋은 걸까, 아니면 구석 자리가 좋은 걸까, 아니면 더 복잡한 이유가 있을까? 그 구석 자리가 그 암소의 존재로 인해 더 매력적으로 보인다거나 하는.

그들은 완전한 집중력으로 길 건너편을 바라본다. 그들은 가만히 서서 우리를 본다.
  그들이 너무 가만해서 그 태도가 철학적으로 보인다.

나는 부엌 창문을 통해 울타리 끝 너머로 그들을 지켜볼 때가 가장 많다. 내 시야 양쪽에는 나뭇잎이 무성한 나무들이 있다. 그 사이로 암소들이 그렇게나 자주 보인다는 사실이 놀랍다. 내가 그들을 바라보는 울타리 부분은 고작 90센티미터 정도이고 더 당혹스러운 점이라면 내가 앞으로 팔을 쭉 내밀어 가늠해보면 그들이 풀을 뜯고 있는 들판은 내 손가락 절반 크기밖에 안 되기 때문이다. 내 시야에 보이는 들판은 그들이 풀을 뜯는 수백 제곱피트 면적의 아주 작은 일부분에 불과하다.

저 암소의 다리는 움직이고 있지만 곧바로 우리 쪽을 향하고 있어서 마치 한자리에 머물러 있는 것처럼 보인다. 하지만 녀석이 점점 커지는 걸 보면 이쪽으로 오는 중인 게 확실하다.

한 마리는 앞쪽에 있고 두 마리는 그 한 마리의 뒤쪽과 숲 사이 중간 지대에 있다. 내 시야에서 보면 앞쪽 암소가 차지하는 공간과 중간 지대에서 두 마리가 함께 차지하는 공간이 똑같아 보인다.

그들은 모두 셋이라서 그중 한 마리가 나머지 두 마리가 함께하는 모습을 지켜볼 수 있다.

혹은 셋이라서 두 마리가 예를 들어 누워 있는 세 번째 소 한 마리를 걱정할 수 있다. 셋째가 종종 누워 있는데도, 심지어 그들 모두가 종종 누워 있으면서 그 한 마리를 걱정한다. 걱정하는 두 마리가 서로 비스듬히 서서 누워 있는 한 마리에게 코를 들이밀자 마침내 그 한 마리가 자리에서 일어난다.

그들은 크기가 거의 같지만, 한 마리가 가장 크고, 한 마리는 중간 크기이며, 한 마리는 가장 작다.

한 마리가 들판 가장 깊은 구석까지 힘차게 걸어갈 이유가 있다고 생각하지만, 다른 한 마리는 그럴 이유가 없다고 생각해 그 자리에 가만히 서 있다.
   첫 번째 소가 힘차게 걸어가는 동안 둘째가 처음에는 그 자리에 가만히 서 있었지만, 이내 마음을 바꾸고 따라간다.
   녀석은 따라가다가 도중에 멈춰 선다. 왜 거기로 가고 있는지 잊은 걸까, 아니면 흥미를 잃은 걸까? 녀석과 또 다른 소가 나란히 서 있다. 녀석은 정면을 똑바로 보고 있다.

그들이 얼마나 자주 가만히 멈춰 서서 이곳에 한번도 온 적 없는 것처럼 천천히 주위를 둘러보는지 모른다.
   그러나 지금 한 마리가 감정에 휩싸여 몇 걸음 걸어간다.

지금 내 눈에는 울타리 옆에 한 마리만 보인다. 울타리 쪽으로 걸어가자 둘째 소의 일부가 보인다. 외양간 문밖으로 옆모습을 내민 귀 하나다. 곧 녀석의 얼굴이 전부 나타나 나를 볼 것이다.

그들은 우리에게 실망하지 않고, 혹은 실망했다는 것을 기억하지 않는다. 어느 날 우리가 그들에게 줄 것이 하나도 없어 그들이 흥미를 잃고 돌아서더라도 다음 날이면 실망감을 잊을 것이다. 우리가 처음 나타났을 때 그들이 우릴 보고도 고개를 돌리지 않는 걸 보면 알 수 있다.

때로 그들은 릴레이 비슷하게 떼를 지어 전진한다.
 한 마리가 자기 앞의 암소에게 용기를 얻어 그 암소를 조금 지나쳐 몇 걸음 나간다. 이제 가장 뒤쪽의 한 마리가 앞의 암소에게서 용기를 얻어 자기가 선두로 나갈 때까지 움직인다. 이런 식으로 이들은 서로에게서 용기를 얻고 무리를 지어 전진하면서 눈앞의 낯선 것을 향해 나아간다.
 이렇게 하나로 기능할 때 그들은 우리가 기차역 너머로 가끔 보는 작은 비둘기 떼와 다르지 않다. 비둘기들은 계속 공중을 맴돌고 회전하면서 다음은 어디로 갈지 즉각 집단적인 결정을 내린다.

우리가 가까이 다가가면 그들은 호기심을 품고 앞으로 나온다. 그들은 우리를 보고 냄새를 맡고 싶어 한다. 냄새를 맡기 전에 힘차게 숨을 내뿜어 통로를 깨끗이 한다.

그들은 핥기를 좋아한다. 사람 손이나 소매, 다른 소의 머리나 어깨나 등을 핥는다. 또 누가 핥아주는 것도 좋아한다. 누가 핥아주면 고개를 살짝 숙이고 깊이 집중하는 눈빛을 보이며 아주 가만히 서 있다.

한 마리가 핥음을 받는 동안 다른 한 마리가 질투할 수도 있다. 그러면 핥고 있는 소의 늘어난 목 밑에 제 머리를 들이대고 핥기를 멈출 때까지 위로 치받는다.

두 마리가 아주 가까이 서 있다. 지금 두 마리가 동시에 움직이며 각자 다른 위치로 옮겨가더니 다시 가만히 서 있다. 마치 안무가의 지시를 정확히 따르는 것 같다.

이제 그들은 서로의 엉덩이와 머리가 겹치고 그 사이로 두 개의 굵은 다리 뭉치가 보이게 자세를 바꾼다.

한동안 다른 소들과 단단히 뭉쳐 있던 소가 혼자 들판 먼 구석으로 걸어간다. 그 순간 녀석에겐 자신만의 어떤 마음이 있는 것처럼 보인다.

고개를 들고 발은 앞쪽으로 굽힌 자세로 누운 녀석의 모습을 옆에서 보면 길고 예리한 삼각형을 이룬다.

옆에서 보면 녀석의 머리는 이등변삼각형에 가깝지만 코쪽 꼭짓점이 뭉툭하다.

고독하고 경솔한 순간, 녀석은 들판을 가로질러 가다가 몸을 한번 박차고 뛰어오른다.

둘이 현장에서 박치기 게임을 시작하는데, 자동차가 지나가자 멈춰서서 바라본다.

녀석이 몸을 박차며 앞뒤로 뻣뻣하게 흔든다. 이 동작이 다른 한 마리를 흥분시켜 둘이 함께 박치기를 시작한다. 박치기를 끝낸 후 한 마리는 땅바닥에 코를 대는데, 다른 한 마리는 자기가 방금 무슨 짓을 했는지 생각하는 것처럼 가만히 서서 정면을 바라본다.

●

다양한 놀이의 형태: 박치기, 뒤쪽 혹은 앞쪽에서 올라타기, 혼자서 종종걸음으로 멀어지기, 함께 종종걸음치기, 혼자서 박차고 뛰어오르기, 다른 소들이 알아채고 자신을 향해 종종걸음으로 다가올 때까지 바닥에 머리와 가슴 대

고 있기. 박치기 자세를 취했다가 하지 않기.

뒤편의 숲 언덕을 향해 음매 하고 울면 그 소리가 되돌아온다. 녀석이 다시 높은 가성으로 운다. 그렇게 크고 검은 동물이 내는 소리치고는 아주 작다.

오늘 그들은 머리와 꼬리, 머리와 꼬리가 이어지게 정확히 한 줄로 서 있다. 그 모습이 마치 열차 같다. 첫째가 기관차 전조등처럼 똑바로 앞을 보고 있다.

검은 암소의 형태는 정면에서 보면 부드러운 검은 타원인데, 위쪽이 더 크고 아래로 내려올수록 가늘고 아주 좁아진다. 마치 눈물방울 같다.

이제 그들은 서로 엉덩이를 바짝 붙이고 서서 나침반의 기본 네 방향 중 세 곳을 향해 있다.

가끔 한 마리가 배설을 위해 꼬리를 끝부터 들어 올려 펌프 손잡이처럼 구부러진 모양으로 바꾼다.

●

오늘 아침 그들은 기대감에 서린 것처럼 보이지만, 사실은 두 가지가 조합된 것이다. 즉, 폭풍 전의 이상한 노란 빛과 요란한 딱따구리 소리에 귀 기울일 때 짓는 경계의 표정이 섞였다.

누렇게 변해가는 11월 말의 풀밭 위에 하나, 둘, 셋, 고른 간격으로 흩어진 그들은 무척 가만하고 몸에 비해 다리가 너무 가늘어서 옆모습을 보면 때로 다리가 땅에 박힌 나뭇가지처럼 보인다.

녀석은 얼마나 유연하고 정밀한지. 뒷발굽 하나를 앞으로 쭉 뻗어 귀 안쪽의 특정 부위를 긁을 수도 있다.

고개가 아래로 향해 말이나 숲속의 놀란 사슴보다 덜 고상해 보인다. 더 정확히 말하면 아래로 숙인 고개와 목 때문이다. 가만히 서 있으면 머리끝이 등과 수평이거나 조금 더 낮다. 그래서 낙담하거나 당황하거나 부끄러워 고개를 숙이고 있는 것처럼 보인다. 적어도 녀석에겐 둔감함과 겸손함의 분위기가 풍긴다. 그러나 이런 분위기는 전부 가짜다.

주인이 우리에게 말한다. 녀석들은 정말로 아무것도 하지 않아요.

그러곤 덧붙인다. 하지만 녀석들에겐 당연히 할 일이 많지 않지요.

그들의 우아함: 걸을 때 정면에서 보는 것보다 옆에서 보는 게 더 우아하다. 앞에서 보면 양옆으로 약간 기우뚱거리며 걷는다.

•

걸을 때 보면 앞다리가 뒷다리보다 더 우아한데, 뒷다리가 더 뻣뻣하게 보이기 때문이다.

앞다리가 뒷다리보다 더 우아한데, 앞다리는 곡선으로 올라가지만 뒷다리는 번개처럼 들쭉날쭉한 선으로 올라가기 때문이다.
   그러나 어쩌면 앞다리보다 덜 우아한 뒷다리가 더 기품 있을지도 모른다.

다리 관절이 움직이는 방식 때문이다. 앞다리의 아래쪽 관절 두 개는 다리가 들리면서 곡선을 이루기 위해 같은 방식으로 굽지만, 뒷다리의 아래쪽 관절 두 개는 다리가 들릴 때 서로 반대 방향으로 각도를 이루기 위해 낮은 관절은 부드럽게 앞으로 향하고, 위쪽 관절은 날카롭게 뒤로 향한다.

지금은 겨울이라 풀을 뜯지는 않고 가만히 서서 응시하거나 이따금 이리저리 걸어 다닌다.

0도가 조금 넘는 몹시 추운 겨울 아침이지만 햇살이 좋다. 두 마리가 머리와 꼬리를 나란히 하고 꽤 오랫동안 대략 동서 방향으로 가만히 서 있다. 아마 온기를 모으려고 태양 쪽으로 가장 넓은 옆면을 향하고 있을 것이다.
 마침내 몸을 움직이는 건 충분히 따뜻해져서일까, 아니면 몸이 뻣뻣해졌거나 지루해서일까?

•

때로 그들은 눈밭에서 울퉁불퉁한 검은색 덩어리가 된다. 그 검은 덩어리는 양쪽 끝에 머리가 하나씩 있고 아래쪽엔 다리가 많다.
 옆에서 보면, 특히 세 마리 모두 세 겹으로 겹쳐 같은 방향을 보고 있으면, 머리 두 개는 위를 하나는 아래를 향하고 있는 머리 셋 달린 한 마리의 두꺼운 암소가 된다.

때로 눈밭을 배경으로 우리 눈에 보이는 것은 돌출부들, 일테면 귀와 코의 돌출부, 뼈가 앙상한 엉덩이의 돌출부, 머리나 어깨 위 날카로운 뼈의 돌출부들이다.

눈이 오면 나무나 들판에 눈이 내려앉는 것처럼 그들에게도 눈이 내려앉는다. 때로 그들은 나무나 들판처럼 가만히 있다. 등과 머리에 눈이 쌓인다.

한동안 눈이 많이 내렸고 지금도 눈이 오고 있다. 울타리 옆에 서 있는 그들에게 다가가면 등에 눈이 쌓인 게 보인다. 얼굴에도 심지어 입 주변의 수염 한 올 한 올에도 눈이 얕게 쌓여 있다. 얼굴에 쌓인 눈은 너무 하얘서 검은색을 배경으로 그토록 하얗게 보였던 얼굴 위 흰색 반점이 노란빛을 띤다.

멀리서 눈을 배경으로 볼 때 우리 쪽으로 얼굴을 향한 채 각자 꽤 멀리 떨어져 있으면 펜으로 넓적하게 그은 검은 획처럼 보인다.

어느 겨울날: 먼저 한 소년이 암소들과 들판 눈밭에서 논다. 이윽고 들판 밖에서 세 소년이 자전거를 타고 지나가는 네 번째 소년에게 눈덩이를 던진다.

그사이 암소 셋은 종이에서 오려낸 것처럼 꼬리를 맞대고 나란히 서 있다.

이제 소년들이 암소에게 눈덩이를 던지기 시작한다. 한 이웃이 이 모습을 보고 말한다. "그저 시간문제였어요. 쟤들도 던지지 않고는 못 배겼을 거예요."
 하지만 암소들은 그저 소년들에게서 멀어질 뿐이다.

하얀 눈밭을 배경으로 너무 가까이 뭉쳐 있고 색도 너무 검어서 나는 세 마리가 함께 있는지 그저 두 마리인지 알 수 없지만, 저 덩어리의 다리가 여덟 개 이상인 게 확실할까?

멀리서 한 마리가 눈밭에 고개를 숙이고 있고, 다른 두 마리가 지켜보다가 첫째에게 종종걸음으로 다가가기 시작하더니 이내 느린 구보로 달려간다.

그들이 숲 옆 들판의 먼 가장자리에서 나란히 걷고 있다. 어두운 숲을 배경으로 보면 어두운 그들의 몸이 완전히 사라지지만 다리는 눈밭을 배경으로 해서 여전히 보인다. 흰색 땅에 검은 막대가 반짝인다.

그들은 가끔 수학 문제 같다: 암소 두 마리가 눈밭에 누워 있고 한 마리가 언덕을 보고 서 있으면 모두 합해 세 마리가 된다.

혹은: 암소 한 마리가 눈밭에 누워 있고 두 마리가 길 건너 이쪽을 보고 서 있으면 모두 합해 세 마리가 된다.

오늘은 세 마리 모두 누워 있다.

한겨울에 그들은 많은 시간을 눈밭 곳곳에 누워서 보낸다.

•

녀석이 누워 있는 것은 다른 두 마리가 앞에 누워 있기 때문일까, 아니면 다들 누워 있기 딱 좋은 시간이라고 느껴서 세 마리 모두 누워 있는 걸까? (정오 직후의 쌀쌀한 초봄날이고, 햇볕은 간헐적, 들판에 눈은 없다.)

녀석이 누워 있는 모양새를 옆에서 봐도 위에서 볼 때처럼 무엇보다 부츠잭*과 비슷할까?

삶이 이토록 단순할 수 있다는 게 믿기 어렵지만, 삶은 이

---

* 부츠를 벗을 때 쓰는 작은 도구로 길쭉한 네모 모양에 한쪽 끝이 U자 형태로 되어 있다.

렇게 단순하다. 이게 반추동물, 그것도 보호받는 가축 반추동물의 삶이다. 녀석이 송아지를 낳는다면 그 삶은 더 복잡해질 것이다.

과거와 현재와 미래의 암소들: 누렇게 변해가는 11월 말의 풀밭을 배경으로 봤을 때 무척 검게 보였다. 겨울의 하얀 눈밭을 배경으로 봤을 때 정말 검었다. 지금 이른 봄 황갈색 풀밭을 배경으로 보니 무척 검다. 곧 여름의 진한 녹색 풀밭을 배경으로 봐도 무척 검게 보일 것이다.

두 마리는 아마도 임신한 것 같은데, 여러 달 된 것 같다. 하지만 몸집이 워낙 거대해서 확신하기는 어렵다. 송아지가 태어날 때까지는 알 수가 없다. 송아지가 태어난 후에도, 송아지가 꽤 크더라도, 암소는 여전히 이전처럼 거대해 보일 것이다.

풀을 뜯는 암소를 옆에서 보면: 뼈가 앙상한 엉덩이부터 어깨까지 거의 알아볼 수 없는 점차적인 각도로 경사져 있다. 풀밭에 고개를 숙이고 있으면 어깨부터 코끝까지 아주 가파른 경사다.

●

풀 뜯는 암소나 그 자세 혹은 형태를 옆에서 보면 우아하다.

왜 소들은 내게 정면이나 후면이 아닌 옆면을 보인 채 풀을 뜯을까? 한쪽 눈은 숲을, 한쪽 눈은 도로를 주시하려는 걸까? 아니면 교통량이 적기는 하지만 오른쪽에서 왼쪽, 왼쪽에서 오른쪽으로 지나가는 차들이 도로와 평행한 자세로 풀을 뜯도록 영향을 미치는 걸까?

아니면 그들이 내게 옆면을 보이고 풀을 뜯을 때가 많은 게 사실이 아닌 걸까? 어쩌면 그들이 하필 옆면을 보일 때 내가 그들에게 더 주목하는 걸지도 모른다. 결국 그들이 내 쪽으로 완벽한 옆면을 보일 때 몸의 가장 큰 표면이 내게 보이고, 각도가 바뀌자마자 그들이 덜 보이며, 뒷면이나 정면을 보일 때 가장 작은 부분이 보인다.

그들은 꼬리만 양옆으로 힘차게 움직이며 들판 여기저기를 천천히 움직인다. 이 모습과 대조적으로 그들만큼이나 검은 새 무리가 그들 뒤와 주변에서 파도처럼 끊임없이 날아올랐다 내려앉는다. 우리 눈에 새들은 기쁨이나 흥분으로 움직이는 것처럼 보이지만, 어쩌면 그저 먹이를 쫓아 부지런히 움직이고 있을 뿐인지도 모른다. 암소 몸에서 날아올랐다가 다시 내려앉는 파리 떼 말이다.

그들의 꼬리는 정확히 채찍질을 하거나 철썩대지 않고, 휙 소리가 나지 않는 걸 보면 휙 움직이지도 않는다. 술이 달린 부분부터 살짝 찰싹거리며 급강하하거나 둥글게 구부러진다.

●

녀석이 고개를 숙이고 자기 그림자인 어두운 원 안에서 풀을 뜯고 있다.

언제나 또 다른 잡초가 생기기 때문에 우리 정원의 잡초 뽑기를 그만두기 어려운 것처럼, 녀석도 바로 앞에 언제나 신선한 풀의 새싹이 생기기 때문에 풀 뜯기를 그만두기 어려울 것이다.

풀이 짧으면 이와 입술 사이로 직접 풀을 잡아 뜯는다. 풀이 더 길면 우선 혀를 옆으로 쓸어서 풀을 붙잡은 다음 입으로 가져간다.

그들의 큼직한 혀는 분홍색이 아니다. 두 마리의 혀는 연한 회색이다. 세 번째 암소의 혀는 그보다 진한 어두운 회색이다.

그들 중 하나가 송아지를 낳았다. 하지만 실제로 녀석의 삶은 이전보다 훨씬 더 복잡해지지 않는다. 녀석은 송아지에게 젖을 먹이려고 가만히 서 있다. 송아지를 핥아준다.
  오직 출산 시간 동안만, 종려 주일이었던 그날만 훨씬 더 복잡했다.

오늘 다시 암소들이 들판에 대칭을 이루며 서 있는데, 이제 그들 사이 풀밭에 짧게 빗나간 검은 선이 하나 있다. 잠자는 송아지다.

그들이 누워서 쉴 때 들판에 세 개의 검은 나란한 덩어리가 있었다. 이제 세 개와 또 다른 하나의 아주 작은 덩어리가 있다.

●

곧 생후 사흘 된 이 녀석도 풀을 뜯거나 풀 뜯는 법을 배우겠지만, 내가 서 있는 곳에서 보면 녀석은 너무 작아서 때론 작은 나뭇가지에도 가려진다.

녀석이 미니어처처럼 제 엄마를 흉내 내 풀밭에 코를 대고 가만히 서 있으면, 그 몸이 아주 작고 다리도 너무 가늘어서 굵은 검은색 스테이플 철침처럼 보인다.

   녀석이 엄마를 쫓아갈 때면 흔들 목마처럼 느린 구보로 달린다.

물이 없거나 외양간에 들어갈 수 없을 때 그들은 가끔 항의한다. 그중 가장 검은 녀석이 완벽하게 규칙적으로 스무 번 이상 연속해서 울어댄다. 그 소리가 소방서 화재 경보처럼 언덕으로 울려 퍼진다.

   이럴 때 녀석의 울음은 권위적으로 들린다. 그러나 녀석에게 권위는 없다.

두 번째 암소에게서 두 번째 송아지가 태어난다. 이제 풀밭에 있는 하나의 작은 검은 덩어리는 더 큰 송아지다. 풀밭에 있는 더 작은 검은 덩어리는 갓 태어난 송아지다.

세 번째 암소는 수소에게 데려가는 트럭에 올라타지 않으려고 했기 때문에 송아지를 낳을 수가 없었다. 몇 달 후 사람들은 그 암소를 도살장으로 데려가려고 했다. 하지만 녀석은 도살장으로 데려가는 트럭에 올라타지 않으려고 했다. 그래서 녀석은 아직 거기 있다.

●

이웃들은 간혹 집을 비우지만, 암소들은 언제나 거기 들판에 있다. 들판에 없으면 외양간에 있다.

  나는 그들이 들판에 있고, 내가 여기서 울타리 쪽으로 다가가면 곧 세 마리 모두 건너편에서 나를 만나러 울타리 쪽으로 다가올 것을 안다.

그들은 사람, 이웃, 시계, 심지어 암소 같은 단어를 모른다.

해 질 녘 우리 집 실내에 불을 밝히면 그들은 도로 건너편 들판에 있어도 보이지 않는다. 우리가 불을 끄고 어둠 속을 내다보면 그들이 서서히 다시 보인다.

그들은 해 질 녘에도 거기서 풀을 뜯고 있다. 그러나 땅거미가 어둠으로 바뀌고 숲의 하늘이 여전히 보랏빛을 띤 푸른색인 동안에는 어두워지는 들판을 배경으로 그들의 검은 몸을 보기가 점점 더 어려워진다. 그럴 때면 그들이 완전히 보이지 않지만, 여전히 거기 나와 어둠 속에서 풀을 뜯고 있다.

전시회

플로베르 이야기

어제 깊이 쌓인 눈을 뚫고 르아브르에서 여기까지 온 야만인 전시회를 보러 갔어. 그들은 카피르인*이었어. 가엾은 흑인들과 매니저는 굶어 죽어가는 것처럼 보였어. 몇 페니를 내면 전시회에 들어갈 수 있어. 계단을 조금 오르면 연기로 가득한 비참한 방이 나와. 관리가 잘되어 있지 않았고, 작업복 차림의 일고여덟 명이 좌석 여기저기에 앉아 있었어. 우리는 잠시 기다렸어. 그때 야수처럼 생긴 사람이 호랑이 가죽을 걸치고 거친 소리를 내지르며 나타났어. 몇 명이 더 뒤따라 들어왔어. 전부 네 명이었어. 그들은 무대 위로 올라가 스튜 냄비 주변에 쭈그리고 앉았어. 흉측하면서도 동시에 멋진 모습이었어. 온몸이 부적과 문신이고 해골처럼 깡말랐는데, 피부색은 잘 마른 나의 오래된 파이프 색깔이었고, 얼굴은 납작하고 치아는 하얗고 눈은 크고 표정은 절망적으로 슬펐고, 놀랐고, 야수 같았어. 창밖의 황혼과 길 건너 지붕을 하얗게 덮은 눈이 그들 위

* 남아프리카 반투족 흑인을 말한다.

로 잿빛 그늘을 드리웠어. 나는 지상 최초의 인간들을 보는 기분이 들었어. 이제 막 생겨난 그들이 두꺼비와 악어와 나란히 기어 다니는 것처럼 느껴졌지.

이윽고 그중 한 사람이, 나이 든 여자였는데, 나를 보고 내가 앉은 관람석으로 왔어. 여자는 갑자기 내가 마음에 들었는지, 내게 뭐라고, 내가 알아들을 수 있는 한 뭔가 애정 어린 말을 했어. 그러고는 내게 키스하려고 했어. 관람객들이 깜짝 놀라 내 쪽을 보았어. 나는 15분 동안 자리에 앉아 여자의 길고 긴 사랑의 선언에 귀를 기울였어. 매니저에게 여자가 뭐라고 말하는지 몇 번 물어봤지만, 그는 한마디도 옮기지 못했어.

매니저는 그들도 영어를 조금 할 줄 안다고 했지만, 내가 보기엔 한마디도 알아듣지 못하는 것 같았어. 마침내 나로선 다행히 전시회가 끝나고 내가 그들에게 몇 가지 질문을 했지만, 그들은 대답하지 못했거든. 나는 음울한 그곳을 떠나 다시 눈밭으로 돌아갈 수 있게 되어 기뻤어. 어딘가에서 부츠를 잃어버리기는 했지만 말이야.

백치, 광인, 바보, 야만인이 나를 매력적으로 보는 이유가 뭘까? 이 가엾은 이들은 내 안에서 어떤 동정심을 감지하는 걸까? 그들은 우리 사이에 일종의 유대감을 느끼는 걸까? 틀림없어. 발레 하는 백치들도, 카이로의 광인들도, 이집트 위쪽의 수도승들도, 전부 사랑의 선언으로 나를 귀

찮게 했거든!

나중에 이 야만인 전시회의 매니저가 그들을 버렸다는 말을 들었어. 당시 그들은 루앙에 두 달째 머무르는 중이었는데, 처음에는 보부아쟁 대로에서 지냈고 다음은 내가 보았던 그랑드뤼에서 지냈대. 매니저가 떠났을 때 그들은 비콩테 거리의 허름하고 작은 호텔에 묵었다지. 그들이 의지할 곳이라곤 영국 영사관뿐이었어. 그들이 어떻게 의사 소통을 했는지는 모르겠어. 어쨌든 영국 영사는 그들이 빚진 호텔 숙박비 400프랑을 대신 갚아주었고, 파리행 기차를 타게 해주었어. 그들은 파리에서 고용되었대. 아마 파리 데뷔 무대가 될 거야.

페퍼민트 사탕 회사에 보내는 편지

'올드패션드 추이 팝' 제조사 귀하

 지난 크리스마스에 남편과 저는 지역 주민뿐만 아니라 주말 여행객들도 상대하고, 한쪽에 구내식당도 딸렸으며, 끊임없이 투덕거리며 서로 잔소리를 늘어놓는 부부가 운영하는 규모가 큰 시골의 한 상점에 들렀습니다. 점심을 먹고 떠나기 전에 갓 나온 포장 고급 식료품을 둘러보던 중 크리스마스답게 밝은 빨간색 통(이른바 '틴')에 담긴 귀사의 '올드패션드 추이 팝' 페퍼민트 사탕이 눈길을 끌었습니다. 저는 페퍼민트를 좋아하고, 통에 붙은 성분표를 읽어보니 방부제나 인공 향신료, 인공 색소를 쓰지 않았다고 되어 있는 데다가 순수한 사탕을 구하기가 어려웠기 때문에 그 페퍼민트를 사기로 했습니다. 그런 특별한 상점은 가격이 비싸다는 사실을 알았지만, 크리스마스가 다가오는 만큼 약간 사치를 부리고 싶어서 사탕 가격을 묻지 않았습니다. 하지만 막상 계산대에 가서는 순 중량이 13온스(369그램)인 페퍼민트 한 통이 15달러라는 사실에 충격을 받았습니다. 저는 잠깐 망설이다가 어쨌든 사탕을 샀는데, 한편으로 참을성도 없어 보이고 미소도 짓지 않는 계산대의 젊은 여성 앞에서 당혹감을 느꼈기 때문이고, 또 한편으로 그 페퍼민트를 포기하고 싶지 않아서였습니다. 우리는 집에 돌아왔고, 사탕 통에서 사탕을 씹기 전 입안에서 부드럽게 녹여서 먹으라는 농담조의 경고문을 읽었습니다. 경고문은 이렇게 말했습니다. "당신의 이가 고마워할 거예요!" 뭐, 페퍼민트가 부드러워 보여도 씹으면 이에 딱딱하게 달라붙는 게 사실이긴 합니다. 결국 사탕 하나를 입에 넣었는데, 조심스럽게 그리고 매우 힘들게 씹었습니다. 사탕이 자꾸 이에 달라붙어서 입안에 물고 있기가 상당히 거북했습니다. 하지만 맛은 훌륭했다고 말해야겠습니다. 제가 지금 귀사에 편지를 쓰는 이유는 맛이나 씹기 불편한 점 때문이 아니라 통 안에 든 사탕의 양 때문입니다. 처음 사탕 통을 열었을 때 사탕이 꽉 차 있지 않다는 생각이 들었습니다. 맨 위까지 차 있기는 했지만 여유 있게 채워져 있었습니다. 저는 다시 성분표를 보았습니다. 귀사는 1회 제공량을 6개로 표시해놓고 한 통당 '약' $12\frac{1}{3}$인분이라고 명시해두었더군요. 저는 계산을 해보고 통 안에 '약' 74개의 사탕이 들어 있어야 한다고 생각했습니다. 솔직히 통에 사탕이 74개나 들어 있을 것 같지는 않았습니다. 저는 가족에게 이 사실을 알린 후 각자 사탕이 몇 개 들었을지 알아맞히는 내기를 하기로 했습니다. 저는 64개에 걸었습니다. 귀사의 주장을 좀 더 신뢰한 남편은 70개라고 걸었습니다. 십 대이자 보다 과감한 성격의 아들은 50개만 들었다고 했습니다. 음, 저는 식탁 위에 사탕을 쏟아놓고 수를 세어보았습니다. 누가 내기에서 이겼을까요? 유감스럽게도 제 아들이었습니다. 통(혹은 틴)에는 겨우 51개 들어 있었습니다. 70개나 심지어 66개만 있었어도 이해할 수 있습니다만, 51개라면 귀사가 대략 통에 들어 있다고 주장한 개수의 3분의 2에 불과합니다. 저는 귀사가 왜 이런 거짓 주장을 하는지 정말 이해할 수가 없습니다. 이제 저는 호기심이 생겨 페퍼민트의 순 중량도 과장되었는지 계산해봤습니다. 귀사는 사탕 하나가 대략 5그램이고 순 중량이 369그램이라고 주장합니다. 그러나 그것 역시 사탕이 모두 74개일 경우의 결과이고, 사탕은 74개가 아니라 51개이므로 페퍼민트의 순 중량은 255그램에 가까워집니다. 지금은 사탕을 다 먹었기 때문에 사탕의 무게를 달아 이러한 추측을 확인할 수는 없습니다. 사탕은 맛있었습니다만, 저희는 속았다는 느낌을 받고 있습니다. 아니면… 사기를 당했다고 해야 할까요? 이 불일치를 설명해주시겠습니까?

진심을 담아.

추신. 이 일로 저의 소비는 한층 더 사치스러워지고 말았습니다. 13온스에 15달러면 1파운드당 약 18달러라는 뜻인데, 8온스에 15달러면 1파운드당 30달러나 되니까요!

그녀의 지리학: 일리노이

그녀는 지금 시카고에 있다는 걸 안다.
그러나 일리노이에 있다는 것은 아직 깨닫지 못했다.

모든 것이 변했다는 느낌과
어떤 것도 변하지 않았다는 느낌

4부

외된 폰 호르바트의 산책

외된 폰 호르바트*는 바이에른 알프스를 산책하다가 길에서 멀리 떨어진 곳에서 한 남자의 유골을 발견했다. 배낭을 메고 있는 것으로 보아 등산객이었던 게 분명했다. 폰 호르바트는 거의 새것처럼 보이는 배낭을 열어보았다. 안에는 스웨터 한 벌과 다른 옷가지, 음식이 든 작은 가방, 일기장, 그리고 보낼 준비가 된 바이에른 알프스의 그림엽서가 들어 있었다. 엽서에는 "즐겁게 지내세요"라고 적혀 있었다.

* 1901년 오스트리아·헝가리 제국에서 외교관의 아들로 태어나 유럽 전역을 옮겨가며 살았다. 소설과 스스로 '민중극'이라고 부른 사회 비판적 시대극을 썼다.

기차에서

그 남자와 나는 모르는 사이지만, 우리 앞 통로를 가로막고 서서 꾸준히 시끄럽게 떠드는 두 여자에 맞서 단결한다. 예의가 없군. 우리는 눈살을 찌푸린다.

여정 후반부에 (통로 너머로) 그 남자를 보았는데 코를 후비고 있다. 나로 말할 것 같으면 샌드위치를 먹다가 신문 위로 토마토를 떨어뜨리고 있다. 나쁜 습관이다.

내가 코를 후비는 쪽이었다면 이 사실을 알리지 않았을 것이다.
다시 보니 그는 여전히 코를 후비고 있다.

그 여자들에 관해 말할 것 같으면, 이제 나란히 앉아서, 깔끔하고도 단정하게, 한 사람은 잡지를, 또 한 사람은 책을 읽고 있다. 흠잡을 데가 없다.

진공청소기 문제

 한 사제가 우리 집을 방문하려고 한다. 아니, 어쩌면 두 명일 수도 있다.

 하지만 가정부가 복도에, 그것도 현관문 바로 앞에 진공청소기를 놔두었다.

 나는 가정부에게 청소기를 치우라고 두 번이나 말했지만 치우지 않는다.

 나는 절대 치우지 않을 것이다.

 내가 알기로 한 사제는 파타고니아 지역의 총괄 주임 사제다.

물개들

이날만은 우리가 행복해야 한다는 걸 나는 안다. 이 얼마나 이상한가. 아주 어릴 때는 보통 행복하고, 적어도 행복할 준비가 되어 있다. 나이가 들어 세상을 더 명료하게 보기 시작하면 행복할 일이 별로 없다. 또 사람들을, 가족을 잃기 시작한다. 우리 가족은 절대 쉬운 사람들은 아니었지만, 어쨌든 우리 가족이었고, 우리에게 주어진 패였다. 실제로 우리 가족은 포커 패처럼 다섯 명이었는데, 전에는 이런 생각을 해본 적이 없었다.

지금 우리는 강을 건너 뉴저지로 향하는 중이고, 정시에 역을 출발했으니까 약 한 시간 후면 필라델피아에 도착할 것이다.

나는 특히 언니를 생각한다. 나와 오빠보다 나이가 많고, 종종 우리를 책임졌으며, 적어도 우리가 다 자랄 때까지 언제나 가장 큰 책임감을 보여주었던 사람을. 내가 어른이 되었을 무렵 언니에겐 벌써 첫 아이가 있었다. 내가 스물한 살이 되었을 때 언니는 두 아이를 낳았다.

보통은 언니 생각을 하지 않는다. 슬픔을 느끼기 싫어서

다. 언니의 넓은 뺨과 부드러운 피부와 사랑스러운 이목구비, 커다란 눈, 밝은 눈빛, 염색했지만 자연스럽게 약간의 회색이 섞인 금발을. 언니는 항상 약간 피곤해 보였고 조금 슬프게도 보였는데, 대화 도중 잠깐 멈췄을 때, 잠시 쉴 때, 그리고 특히 사진 속 모습이 그랬다. 언니가 피곤하거나 슬퍼 보이지 않는 사진을 찾고 또 찾았지만, 단 한 장만 찾을 수 있었다.

사람들은 언니가 혼수상태일 때도 매일매일 젊고 평화로워 보였다고 했다. 언제 끝날지 누구도 정확히 알 수 없는 상황이 계속되었다. 오빠는 언니 얼굴에 윤기가 흐르고 축축한 광택이 난다고, 아마 가볍게 땀을 흘리고 있다고 말했다. 언니가 호흡을 멈출 때까지 약간의 산소를 제공하면서 자가 호흡을 유지하는 게 계획이었다. 나는 혼수상태의 언니를 보지 못했다. 마지막 순간도 보지 못했다. 지금은 그 사실이 미안하다. 나는 전화가 올 때까지 여기서 어머니와 함께 어머니 손을 잡고 기다려야 한다고 생각했다. 적어도 스스로 이렇게 말했다. 한밤중에 전화가 울렸다. 어머니와 나는 둘 다 침대에서 빠져나와 가로등 불빛만 들어오는 어두운 거실에 함께 서 있었다.

언니가 몹시 그립다. 어쩌면 다들 어떤 관계인지 파악할 수 없는 사람을 더 그리워하는지도 모른다. 아니면 관계가 아직 끝난 것 같지 않은 사람을. 어렸을 때 나는 어머니보다 언니를 더 사랑한다고 생각했다. 얼마 후 언니는 집을 떠났다.

내 생각에 언니는 대학을 마치자마자 집을 떠난 것 같다. 언니는 도시로 이사했다. 내가 일곱 살 무렵이었을 것이다. 언니가 떠나기 전 그 집에 언니의 기억이 몇 개 남았다. 언니가 거실에서 악기를 연주하던 모습이 기억난다. 피아노 옆에 서서 몸을 약간 숙이고 클라리넷 마우스피스를 입에 문 채 악보에 시선을 고정하던 모습이다. 그때 언니의 연주는 훌륭했다. 언니가 자기 클라리넷 마우스피스 리드를 찾아내라고 해서 언제나 가족 안에 작은 드라마가 펼쳐졌다. 몇 년 후 집에서 몇 마일 떨어진 곳에 사는 언니를 찾아갔을 때 언니는 그 클라리넷을 꺼내왔고, 연주를 안 한 지 오래되었지만 우리는 함께 뭔가를 하려고 애썼고, 맞거나 틀리거나 하면서 한 곡을 끝까지 연주했다. 어쩌다 언니가 터득했던 완전하고 둥근 음색이 나왔고 음률의 형태에 관한 언니의 완벽한 감각을 감상할 수도 있었지만, 언니의 입술 근육은 약해졌고 가끔 통제력을 잃었다. 악기가 간혹 끽끽거리거나 소리가 나지 않았다. 연주할 때 언니는 마우스피스에 공기를 불어 넣고 세게 밀어 넣다가 휴식할 때가 되면 악기를 잠시 내려놓고 급하게 공기를 내뿜은 다음, 연주를 다시 시작하기 전 재빨리 숨을 들이마셨다.

우리 집 피아노가 있던 자리가 기억난다. 피아노는 앞쪽 창문 바로 바깥의 소나무가 그늘을 드리운 길고 천장이 낮은 방으로 들어가는 아치형 문 바로 안쪽에 있었다. 옆쪽 창문으로 해가 들어오고 전면은 집에 기대어 자라는 장미 덤불과 잔디밭 한가운데 아이리스 꽃밭이 있는 양지바른 마당을 향한 곳이었다. 그 무렵 휴일에 언니가 집에 온 기억은 없다. 어쩌면 언니는 이런 이유로 집에 오지 않았을 것이다. 자주 오기엔 너무 멀리 떨어진 곳에 살았다. 우린 돈이 많지 않았고 아마도 기차표를 살 돈도 많지 않았을 것이다. 아니면 언니가 집에 자주 오고 싶지 않았을지도 모른다. 그때는 그런 걸 이해하지 못했다. 나는 어머니에게 내가 모아둔 몇 푼의 돈이라도 내놓을 테니 언니가 다시 집에 오면 좋겠다고 말했다. 나는 도움이 되리라고 생각해 진지하게 한 말이었는데, 어머니는 그저 웃었다.

언니가 몹시 그립다. 아직 집에 함께 살았을 때 언니는 우리를, 오빠와 나를 돌봤다. 내가 태어났던 그 뜨거운 여름 오후에 내 오빠 곁을 지켜준 사람도 언니였다. 누가 두 아이를 카운티의 박람회에 데려다주었다. 언니는 몇 시간 동안 오빠를 데리고 놀이기구와 각 부스를 돌았고, 둘 다 덥고 목마르고 피곤한 상태로 몇 년 후 우리가 함께 불꽃놀이를 지켜보게 될 박람회장 분수대에 있었다. 아버지와 어머니는 몇 마일 떨어진 마을 건너편 언덕 꼭대기의 병원에 있었다.

내가 열 살이 되자 남은 가족도 언니가 사는 도시로 이사해 몇 년 동안 모두 가까이 살았다. 언니는 우리 아파트에 와 잠시 머물기도 했지만 자주 오지는 않았고, 그 이유도 잘 모른다. 우리 가족이 언니와 함께 식사한 기억도 없고 함께 도시를 여행한 기억도 없다. 아파트에 오면 언니는 내가 피아노 연습하는 것을 주의 깊게 듣곤 했다. 내가 음을 틀리면 가끔 지적해주기도 했지만 언니가 틀릴 때도 있었다. 언니는 나에게 첫 프랑스어 단어를 가르쳐주었다. 언니는 내 발음이 정확해질 때까지 몇 번이고 반복해서 그 단어를 말하게 했다. 지금은 어머니도 떠나서 우리가 왜 언니를 자주 만날 수 없었는지 물어볼 수 없다.

이제 더는 언니에게서 동물을 주제로 한 선물을 받지 못할 것이다. 이제 더는 언니에게서 어떤 선물도 받지 못할 것이다.

왜 동물을 주제로 한 선물이었을까? 왜 언니는 내게 동물을 떠올리게 했을까? 언젠가 언니는 도자기 펭귄으로 만든 모빌을 주었다. 왜 그랬을까? 또 한번은 발사나무로 만든 갈매기를 주었는데, 끈에 매달려 바람이 불면 날개를 위아래로 까딱거렸다. 또 한번은 오소리가 그려진 행주를 받았다. 지금도 그 행주를 가지고 있다. 왜 오소리였을까?

'트렌튼이 만들고 세계가 가져간다'*가 창밖으로 보인다. 오늘 우리는 창밖으로 광고 문구를 몇 개나 보게 될까? 전선이 여전히 매달린 채 물속에 빠진 전봇대가 보인다. 어쩌다가 저렇게 되었고, 왜 저대로 남겨졌을까?

이런 날 일을 해야 하는 사람은 늘 가족이 없는 사람들이다. 나도 오빠와 함께 보낼 거라고 둘러댈 수도 있었지만, 그는 지금 멕시코에 있다.

네 시간 혹은 조금 더 걸릴 것이다. 저녁 먹을 무렵에 도착할 것이다. 호텔에 레스토랑이 있으면 거기서 식사할 것이다. 그게 언제나 가장 편하다. 음식이 그다지 훌륭하지는 않지만 사람들이 친절하다. 그런 부분까지 일인지라 친절할 수밖에 없다. 친절하다는 것은 때로 나를 위해 음악을 줄여준다는 뜻이다. 아니면 그럴 수는 없다고 말하면서도 웃어준다.

우리가 동물을 향한 사랑을 공유했던가? 언니는 분명 동물을 좋아했을 것이다. 그렇지 않았다면 내게 그런 선물을 보내지는 않았을 것이다. 언니가 동물들과 어떻게 지냈

---

* 미국 뉴저지주 트렌튼 다리에 있는 유명한 광고 문구다. 원래 트렌튼 상공회에서 시민을 대상으로 공모한 문구로 도시의 산업 성취와 명성을 홍보하기 위해 고안되었고, 지금은 다리의 명물로 자리 잡았다.

는지는 전혀 기억나지 않는다. 언니가 보통 어떤 기분이었는지 떠올려본다. 때로는 더 느긋하게 미소 지었고(식탁에서 와인을 마신 후), 때로는 농담에 웃음을 터뜨렸고, 때로는 장난기가 발동해(몇 년 전 언니의 아이들과 함께 있을 때) 갑자기 신체 에너지가 활발해지더니 언니 남편이 꾸준히 보살폈던 울타리 정원 월계수 아래 잔디밭에서 건너편의 누군가에게 돌진하기도 했다.

언니는 걱정이 많았다. 나쁜 결과를 상상했고, 걱정을 이야기로 발전시켜 시작부터 끝까지 어떻게 전개될지 공들여 설명했다. 시작은 비 예보일 수도 있었다. 그러면 언니는 자신의 딸에게 비가 올 거야, 비옷을 챙기렴, 비를 맞으면 감기에 걸릴 거고 그러면 내일 공연을 놓칠 수도 있어, 그러면 너무 속상할 거야, 빌이 몹시 실망하겠지, 빌은 네가 그 연극을 어떻게 봤는지 무척 듣고 싶어 했으니까, 너랑 빌은 연극에 대해 무척 많은 이야기를 나눠왔잖니…라고 얘기했다.

그 일을 자주 생각한다. 언니가 얼마나 긴장했을지를. 그 일은 아주 일찍부터 시작되었을 것이다. 언니는 아주 복잡한 어린 시절을 보냈으니까. 언니는 여섯 살 때까지 아버지가 셋이었다. 실제 아버지를 세지 않으면 둘이었다. 그 사람은 언니가 아기였을 때만 알았다. 어머니는 계속 다른 사람들에게 언니를 맡겼다. 유모나 사촌 등에게. 보통은 아침나절이나 하루 동안이었지만 적어도 몇 주 동안 맡긴 적도 있었다. 어머니는 일을 해야 했다. 꽤 그럴듯한 이유였다.

나는 언니를 자주 보지 못했다. 언니가 멀리 살아서 아주 오랜만에 한번씩 보았다. 다시 만나면 언니는 양팔로 나를 감싸 안아 자신의 부드러운 가슴에 나를 당기며 내 뺨이 자기 어깨에 닿도록 강하게 끌어안았다. 언니는 나보다 머리통 절반 정도 더 컸고 체구도 컸다. 나는 더 어리고 더 작았다. 내가 기억하는 첫 순간 언니는 내 곁에 있었다. 언니가 항상 나를 지켜주거나 돌봐줄 거라고 느꼈다. 심지어 내가 어른이 된 뒤에도 그렇게 느꼈다. 지금도 여전히 그리움에 사로잡혀서 나도 모르는 사이 어디선가 본 적 있고 나보다 약 열네 살 정도 많은 여성이 나를 돌봐줄 거라고 생각한다. 언니는 포옹을 풀고 뒤로 물러나며 내 머리 옆이나 위쪽 너머를 보곤 했다. 그럴 때 언니는 다른 생각을 하는 것 같았다. 이윽고 언니가 다시 내 쪽을 보아도 정말로 나를 보았는지 확신할 수 없었다. 나를 향한 실제 감정이 무엇이었는지도 몰랐다.

언니 인생에서 나는 무엇이었을까? 나는 가끔 언니의 딸들에게, 심지어 언니에게도 내가 별로 중요한 사람이 아니라고 생각했다. 그런 감각이, 마치 내가 존재하지 않는 것 같은 공허함이 불식간에 나를 덮치곤 했다. 아이들의 아버지가 죽고 언니의 두 번째 남편까지 떠난 후에는 오직 두 딸과 언니, 이렇게 세 사람만 남았다. 나는 주변인이었고, 나와 오빠 모두 일찍부터 언니의 삶에서 큰 부분을 차지하기는 했지만 오빠 역시 주변인이었다.

언니가 자기 딸들을 제외한 다른 사람들을 어떻게 생각하는지 전혀 몰랐다. 그 애들이 멀리 떨어져 있을 때 언니가 그 애들을 얼마나 그리워하는지는 알 수 있었다. 언니는 갑자기 너무나 조용해지곤 했다. 아이들이 왔다가 돌아가려고 하면, 예를 들어 해변의 빌린 집 현관에서 작별 인사를 나누고, 자동차들 너머 모래밭에서 자라는 모래언덕 풀이 반짝이고, 회색 지붕널이 햇볕을 쬐고, 생선과 목재 방부제 냄새가 풍기고, 햇빛이 자동차에 부딪혔다가 도로 튀어 오르고, 자동차 한 대의 문이 쾅 닫히고, 또 다른 자동차 문이 쾅 닫히는 순간, 언니는 그 모습을 지켜보며 침묵에 빠졌다. 그렇게 침묵할 때 나는 언니 감정의 진실에 더 가까이 다가가 안을 들여다볼 수 있을 것 같았고, 그럴 때는 주로 언니의 딸들이 관계되어 있었다.

그러나 우리 어머니에 관한 언니의 감정은, 적어도 둘이 함께 있을 때는 언니 삶의 무거운 짐이었으리라 생각한다. 어머니가 멀리 떠나 있을 때 아마도 언니는 어머니를 잊을 수 있었을 것이다. 어머니는 언제나 언니를 밟고 올라 더 높은 곳으로 갔고, 언제나 자신이 올바른 사람이어야 했으며, 언니보다 우리 모두보다 대부분 더 나은 사람이어야 했다. 그럴 때 어머니는 끔찍할 정도로 순진했다. 그리고 대부분 시간 동안 그 사실을 몰랐다.

우리의 마지막 대화는 장거리 통화였다. 언니는 시야 오른쪽이 잘 보이지 않는다고 했다. 작성 중인 서류에 날짜라는 단어만 보고 그날 날짜를 썼는데, 오른쪽에 출생일이라는 단어가 붙어 있는 걸 보지 못해 다시 출생일을 기입해야 했다고 했다. 우리는 잠시 이야기를 나누었는데, 대화 끝에 내가 며칠 후 다시 이야기하자거나 상태가 어떤지 계속 알려달라거나 이런 말을 했는지, 언니가 다시 이야기하고 싶지 않다고, 딸들과 이야기할 힘을 남겨두고 싶다고 대답했다. 그때 언니 목소리는 멀고도 지쳐 보였는데, 말투를 부드럽게 하지도 사과하지도 않았다. 그 후로 우리는 다시는 이야기를 나누지 못했다. 나는 언니 삶에서 밀려났다고 느꼈다. 하지만 당시 언니의 냉정함은 나를 향한 게 아니라, 자신에게 일어나고 있는 일에 대한 두려움의 소리였다.

언니가 죽은 후 나는 언니가 나를 어떻게 생각했는지, 애정이었는지 사랑이었는지 확실히 알고 싶어서 그 일을 반복해서 생각했다. 언니는 자신보다 훨씬 어린 동생에 대해 복잡한 감정을 품었을 것이다. 집에서 보낸 내 삶은 언니의 삶보다 훨씬 더 편안했다. 언니는 아마도 계속 질투심을 느꼈을 테지만, 진심으로 내가 보고 싶어서 내가 사는 곳으로 왔고, 내 집에 찾아오고, 적어도 두 밤을 내 거실에서 잤다. 언니가 내 집에 온 게 한 번은 넘는다. 언니가 한밤중에 작은 라디오를 틀어놓은 걸 들었던 밤은 그런 날 중 하루였을까? 침대 옆 가까이에 놓은 라디오가 나직이 노래했던 그날이? 아니면 여름휴가 동안 빌려 지낸 해변의 어느 집에서였을까? 바닥에 모래가 묻어나고 다른 사람의 가구, 다른 사람의 그림이 걸려 있던 그 집? 언니는 잠이 안 온다며 밤늦도록 라디오를 틀어놓고 추리소설을 읽었다.

또 언니는 가끔 나를 데려가 함께 지냈고, 언젠가 나는 부모님 집을 떠나 한동안 언니와 함께 살았다. 때로는 언니가 자신보다 한참 어린 여동생을 향한 의무감 때문에 나를 데려갔을 거라고 생각했는데, 당시 내겐 언제나 나만의 문제가 있었다.

언니는 늘 소포를 미리 보냈다. 안에는 부드러운 종이 티슈나 더 뻣뻣한 포장지로 포장한 각자의 선물이 들어 있었다. 언니는 그 모든 선물을 직접 고르고, 유쾌한 종이로 포장하고, 그 위에 직접 검은색이나 색깔 마커로 가족의 이름을 크게 써서 몇 주 전에 미리 보냈다.

나는 언제나 내가 받을 선물에 신경을 너무 많이 썼다. 어린 시절 내게는 늘 이번 크리스마스가 일 년 중 가장 중요한 날이었고, 그 마음은 변하지 않았다. 일 년은 이 휴일에 정점을 찍고 저문 해에서 새해로 바뀌었으며, 다시 한 해의 순환이 시작되면서 크리스마스를 향해 달려갔다.

갈매기는 결국 실이 엉키는 바람에 벽장에 처박혔다. 나는 가끔 실을 풀어보려 했고, 마침내 성공했다. 그걸 테이프로 헛간 서까래에 달았다. 얼마 후 한여름 더위 속에서 테이프 접착력이 느슨해졌고 갈매기는 떨어지고 말았다.

다음으로 인도에서 온 스팽글 달린 아주 작고 예쁜 초록색 코끼리 봉제 인형이 있었다. 끈이 두 개 달려 어디에 걸어둘 수도 있었다. 나는 코끼리를 창문에 걸었고 한동안 햇빛을 받아 한 면의 초록색이 바랬다. 또 문 뒤에 걸어놓고 물건을 수납할 수 있는 펠트 주머니가 있었다. 그게 뭔지는 확실히 모르겠다. 그 위에도 펠트에 코끼리들이 수놓아져 있었다.

이제야 기억난다. 언니는 토착민 단체를 돕기 위한 수공예품 특별 박람회에서 이런 물건들을 구하곤 했다. 그게 언니의 친절이고 언니의 양심이었으며, 물건들이 조금 이상하고 때로는 낯설었던 이유였다.

그래서 우편으로 도착하는 언니의 소포는 언제나 흥미진진했다. 해외에서 오느라 거친 갈색 소포지가 약간 구겨

져 있었다. 그 갈색 소포지는 안의 포장지보다 훨씬 더 흥미로웠다. 아주 칙칙했지만 그 안에서 밝은색 종이로 포장한 작은 선물들이 터져 나올 것을 알았기 때문이었다.

언니는 나를 염두에 두고 선물을 골랐겠지만, 사실을 낙관적인 방식으로 약간 왜곡해서 내가 이 물건의 용도나 장식 효과를 발견하게 되리라고 생각했다. 많은 이들이 선물을 고를 때 이런 식으로 사실을 낙관적으로 왜곡한다. 하지만 상대방에게 색다른 선물을 시도하는 것도 괜찮고, 수공예품 박람회에서 사는 것도 괜찮다고 생각한다. 세월이 흘러 나도 변했는지 가끔 수공예품 박람회에서 선물을 사기도 한다. 적어도 언니를 떠올리면서 그렇게 한다.

언니는 선물에 돈을 많이 쓰지는 않았다. 그게 언니의 양심이었다. 언니는 자신에게도 돈을 많이 쓰지 않았다. 마음 깊은 곳에서 아마도 언니는 자신이 더 나은 대접을 받을 자격이 없다고 생각했을 것이다.

그러나 언니가 우리에게 돈을 많이 쓸 때도 있었다. 그럴 때는 난데없이 언니의 선물이 도착하곤 했다. 한번은 내게 편지를 써서 언니와 언니 딸들과 함께 산으로 스키 여행을 가지 않겠냐고 물었다. 초봄이었고 언덕에 눈이 녹아 진흙이 되어가는 중이었다. 우리는 눈이 남은 자리에서 스키를 탔다. 때로 나 혼자 오래 산책을 나가기도 했다. 언니는 나 혼자 나가면 안 된다고, 그러다 무슨 일이라도 생기면 혼자서는 도움을 요청할 수 없을 거라고 했다. 하지만 언니는 나를 막을 수 없었고, 결국 나는 갔다. 사실 내가 고른 경로는 수많은 사람이 오르내리는 곳으로 마주치면 서로 다정하게 인사를 나누었다.

몇 년 후 내가 언니의 도움이 필요한 나이를 훌쩍 넘겼을 때 언니가 내게 첫 컴퓨터를 사주었다. 거절할 수도 있었지만 나도 돈이 많지 않을 때였다. 또 어느 날 오후 언니가 전화로 갑작스럽게 어떤 제안을 했을 때도 어딘가 흥미진진한 면이 있었다. 언니가 사는 곳은 늦은 저녁이었다. 언니의 제안은 관대함이 넘쳐흘렀고 나는 그 속에 가라앉아 오래 머물고 싶었다. 그래, 언니가 말했다. 그래, 언니가 내게 돈을 보내겠다고 했다. 다음 날 언니가 다시 전화를 했는데, 이번에는 조금 더 침착하게, 내게 도움을 주고 싶어서 돈을 조금 보내려는데 온전한 비용은 아니라고 했다. 당시 그 돈은 상당히 많은 액수였다. 나는 어떻게 된 일인지 알았다. 늦은 저녁 언니는 나를 생각했고, 내가 보고 싶어졌고, 그 감정이 무럭무럭 자라 내게 도움이 되고 싶다는, 심지어 뭔가 극적인 일을 하고 싶다는 마음이 들었을 것이다.

그 무렵부터 언니는 매년 여름휴가 때 우리에게 집을 빌려주거나 적어도 비용의 대부분을 냈다. 우리는 매년 각기 다른 해변에 한두 주 동안 집을 빌렸고 모두 거기 모여 함께 지냈다. 이런 휴가를 마지막으로 보냈을 때가 내 아버지 생의 마지막 해였다. 물론 아버지는 그 해변 집에 오지 못했다. 우리는 아버지를 요양원에 남겨두고 갔다. 이듬해 여름 아버지는 떠났고, 언니도 떠났다.

 강변을 끼고 굽이를 돌아 필라델피아에 거의 가까워질 무렵, 반대편에 보트하우스가 보이고 강 건너 절벽에 고대 그리스 건물처럼 생긴 커다란 박물관이 보인다. 이번에는 그 역을 보지 않을 것이다. 그 높은 천장과 길쭉한 나무 벤치와 아치형 통로와 여태 보존된 옛 표지판들을. 그저 잠시 서서 그 깊은 공간을 들여다볼 수는 있을 것이다. 시간이 날 때마다 그렇게 한다. 우리의 펜실베이니아 역은 훨씬 더 웅장했다. 지금은 사라졌고, 그곳을 생각하면 언제나 마음이 아프다. 기차를 타기 전 그 지하의 중앙홀을 걸어가면 기둥에 옛날 펜실베이니아 역 사진들이 붙어 있다. 대리석 계단 아래 높은 창문을 통해 떨어지는 긴 햇빛 줄기를 볼 수 있는데, 그것은 마치 우리가 놓쳐버린 것이 뭔지 일깨워주려는 것 같다. 이상한 일이다.
 이윽고 우리는 아미시 마을을 지나가게 될 것이다. 일부러 그곳을 보려고 기다린 기억이 없는데, 그래서 마주치면 언제나 깜짝 놀란다. 봄이면 노새와 말들이 지평선까지 경사진 들판을 갈고 있는데, 오늘은 하나도 보이지 않는다.

빨랫줄에 빨래가 보이는 것도 같다. 날이 흐리지만 건조하고 바람이 분다. 겨울철에 빨래가 얼지 않게 소금을 넣어 세탁한다는 말을 어디서 읽었더라? 하지만 오늘은 얼어붙을 정도로 춥지는 않다. 포근한 겨울이다.

언니는 오빠가 자기 집에 올 수 있게 몇 번이나 비용을 대주려고 했다. 오빠는 한번도 가지 않았다. 그 이유를 말한 적도 없다. 언니가 그 사실도 모르고 죽어가고 있을 때 마침내 오빠가 언니에게 갔지만, 언니를 만족시키기엔 너무 늦었다. 드디어 오빠가 언니에게 오기로 동의했다는 만족감 말이다. 오빠는 마지막까지 거기 머물렀다. 언니와 함께 있지 않을 때 오빠는 그 도시를 돌아다녔다. 오빠가 처리해야 할 실무를 맡아주었다. 그리고 장례식까지 머물렀다. 나는 장례식에 가지 않았다. 내겐 그럴듯한, 어쨌든 내가 보기에는 그럴듯한 이유가 있었다. 나는 그 일에 충격받은 나이 든 어머니와 함께 있어야 했고, 그곳은 멀리 바다 건너에 있었다. 사실은 장례식에 참석할 낯선 사람들과 더 관계가 있었고, 그들과 나누고 싶지 않았던 내 감정의 민감한 면과 더 관계가 있었다.

언니가 살아 있을 때 나는 언니를 공유할 수 있었다. 살아 있을 때 언니의 존재는 끝이 없었고, 언니와 함께하는 시간도 끝이 없었으며, 시간 자체도 끝이 없었다. 어머니는 이미 몹시 늙어 있었고, 우리 자식들은 얼마나 오래 살 것인가 생각해볼 때 언제나 어머니만큼은 오래 살 거라 믿었다. 그런데 갑자기 언니 시력에 이상한 문제가 생겼고, 알고 보니 그건 시력이 아니라 뇌의 문제였는데, 언니는 예고도 없이 출혈과 혼수상태에 빠졌고, 의사들은 언니가 얼마 살지 못할 거라고 했다.

언니가 떠나자 갑자기 모든 기억이 소중해졌다. 심지어 나쁜 기억도. 내가 언니에게 짜증을 부렸던 시간이나 언니가 내게 짜증을 부렸던 시간도 소중해졌다. 이제 짜증을 부리는 일이 사치로 보였다.

나는 언니를 공유하고 싶지 않았다. 모르는 사람들이 언니에 관해 말하는 것을 듣고 싶지 않았다. 추도객 앞에 선 목사나 언니를 다른 방식으로 보았던 친구가 언니에 관해 말하는 것을 듣고 싶지 않았다. 마음으로 언니와 함께하는 건 쉽지 않았다. 모든 게 내 마음에만 있고 언니는 실제로 곁에 없었기 때문이다. 그래서 다른 사람 없이 우리 둘만 있어야 했다. 장례식장에는 언니는 알지만 나는 모르는, 혹은 나도 알지만 좋아하지 않는 사람들이 있을 것이다. 언니를 좋아했든 좋아하지 않았든 장례식장에 가야 한다고 생각하는 사람들이 올 것이다. 하지만 지금 생각해보면 장례식장에 가지 않아서 유감이다. 아니, 그보다는 둘 다 할 수 없어서 유감이다. 장례식에 가고 동시에 어머니와 함께 집에 머물며 내 슬픔과 기억을 보살피는 일을 할 수 없어서 유감이다.

언니가 떠나자 갑자기 언니 물건들이 그 어느 때보다 귀중해졌다. 많지는 않았지만 언니의 편지랄지 언니가 마지막으로 내 집에 남기고 간 물건들이었다. 일테면 로고가 새겨진 진한 파란색 바람막이 점퍼라든가, 읽어보려 했지만 읽을 수 없었던 추리소설 한 권, 냉동실의 얼린 조개 한 통, 그리고 냉장고 문 안쪽의 가격 인하 표가 붙은 타르타르소스 한 병 같은 것들.

우리는 지금 무척 빨리 움직이고 있다. 재빨리 스쳐 지나가면 다시는 그것들과 얽히지 않아도 된다고 생각하게 된다. 도로의 자동차들이나 동네들, 상점들이 줄지어 지나간다. 우리는 정말로 속도를 내고 있다. 승차감은 매끄럽다. 다만 흔들리는 열차의 어느 금속 부품이 살짝 삐걱거리는 소리를 낼 뿐이다.

오늘 열차 안은 사람이 많지 않고 꽤 조용하다. 누가 휴대전화로 너무 오래 통화한다면 그만하라고 말해도 될 정도다. 나는 한번 그랬다. 나는 이 남자를 10분, 아니 어쩌면 조금 더해 20분을 참아주었다가 자리에서 일어나 그 남자 옆 통로에 가서 섰다. 남자는 반대편 귀를 손으로 막고 허리를 숙이고 통화 중이었다. 남자는 화를 내지 않았다. 나를 쳐다보더니 미소를 지으며 공중에 손을 내젓고 내가 자리로 돌아가기 전에 통화를 끝냈다. 나는 기차에서 업무용 통화를 하지 않는다. 사람은 분별력이 있어야 한다.

언니가 주었던 다른 종류의 선물도 있었다. 일테면 다른 사람을 위해 애쓴다거나 친구들을 위해 식사를 준비해주었다. 방랑자들을 집에 데려와 몇 주 혹은 몇 달간 살게 했고 지나가는 아이들도 집에 들였는데, 한번은 늙고 야윈 인도인이 일 년 동안 언니 집에 머물며 매일 언니 책장을 정리하며 보냈고, 아주 조금 먹고 아주 오래 명상했다. 또 나중에는 언니가 어른이 되어서야 처음 만난 언니의 아버지, 언니를 키워준 나의 아버지가 아니라 언니의 실제 아버지가 있었다. 언니는 그 사람이 몹시 아픈 꿈을 꾸었다. 그 사람을 수소문했고 결국 찾았다.

내가 언니 집에 방문한 나날의 막바지가 되면 언니는 너무 피곤해 다 함께 텔레비전 프로그램이나 영화를 보다가 잠이 들곤 했다. 언니는 잠깐 깨어나 배우들에 관해 묻고 (저 남자는 누구야? 어디에 나왔던 사람 아니야?) 곧 조용해졌는데, 너무 오래 조용해서 살펴보면 언니 머리가 옆으로 기운 채 밝은 머리카락에 전등불만 반짝이거나 가슴께로 고개를 푹 숙이고 우리가 자려고 일어날 때까지 잤다.

언니가 우리에게 마지막으로 준 선물이 뭐였더라? 7년 전이었다. 마지막인 줄 알았더라면 그 선물에 더 세심한 관심을 기울였을 것이다.

동물 주제나 토착민 수공품이 아니었다면 아마 가방이었을 것이다. 비싼 가방은 아니지만 특별한 점이 있는 가방, 예를 들면 비어 있으면 잘 접어 지퍼로 닫은 다음 다른 가방에 매달 수 있게 작은 클립이 달린 가방처럼 어딘가 기교가 있는 그런 물건이었다. 나는 그런 가방이 몇 개 있다.

언니는 그것들을 직접 가져왔고 또 여분의 스웨터나 다른 가방, 책 몇 권, 크래커 상자, 마실 음료수병 등 다른 물건들로 가득한 다른 가방들도 가져왔다. 언니가 많은 물건을 싸 들고 다니는 모습에는 너그러움이 있었다.

한번은 언니가 우리 집에 왔는데, 언니 가방들이 무리를 지어 주르르 내 의자에 기대 있던 게 생각난다. 나는 그걸 어떻게 해야 할지 몰라 거의 마비될 지경이었다. 왜 그랬는지는 모른다. 나는 언니를 혼자 놔두고 싶지 않았고 그건 옳지 않은 일 같았지만, 동시에 언니와 함께 있는 일에도 익숙하지 않았다. 얼마 후 공포의 감정이 지나가고, 아마도 그냥 시간이 흘렀을 때도 나는 내가 곧 무너지고 말 거라고 생각한 순간이 있다.

지금은 언니가 자고 간 침대를 바라보며 적어도 잠시라

도 언니가 돌아왔으면 좋겠다고 생각한다. 서로 대화를 나눌 필요는 없고 심지어 서로 바라보지 않아도 되는데, 그냥 언니가 저 침대에 누워 있으면 편할 것 같다. 언니의 팔과 언니의 넓은 어깨와 언니의 머리카락을 보기만 해도.

언니에게 말하고 싶다. 그래, 문제가 있었지. 우리 관계는 이해하기 어렵고 복잡했어. 하지만 난 여전히 언니가 한번 오면 며칠 밤을 자고 갔던 그 침대 겸용 의자에, 거실 중 언니의 것이었던 그곳에 앉아 있으면 좋겠어. 그저 언니의 뺨을, 언니의 어깨를, 언니의 팔을, 손목에 찬 살짝 끼는 금시계를, 강인한 손을, 황금 결혼반지를, 짧은 손톱을 보고 싶어. 언니의 눈을 들여다보거나 완전하든 불완전하든 어떤 식의 영적 교감은 필요하지 않지만, 언니가 몸소 육신으로 잠시 찾아와 저 매트리스에 팔다리를 뻗고 누워 오후 한나절 책을 읽다가 잠깐 잠이 든다면 참 근사할 거야. 난 근처 옆방에 있을게.

저녁 식사 후 언니가 몹시 노곤해지고 내가 그 옆에 앉으면 언니는 내 어깨에 손을 올리고 잠시 그렇게 있었다. 그러면 나는 면 셔츠 위로 언니의 손이 점점 따뜻해지는 것을 느낄 수 있었다. 그럴 때 나는 언니가 어떤 기분이라도 변치 않을 방식으로 나를 사랑한다고 느꼈다.

언니와 내 아버지 두 사람이 세상을 떠난 여름이 지나

고 그해 가을 어느 순간, 나는 그들에게 이렇게 말하고 싶었다. 그래요, 당신들은 죽었고, 나도 알아요. 당신들은 한동안 죽어 있었고, 우리는 모두 그 사실을 받아들이려고 애쓰며 처음에는 우리 감정을, 그러니까 그에 대한 반응으로 놀란 감정을 탐색했어요. 그중에는 이런 감정도 있어요. 몇 달이나 지났는데 이제 그만 돌아올 때가 되지 않았나 하는. 둘 다 너무 오래 떠나 있잖아요.

그들 스스로 죽음의 드라마를, 둘 다 며칠간 지속했던 그 복잡한 드라마를 겪었기 때문에 그들을 잃었다는 사실은 오히려 더 고요하고 더 단순했다. 이제 아버지가 없어서 우리에게 보여줄 사진이나 편지를 들고 당신 방 밖으로 나오지 않을 것이다. 아버지가 거기 없어서 우리에게 어린 시절 이야기를 몇 번이고 반복해서 들려주지 않을 것이다. 우리에겐 별 의미가 없으나 당신에겐 커다란 의미가 있을 이름들, 일테면 당신이 태어난 클린턴 거리나 어렸을 때 여름마다 놀러 가 마차를 끄는 눈앞의 말 등을 바라보았던 윈터 아일랜드를 입에 올리지 않을 것이다. 폐렴에 걸리는 바람에 살렘 사촌의 집에서 며칠 동안 침대에 누워 책이나 읽어야 했던 일이나 다른 아이들과 헤엄치러 토요일마다 Y에 갔던 일, 그곳에서 사내아이들이 벌거벗고 수영하는 게 흔한 일이었고, 옆집 퍼킨스네 아이들이 당신을 얼마나 괴롭혔는지 하는 이야기들을 하지 않을 것이다. 이제 아버지는 거기 없어서 오전 11시에 첫 커피를 마시거나 안락의자에 앉은 채 창을 통해 들어오는 빛에 의지해 책을 읽지 않을 것이다. 언니는 빌린 해변 집에서 아침마다 꽃무늬 블라우스와 일자 바지를 입고, 편안한 플랫 슈즈나 모카신을 신고, 천이나 가죽이 쭉 늘어나게 발끝을 세우는 익숙한 자세로 프라이팬을 향해 몸을 숙인 채 조용히 집중하면서 혹은 누군가와 대화를 나누면서 우리에게 팬케이크를 만들어주지 않을 것이다. 가운데가 살짝 덜 익은 넓적하고 뚱뚱한 블루베리 팬케이크를. 언니는 이제 폭풍이 불어오는 날에도 물보다 더 연한 푸른 눈빛을 하고 항구의 거친 파도를 헤치며 수영하러 가지 않을 것이다. 허리까지 닿는 해안 근처 물속에 어머니와 함께 서서 햇빛에 눈이 부셔서 혹은 대화에 집중하느라 얼굴을 살짝 찌푸린 채 이야기를 나누지 않을 것이다. 언니는 다시는 언니 남편이 죽은 후 어머니와 아버지의 집에 방문했던 어느 크리스마스이브에 만들어주었던 굴 스튜를 만들지 않을 것이다. 걸쭉한 국물을 떠먹으면 입안에서 모래가 씹히고 숟가락에도 모래가 가라앉았던 그 스튜를. 언니는 같은 날 다들 몹시 슬프고 혼란스러워할 때 자기 아이 혹은 다른 사람의 아이를 무릎에 올리고, 널찍하고도 강인한 두 팔로 아이의 가슴을 끌어안고, 아이 머리카락에 뺨을 대고, 생각하는 슬픈 표정으로 먼 곳을 보면서 아이를 조용히 앞뒤로 흔들어주지 않을 것이다. 언니는 저녁마다 소파에 앉아 영화나 드라마를 보다가 아는 배우를 보면 놀라서 탄성을 지르다가 조금 있으면 갑자기 조용해지면서 잠들지 않을 것이다.

두 사람이 죽고 첫 새해는 또 다른 배신처럼 느껴졌다. 우리는 그들이 살았던 지난해를, 그들이 알았던 한 해를 뒤로하고, 그들이 절대 경험하지 못할 한 해를 시작하고 있었다.

그 후 몇 달 동안 내 마음에는 약간의 혼란도 있었다. 언니가 아직 살아 있다고 생각해서가 아니었다. 하지만 동시에 언니가 정말로 떠났다는 것을 믿을 수 없었다. 살았는지 살지 않았는지, 선택이 그렇게 간단한 일이 아니게 되어버렸다. 살아 있지 않다는 게 반드시 죽었다는 뜻이 아니고, 제3의 가능성이 있는 것처럼 느껴졌다.

당시 언니의 방문이 왜 그렇게 복잡해 보였는지 모르겠다. 그냥 함께 나가서 뭔가를 하든지, 아니면 집 안에 앉아 이야기를 나누면 되었을 텐데. 언니가 원한다면 대화는 무척 쉬웠을 것이다. 물론 언니가 대화를 원했다고 말한다면 너무 단순한 진술이다. 언니가 말하는 방식에는 어딘가 광적인 면이 있었다. 언니는 뭔가가 두렵고, 뭔가를 물리치고 있는 것처럼 보였다. 언니가 죽은 뒤 우리 모두 말한 모습이었다. 우린 언니가 잠시 말을 멈추면 좋겠다고, 혹은 조금 덜 말했으면 좋겠다고 생각했지만 이제 언니의 목소리를 들을 수만 있다면 뭐라도 내줄 수 있다.

나도 말하고 싶었다. 언니에게 대답해줄 말들이 있었다. 하지만 불가능하거나 어려웠다. 언니가 허락하지 않았거나 혹은 내 쪽에서 무리하게 대화에 끼어들 필요를 느끼지 못했다.

다시 시도하고 싶다. 언니가 다시 찾아오면 좋겠다. 그러면 나도 더 침착해질 것이다. 언니를 만나 무척 기쁠 것이다. 하지만 그런 식으로는 되지 않을 것이다. 언니가 돌아온다 해도 아주 잠깐만 돌아올 것이고, 나는 아마 언니를 마지막으로 보았을 때보다 더 잘하지 못할 것이다. 그래도 나는 시도하고 싶다.

또 다른 선물로 멸종 위기에 처한 종에 관한 보드게임이 있었다. 보드게임에도 역시 언니 특유의 낙관주의가 있었다. 아니면 언니는 어머니가 했던 일을 그대로 하고 있었을지도 모른다. 나에게 다른 사람을 필요로 하는 것을 줘서 내가 삶에 다른 사람을 끌어들일 수 있게 하는 그런 일을. 나는 사실 사람을 많이 만나고 심지어 여행 중에 사람을 만난다. 대다수는 기본적으로 매우 친절하다. 내가 아직 혼자 살아서 그런 방식이 더 편하고, 모든 걸 내가 원하는 방식으로 하고 싶은 게 사실이기도 하다. 하지만 보드게임이 생겼다고 해서 내가 함께 놀 다른 사람을 집에 데려오지는 않았을 것이다.

이런 특별한 날, 예상했던 것보다는 많았지만 열차 안에는 사람이 그리 많지 않다. 물론 나는 이 사람들이 누군가 소시지나 에그노그 같은 먹을 것과 마실 것을 준비해두고 기다리는 다정한 환대의 장소로 가는 중이라고 생각한다. 그러나 그렇지 않을 수도 있다. 저들은 나에 대해서도 그렇게 생각하고 있을지 모른다. 나에 대해 무슨 생각이라는 걸 하고 있다면 말이다.

또 특별한 장소에 가지 않는 사람들도 기뻐하고 있을지 모른다. 조금 믿기 힘들기는 하지만, 온갖 광고와 과대광고, 또 친구들 말이 가족이나 친구와 함께 특별한 곳에 가 있는 것처럼 느끼게 만들기 때문이다. 그렇지 않으면 소외되었다는 그 오래된 느낌을, 어렸을 때 학교에서, 혹은 그 많은 포장 선물들을 보고 결국 그 안에서 우리가 원했던 것 말고 다른 어떤 것이 나오더라도 기뻐해야 한다고 배웠을 때 습득한 또 다른 느낌을 받을 것이다.

나는 예전처럼 쾌활하지 않다. 친구 하나가 그런 이야기를 했다. 내가 그해 여름 3주 간격으로 두 사람을 나란히 잃은 후 친구는 내 슬픔이 내 삶의 다른 모든 영역으로 퍼져나갈 거라고 말했다. 슬픔이 우울로 바뀔 거라고. 그러면 곧 나는 어떤 것도 원하지 않게 될 거고, 어떤 일에도 마음을 쓰지 않을 거라고.

내가 이 이야기를 했을 때 또 다른 친구는 이렇게 말했다. "너한테 언니가 있는 줄 몰랐어." 정말 이상하다. 친구가 내게 언니가 있다는 사실을 알자마자 내겐 더 이상 언니가 없었다.

비가 오기 시작한다. 작은 빗방울이 창틀 옆으로 지나간다. 유리에 줄과 점이 생긴다. 바깥 하늘은 어둡고 열차 안 조명은 천장등도 좌석 위 작은 독서등도 더 밝아 보인다. 기차가 농장 옆을 지나간다. 뒷마당과 헛간 사이에 빨래가 걸려 있지 않은 빨랫줄이 보인다. 철로 양쪽에 농장이 있다. 농장 사이에 탁 트인 공간이 있고, 저 멀리 저장탑들이 보이며, 그 주변에 농장 건물이 모여 있다. 마치 멀리 있는 작은 마을 교회들 같다.

때로 슬픔이 거의 억누를 길 없이 가까운 곳에서 날 기다리고 있어도 잠시 슬픔을 무시할 수 있다. 그러나 또 어떨 때 슬픔은 계속 흘러넘치는 컵과 같다.

한동안 나는 두 사람을 따로 떨어뜨려 생각하거나 말할 수가 없었다. 지금은 더 이상 그렇지 않지만, 한동안 두 사람은 내 마음속에 언제나 함께 엮여 있었다. 두 사람이 너무 가까운 간격으로 떠났기 때문이다. 언니가 어디선가 아버지를 기다리고 있다고, 아버지가 오길 기다리고 있다고 상상하지 않기가 어려웠다. 심지어 우리는 그런 생각에 위안을 받았다. 두 사람이 어디에 있든지 언니가 아버지를 보살필 거라고 생각했다. 언니가 아버지보다 더 젊고 더 민첩하니까. 언니가 더 크고 강하니까. 하지만 아버지는 흡족해할까, 아니면 노여워할까? 혹시 아버지는 혼자 있고 싶어 할까?

심지어 아버지가 죽어갈 때 내가 곁을 지켜주길 바랐는지 아닌지도 몰랐다. 나는 아버지 곁에 있으려고 아버지와 어머니가 살았던 도시로 가는 버스를 탔다. 아버지가 회복될 기미, 혹은 지금 있는 곳에서 돌아올 가능성은 없었다. 병원에서 영양 공급을 중단했기 때문이다. 아버지는 말을 하거나 듣지 못했고 심지어 앞을 볼 수도 없어서 무엇을 원하는지 알 수가 없었다. 아버지는 아버지 같지 않았다. 눈을 절반 떴지만 아무것도 보고 있지 않았다. 입은 반쯤 열려 있었는데 그 안에 이가 없었다. 아버지 입이 너무 건조해서 내가 아랫입술에 젖은 스펀지를 대어주었더니 아버지가 갑자기 스펀지 위로 입을 다물었다.

흔히 죽어가는 사람 곁을 지켜야 한다고 말한다. 그래야 그 사람에게 위안이 된다고. 그러나 아버지는 살아 있을 때도 우리가 저녁을 다 먹고도 식탁에 머물러 있거나 거실에서 웃으며 이야기를 나누고 있을 때면 잠시 후 자리에서 일어나 우릴 놔두고 당신 방으로 들어갔다. 아버지는 설거지하고 있을 때도 도움을 원하지 않는다고 말하곤 했다. 우리가 요양원으로 만나러 갔을 때도 한두 시간이 지나면 그만 가라고 했다.

어머니는 나중에 세상을 떠난 두 사람과 연락할 수 있는지 알고 싶어서 영매를 찾아갔다. 그런 걸 실제로 믿지는 않았지만 어머니 친구들이 이 영매를 추천했고, 어머니는 흥미롭기도 하고 시도해봐도 해로울 것 없다고 생각해 그 영매를 만나 두 사람에 대해 이야기하고 두 사람과 의사소통을 시도했다.

영매는 두 사람과 연락이 닿았다고 했다. 아버지는 싹싹하고 협조적이었지만 말을 많이 하지는 않았고 별 언질도 없었으며 '괜찮다'고 했다. 어머니는 두 사람이 겪은 어려움이 지나고 난 후 연락이 닿았다면 뭔가 말을 더 해야 하는 게 아닐까 생각했다. 하지만 언니는 영매를 외면했고 화를 냈으며 어떤 말도 하고 싶어 하지 않았다. 우리는 영매의 말을 선뜻 믿을 수는 없었지만 이 이야기가 몹시 흥미로웠다. 적어도 그 영매는 그 경험을 실제로 했다고 믿고 있는 것 같았다.

두 가지 슬픔이 달랐다. 아버지를 향한 슬픔은 적절한 때에 끝이 왔고 자연스러운 질서였다. 언니를 향한 슬픔은 뜻밖에 너무 일찍 왔다. 언니와 제대로 연락하기 시작한 지 얼마 되지 않았는데, 이제 그런 일은 절대 지속되지 않을 것이다. 언니는 자신에게 큰 의미가 있는 자기만의 계획을 시작하고 있었다. 훨씬 더 자주 볼 수 있도록 우리 집 근처에 집까지 빌렸다. 언니 인생의 다른 단계가 막 시작되고 있었다.

•

이상하게도 열차 창밖으로 보면 뭐든 달라 보인다. 그 사실이 질리지 않는다. 이제 나는 강 위의 섬을 보고 있다. 덤불 숲이 있는 작은 섬이다. 섬을 좋아하니까 그 섬을 더 자세히 보려고 했는데, 잠시 시선을 돌렸다가 보면 어느새 섬은 사라지고 없다. 이제 우리는 숲을 지나가고 있다. 또 숲이 사라지고 다시 강과 멀리 산이 보인다. 철로 가까이 있는 것들은 너무 순식간에 지나가고, 중간 거리에 있는 것들은 좀 더 고요하게 꾸준히 지나가고, 가장 멀리 있는 것들은 가만히 머물러 있거나 심지어 중간 거리에 있는 것들이 뒤로 움직이는 바람에 앞으로 움직이는 것처럼 보이기도 한다.

멀리 있는 것들이 가만히 있는 것처럼 보이거나 조금 앞으로 움직이는 것처럼 보여도 사실 그것들은 아주 서서히 뒤로 움직이고 있다. 멀리 있는 저 언덕의 나무 우듬지들이 한동안 우리와 함께 있었지만, 다시 보니 그렇게 멀리는 아니어도 어느새 우리 뒤쪽에 가 있다.

언니가 죽고 이어서 아버지가 죽은 후 며칠 동안 계속해서 어떤 것들이 눈에 들어왔다. 날아오르는 흰 새 한 마리가 무언가를 의미하는 것 같았다. 혹은 근처에 내려앉은 흰 새가 그런 것 같았다. 나뭇가지에 앉은 까마귀 세 마리가 무언가를 의미할 것이다. 아버지가 떠나고 사흘 후 엘리시움*의 들판 꿈을 꾸었다. 아버지는 사흘 동안 우리 곁을 맴돌다가, 심지어 어머니 거실 위를 떠다니다가 엘리시움 들판으로 들어간 다음, 거기서 더 먼 곳으로 떠나 영영 지낼 것처럼 보였다.

나는 이 모든 것을 믿고 싶었다. 믿으려고 애썼다. 어차피 우리는 어떤 일이 벌어질지 모르지 않는가. 사람이 죽으면 어떻게 되는지 안다는 것, 어쨌든 뭐라도 안다는 게 정말 이상한 일이다. 아니, 어떻게 되든지 죽은 사람은 산 사람에게 그 사실을 전달할 수가 없다. 그러므로 우리는 죽기 전까지는 죽은 뒤 어떤 형태로 계속 살아가는지, 혹

* 그리스 신화에서 축복받은 사람들이 죽은 후 사는 낙원을 말한다.

은 그대로 끝인지 결코 알 수가 없다.

며칠 전 상점에서 그 여자가 내게 한 이야기도 비슷하다. 우리는 어머니들이 즐겨 썼던 소소한 표현에 대해 이야기하고 있었다. "그 사람들 따로따로"나 "뜻은 좋았어" 같은 표현들. 여자는 자기 어머니가 독실한 기독교인인데 영혼의 내세를 믿는다고 했다. 하지만 이 여자는 내세를 믿지 않아서 어머니를 다정하게 놀리곤 했다. 그럴 때마다 여자의 어머니는 아주 재미있다는 미소를 지으며 말했다. 우리가 죽으면 둘 중 한 사람은 까무러치게 놀라겠구나!

아버지도 육체가 전부, 특히 뇌가 전부이며 마음도 영혼도 감정도 전부 물질적이라고 믿었다. 언젠가 아버지는 교통사고 후 진입로 아스팔트 위에 퍼진 인간의 뇌를 본 적이 있다. 아버지는 거리에 차를 세우고 밖을 내다보았다. 그때 언니는 어린아이였다. 아버지는 언니에게 차 안에서 기다리라고 했다. 그리고 육체가 살아 있지 않으면 모든 게 끝이라고 말했다. 그러나 나는 그 말을 확신하지 않았다.

어느 밤 잠자리에 들었다가 공포를 느낀 적이 있다. 갑작스러운 질문에 잠에서 깨어났다. 지금 언니는 어디로 가고 있을까? 언니가 어디론가 가고 있거나 어딘가에 가 있다는 느낌이 강하게 들었다. 언니는 그냥 존재를 멈춘 게 아니라 아버지처럼 한동안 근처에 머물러 있다가 이윽고 어디론가 가고 있다고. 땅 밑으로 혹은 바다로 나가는 것처럼 어디론가 향하는 중이라고.

 언니가 아직 살아 있지만 죽어가고 있을 때 나는 언니에게 어떤 일이 생길지 계속 생각했다. 그런 이야기를 많이 듣지는 않았다. 우선 의사들은 언니의 반사신경이 악화하면 언니가 고통이나 아픔에서 멀어지는 게 아니라 오히려 그 방향으로 움직이게 된다고 말했다. 그 말이 언니의 몸이 고통을 원하고, 언니가 뭔가를 느끼고 싶어 한다는 뜻으로 들렸다. 언니가 계속 살아 있고 싶어 한다는 뜻으로 들렸다.

 또 나는 언니가 죽고 대략 닷새 후에 느리고 어두운 꿈을 꾸었다. 언니의 장례식 현장 혹은 장례식 직후의 꿈이었다. 꿈에서 나는 어떤 경기장 같은 곳에서 한 단계를 지나 다음 단계로 움직이고 있었는데, 계단을 지나갈수록 내 걸음보다 더 넓고 깊어졌다. 마침내 나는 천장이 높고 깊고 넓은 화려한 방으로 들어갔는데, 검은색 가구와 호화로운 장식이 인상적이었다. 일상적인 공간이 아니라 의식을 위해 마련된 홀이었다. 나는 엄지손가락에 꼭 맞는 작은 등불을 들고 있었고 등불 안에 작은 불꽃이 타오르고 있었다. 그 넓은 장소에서 유일한 조명이었던 불꽃이 너울거리며 깜박였고 한두 차례 꺼질 뻔했다. 아래로 내려갈수록 점점 넓고 가파른 계단을 어렵사리 다리를 벌리고 따라가는 동안 불이 꺼져서 검은 우물 같은 깊은 어둠 속에 홀로 남겨질까 두려웠다. 내가 들어왔던 문은 머리 위 높은 곳에 있었고 아무리 크게 외쳐도 아무도 내 소리를 듣지 못할 것이다. 빛이 없으면 그 어려운 계단을 되짚어 돌아갈 수 없을 것이다.

나중에 꿈에서 깨어났던 날과 시간을 가늠해보니 언니가 화장되고 있을 시간에 꿈을 꾸었을 가능성이 꽤 높았다. 오빠가 장례식 직후 화장이 시작되었고, 장례식이 언제 끝났는지 말해주었다. 꿈속에서 깜박였던 불꽃이 언니의 생명, 마지막 며칠까지 붙들고 있었던 생명이라고 생각했다. 홀로 내려가야 했던 그 어려운 계단들은 하루하루 언니가 내려갔던 삶의 단계들이었을지도 모른다. 광활하고 호화로운 홀은 그 모든 의식 가운데서도 앞에 있든 아래에 있든 죽음 자체였을지도 모른다.

나중에 우리는 언니의 죽음을 아버지에게 알려야 할 것인가 말 것인가 하는 이상한 문제에 맞닥뜨렸다. 그 무렵 아버지는 정신이 흐렸고 많은 일에 당혹스러워했다. 우리는 아버지를 휠체어에 태워 요양원 복도를 거닐곤 했다. 아버지는 미소를 짓고 고개를 끄덕이며 다른 입소자들에게 인사하는 걸 좋아했다. 아버지 방문 앞에서 멈추면 아버지는 지난해 6월 문에 붙여놓은 생일 축하 문구를 보고 길쭉하고 창백하고 점이 많은 손을 들어 그 문구를 가리키며 저게 뭐냐고 물었다. 아버지는 더 이상 말을 제대로 하지 못했다. 평생 아버지 말을 들어온 사람이 아니라면 무슨 말을 하는지 몰랐을 것이다. 아버지는 그 문구를 궁금해했고 웃었다. 아마 사람들이 당신 생일을 어떻게 알았는지 궁금했을 것이다.

아버지는 여전히 우리를 알아보았지만 이해하는 게 많지 않았다. 시간이 얼마나 남았는지는 알 수 없었지만 아버지는 오래 살지 못할 것이었다. 우리는 아버지가 언니의 죽음을 알아야 한다고 생각했다. 실은 양아버지였지만 언니는 아버지의 딸이었다. 하지만 우리가 말한들 아버지가 이해할까? 혹시 정말로 이해해서 끔찍하게 괴로워하면 어떡하지? 혹은 두 가지 반응을 전부 보일지도 몰랐다. 우리 말의 일부는 이해하고, 우리가 말한 내용과 그 말을 완전히 이해하지 못했다는 사실 모두에 고통을 받는다면? 아버지의 마지막 나날이 이런 고통과 슬픔으로 얼룩지고 만다면?

그러나 아버지가 딸이 죽었다는 중요한 사실조차 모르고 생을 끝내는 대안도 아닌 것 같았다. 한때 우리 작은 가족의 가장이었던 아버지가, 어머니와 함께 가족의 중요한 일을 결정했던 사람이, 우리가 소풍을 떠날 때면 자동차를 운전했던 사람이, 언니가 십 대였을 때 숙제를 도와주고 언니가 학교에 입학한 후 엄마가 쉬거나 일을 할 때면 매일 아침 학교까지 함께 걸어주었던 사람이, 부탁을 거절하거나 허락했던 사람이, 저녁 식사 테이블에서 농담으로 언니와 언니 친구들을 웃겼던 사람이, 몇 주 동안 놀이 집을 만든다고 뒷마당에서 분주했던 사람이 자기 가족에게 그토록 중요한 일이 일어났다는 사실을 전해 듣는 존중조차 받지 못한다면 어딘가 잘못된 것 같았다.

아버지에게 남은 시간은 너무 적었고, 우리는 그 삶의 끝에 관한 일들을 결정하는 사람들이었다. 그가 사실을 알고 죽을 것인가 모르고 죽을 것인가와 같은 일들을. 지금 나는 우리가 몇 년 전 한 일이 옳았는지 확신할 수가 없다. 어쩌면 그리 극적인 일이 벌어지지 않았다는 뜻일 수도 있었다. 우리는 그저 의무감으로, 그러나 긴장한 채, 서둘러, 아버지가 이해하지 못하길 바라면서 말했을 것이다. 아버지 얼굴에도 이해하지 못했다는 표정이 스쳤을 것이다. 그만큼 빨리 스쳐갔으니까. 그러나 내 기억이 맞는지, 혹시 지어낸 것은 아닌지 잘 모르겠다.

언니가 내 집에 왔던 어느 날, 내게 빨간색 스웨터와 빨간색 치마, 빵 구울 때 쓰는 둥근 점토 타일을 주었다. 언니는 그 빨간 스웨터와 치마를 입은 내 모습을 사진으로 찍었다. 언니가 내게 준 마지막 물건은 등에 구멍이 뚫린 작은 흰색 물개들이었을 것이다. 그 안에 숯이 들어 있어서 냄새를 흡수했다. 냉장고에 넣어두는 물건이다. 언니는 내가 혼자 사니까 냉장고 청소를 게을리해서 나쁜 냄새가 날 거라고 생각했던 모양이다. 그냥 누구라도 이런 물건이 필요할 거라 생각했을 수도 있고.

언니는 언제 타르타르소스를 남겨두었을까? 누구라도 타르타르소스 병 같은 것에 집착하게 되리라고 생각하지는 않을 것이다. 그러나 나는 그럴 수 있다고 생각한다. 나는 그 소스를 버리고 싶지 않았다. 언니가 남기고 간 물건이니까. 그걸 버리면 언니만 뒤에 남겨두고 시간만 앞으로 움직인다는 뜻이었다. 그건 마치 언니가 결코 경험하지 못할 새로운 7월이 시작되는 걸 보기 힘들었던 것과 같다. 그러나 어느새 8월이 왔고 그때 아버지도 떠났다.

음, 작은 물개들은 유용하다. 적어도 7년 전에는 유용했다. 나는 물개들을 내 냉장고에 넣어두었다. 비록 선반 뒤쪽에 두어서 냉장고를 열 때마다 그 유쾌한 얼굴과 검은 눈을 봐야 하는 건 아니었지만. 이사 갈 때도 물개들을 데려갔다.

이렇게 오랜 시간이 흘렀는데 물개들이 여전히 뭐라도 흡수하는지는 의문이다. 하지만 물개는 자리를 많이 차지하지 않고, 내 집에 뭐든 물건이 많지도 않다. 그것들이 언니를 떠올려주어서 가지고 있는 게 좋다. 나는 몸을 숙이고 물건들을 이리저리 움직이다가 위쪽 선반에 흘리고 말라붙은 얼룩들 사이로 냉장고 빛을 받으며 누워 있는 물개들을 본다. 두 마리다. 얼굴에 검은색으로 미소가 그려져 있다. 혹은 미소처럼 보이는 선이 그려져 있다.

사실 어른이 된 후 내가 원했던 유일한 선물은 참고서처럼 공부를 위한 것이었다. 아니면 오래된 것.

식당칸에서 소음이 들려온다. 사람들이 웃고 있다. 거기서 술을 판다. 나는 기차에서 술을 사본 적이 없다. 술을 좋아하지만 여기서는 아니다. 오빠는 가끔 어머니를 보고 집으로 돌아가는 길에 기차에서 술을 마셨다. 언젠가 오빠에게서 들었다. 올해 그는 아카풀코에 있다. 오빠는 멕시코를 좋아한다.

도착하기까지 아직 두 시간이나 남았다. 밖은 어둡다. 해가 있을 때 농장을 지나가서 기쁘다. 아마도 식당칸에 대가족이 모였거나 회의에 참석차 가는 사람들이 있을지도 모른다. 언제나 그런 사람들이 보인다. 아니면 스포츠 행사에 가는 사람들이랄지. 뭐, 사실 그건 잘 이해가 되지 않는다. 오늘은 아니다. 누군가 나를 보며 이쪽으로 오고 있다. 여자는 약간 웃고 있다. 아니, 당혹스러워 보인다. 왜지? 여자가 비틀거린다. 오, 파티네. 파티가 있어요. 식당칸에서요. 여자가 내게 말한다. 누구나 환영이라고.

중세 역사 배우기

사라센인은 오스만인인가?
아니, 사라센인은 무어인이다.
오스만인은 튀르키예인이다.

나의 학교 친구

플로베르 이야기

지난주 일요일, 식물원에 갔어. 트리아농 공원에 낯선 영국인 칼버트가 살던 곳이 있어. 그는 장미를 길러서 영국에 보냈어. 희귀한 달리아도 모았지. 또 그에겐 나의 옛 학교 친구 바르블레와 불장난을 했던 딸이 있었어. 그 여자 때문에 바르블레는 자살했어. 그때 내 친구는 열일곱 살이었지. 권총으로 자신을 쏘았어. 나는 높이 부는 바람을 맞으며 길게 이어진 모래땅을 가로질렀고 그 딸이 살았던 칼버트의 집을 보았어. 그 여자는 지금 어디에 있을까? 근처에 야자나무를 심은 온실이 세워졌고, 정원사들이 싹틔우기, 접붙이기, 가지치기, 가지고르기 등 과실수를 기르기 위해 알아야 할 모든 것을 가르쳐주는 강연장도 있었어. 아직도 바르블레를 생각하는 사람이 있을까? 그 영국인 소녀를 사랑했던 바르블레를? 열정적이었던 내 친구를 누가 기억해줄까?

피아노 교습

나는 친구 크리스틴과 함께 있다. 이 친구를 만난 것도 오랜만인데 아마 17년 만일 것이다. 우리는 음악 이야기를 나누다가, 다시 만나면 크리스틴이 내게 피아노를 가르쳐주겠다고 약속한다. 그는 교습 준비를 하면서 바로크 곡 하나, 고전주의 곡 하나, 낭만주의 곡 하나, 현대음악 한 곡을 선택해 공부해야 한다고 말한다. 나는 친구의 진지함과 숙제의 어려움에 감탄한다. 나는 교습받을 준비가 되었다. 우리는 일 년 안에 교습을 시작할 거라고 그가 말한다. 친구가 내 집으로 올 것이다. 하지만 나중에 친구는 이 나라로 돌아올지 확실하지는 않다고 말한다. 어쩌면 이탈리아에서 교습을 할 수도 있다고. 이탈리아가 아니면 당연히 카사블랑카라고.

꿈

커다란 건물의 초등학생들

나는 창고나 오페라하우스만 한 아주 큰 건물에 산다. 거기 혼자 있다. 곧 초등학생 몇 명이 도착한다. 재빠르고 작은 다리들이 앞문을 지나 다가오는 것을 보고 나는 약간의 두려움을 느끼면서 묻는다. "누구세요? 누구세요?" 그들은 대답하지 않는다. 대규모 학급이다. 전부 남학생이고 교사가 두 명 있다. 그들은 건물 뒤쪽 화실로 쏟아져 들어온다. 화실 천장은 2층 혹은 3층 높이다. 한쪽 벽에 안색이 어두운 얼굴들이 벽화로 그려져 있다. 학생들이 매혹된 채 서서 그림을 가리키며 이야기를 나눈다. 반대편에는 녹색과 푸른색 꽃을 그린 또 다른 벽화가 있다. 이 벽화를 보는 아이들은 얼마 없다.

이 학급은 호텔 비용이 없어서 여기서 밤을 보내고 싶어 한다. 이 답사 여행을 위해 고향에서 기금을 모으지 않았습니까? 나는 교사 한 명에게 묻는다. 아니요. 남자는 미소를 지으며 교사가, 그러니까 자신이 동성애자라는 이유로 사람들이 모금을 하지 않았다고 슬프게 말한다. 이 말 끝에 그는 몸을 돌리더니 다른 교사의 몸을 부드럽게

팔로 감싼다.

  나중에 나는 아이들과 같은 건물에 있지만, 이제 이곳은 더 이상 내 집이 아니고 익숙하지도 않다. 내가 한 소년에게 화장실이 어디냐고 묻자 소년이 화장실 한 군데로 안내한다. 목재 패널을 두르고 설비는 오래된 근사한 화장실이다. 변기에 앉자 화장실이 올라간다. 화장실은 엘리베이터이기도 하다. 나는 물을 내리면서 이런 경우 배관이 어떻게 작동하는지 잠깐 생각해보다가 이윽고 해결되었다고 생각한다.

꿈

문장과 청년

열린 쓰레기통 안쪽에 누구나 볼 수 있는 문장 하나가 있다. "누가 노래하!?!" 비문이다. 우리는 그늘진 통로에 숨어 그것을 보고 있다. 청년 하나가 쓰레기통을 몇 차례 지나가며 호기심 어린 눈빛으로 그 문장을 본다. 청년이 언제라도 손을 뻗어 문장을 고칠까 봐 두려워 우리는 그 자리를 떠나지 않을 것이다.

꿈

몰리, 암고양이: 내력/발견점

인적 사항: 중성화 수술을 받은 암컷, 삼색 고양이
내력: 이른 봄 길가에서 눈밭에 웅크린 상태로 발견
  입양 당시 나이 약 3세
  전 주인이 버린 것으로 보임
  첫 주 동안 화장실에 격리
  새집이라 일주일 동안 잘 먹지 않았지만, 격리된 공간에서 활발하게 놂
피부/털: 빨갛게 부음/목둘레에 벌겋게 염증
기생충: 벼룩 오물 발견
  입양 후 실외로 자유롭게 뛰어다니게 허락
  채소밭에서 주인들과 어울림
코/목: 외관상 상처는 없음
  잘 먹음, 건식 사료
  작은 새들 사냥, 그러나 커다란 파란 어치는 붙들고 있지 못함
부러진 이: 오른쪽 위 송곳니
치과 질환 등급: 5 중 2-3급

집 안에 다른 고양이가 둘 있는데, 커다란 집 안을 마구
뛰어다님

다른 고양이들과 놀지 않으려 함

눈: 외관상 상처는 없음

폐: 정상 범위 안

다른 고양이들이 있으면 주인들과 함께 놀려고 하지 않
지만, 화장실에서는 주인들과 놀려고 함

림프절: 정상

심장: 정상 범위 안

주인들에게 애정을 보임, 쓰다듬으면 갸릉거리고 눈을
감음

안아 올리면 주인 품에서 늘어짐

비뇨기계: 정상 범위 안

하루에 두세 군데, 집 안 바닥에 부적절한 소변

시간이 지날수록 악화, 소변 웅덩이가 더 커짐

귀: 외관상 상처는 없음

등허리 지대 접근성은 중간 정도, 엉치뼈 위 접근성은 심각

꼬리 바로 위를 쓰다듬으면 운다

소변 전이나 후에 가끔 운다

낮잠 후 가끔 운다

복부: 만져지는 상처 없음

신경계: 정상 범위 안

몸무게: 3.96킬로그램

이상적 몸무게: 3.96킬로그램

  배변 상자를 사용하지 않음, 배변 상자 근처 바닥에 배설
벼룩이 있는 것으로 추정

통증 점수: 10 중 3(엉치뼈 위)

  수의사 검진은 참아줌, 긴장하지만 지나치게 적대적이
지는 않음

맥박: 180

전체적인 신체 상태 점수: 5 중 3

업데이트: 실내에 있을 때 바닥에 더 많은 양의 오줌을 쌈

  날씨가 궂어도 매일 실외로 나가는 쪽을 선택함

  몹시 더웠던 어느 봄날 한낮에 보이지 않음

  늦은 오후 소나무 아래서 파리 떼에 덮인 채 숨을 헐떡
이는 모습으로 발견됨

  실내로 데려와 시원한 샤워 부스에 눕힘

  헐떡임을 멈추고 정상 호흡 회복

  몇 시간 내 사망

  사망 연령: 약 11세

재단에 보내는 편지

프랭크와 재단 위원회 귀하

 수년 전 9월 29일, 당신과 중대한 통화를 마친 직후 이미 머릿속으로 당신에게 편지를 쓰기 시작했지만, 지금까지 마무리 짓지 못했습니다. 처음 며칠은 당신이 내린 특정 지시 사항을 숙지하고 있었어요. 이 소식을 오직 두 사람에게만 전할 수 있고, 대학 기자가 접근하면 친절하게 대해야 하며, 당신을 프랭크라고 부르라는 지시였지요. 그때는 자리에 앉아 당신에게 편지를 써야겠다는 생각은 들지 않았습니다. 당신이 그렇게 하라고 구체적으로 지시하지 않았으니까요.

 이 지원금을 수령하는 게 어떤 기분인지 당신이 궁금하다고 말했던 것 같기는 한데, 지금은 다른 사람이 한 말을 당신이 한 말로 혼동하고 있을지도 모르겠습니다. 그 사람이 제게 어떤 기분이냐고 설명해달라고 했었거든요. 어쨌든, 그러니까 당신이 설명을 요청했든 안 했든, 지금부터 제 기분을 말씀드리겠습니다.

저는 그때 곧바로 당신에게 감사 편지를 쓰고 싶다고 말했어요, 프랭크. 당신은 그럴 필요가 없다고 했고요. 저는 그래도 쓰고 싶다고 했습니다. 그러자 당신은 웃으며 그래요, 당신은 학자고 문학 교수니 아마도 할 말이 많겠죠, 하고 말했어요.

문제는 제가 솔직하고 진실한 사람인데, 재단에 쓰는 편지에서 어디까지 진실해도 되는지 확신이 서지 않는다는 겁니다. 저는 당신이 듣고 싶어 하지 않을 말을 하고 싶지는 않거든요. 예를 들어 당신은 제가 지원금 수령 기간 내내 작업할 뜻이 없었다는 말을 듣고 싶지는 않을 겁니다.

무엇보다 먼저 저는 이 지원금을 받았다는 사실을 믿을 수가 없었습니다. 놀랍도록 오랫동안 저는 그 사실을 믿지 않았습니다. 저는 이 지원금을 받지 않는 일에 너무나 익숙해져 있었거든요. 저는 이 지원금에 대해 알고 있었습니다. 우리 과에서는 이를 2년 지원금이라고 부릅니다. 제가 아는 다른 학자들은 이 지원금을 받았어요. 저도 오랫동안 지원금을 원했습니다. 저는 못 받는데 다른 사람들이 받는 모습을 지켜보았지요. 저는 무거운 수업 부담, 끊임없는 피로, 짜증스러운 학장 혹은 말도 안 되게 꼼꼼한 학과장, 위원회 일, 끝나지 않는 근무 시간, 깜박거리는 연구실 형광등, 교실 카펫에 묻은 얼룩 등등 사람들이 처한 종속의 삶이나 업무로부터 적어도 일시적으로나마 구출될 수 있도록 이 지원금을 열렬히 소망한 수만 명의 학자 중 한 사람이었을 뿐입니다. 그러나 재단이 못 본 척 누락시키는 사람, 거절당하는 사람, 재단이 보기에 이 상을 받으면 안 되고 특정한 다른 사람보다 가치가 떨어지는 사람 중 하나가 되는 일에 아주 익숙해져 있었습니다. 그러니 제가 구출당한 바로 그 사람 중 하나가 되었다는 사실을 진심으로 믿을 수가 없었지요. 시간이 흘러 여전히 사실이 아닌 것처럼 들리는 말들, 일테면 "정말 잘됐어요!"(라고 제 동기 하나가 말하더군요)나 "이제 다음 계획이 뭐죠?" 같은 말 덕분에 저는 아주 서서히 사실을 믿기 시작했습니다.

저는 자기 삶에 대해 들은 말은 인정하지만 스스로는 어떤 것도 기억하지 못하는 기억상실자 같았습니다. 그런 사람은 어떤 것도 기억할 수 없기 때문에 진심으로 믿지 못하지만, 너무 많은 이들이 같은 사실을 반복해서 말해주기 때문에 사실을 인정하고 익숙해져야겠지요.

당신이 요청했으므로 그 경험이 어땠는지 한번 재구성해보겠습니다.

아침 9시 직후, 재단에서 전화가 왔습니다.

저는 시내에 나갈 준비를 하고 있었어요. 하던 일을 멈추고 당신과 통화했습니다. 아주 잠깐 당신이 다른 이유로 전화했다고 생각했습니다. 하지만 동시에 당신이 다른 이유로 오전 9시에 제게 전화할 사람은 아니라는 생각도 들었습니다. 다른 일이었다면 당신은 편지를 썼겠지요. 수화기 너머로 처음 통화한 사람은 목소리가 고요하고 수줍어하는 친절한 여성이었습니다. 그 여성분이 제게 좋은 소식을 전해주고는 지금 당장 재단의 다른 남성분과 통화를 해야 하는데, 그분이 지금 사무실에 있는지 없는지는 모르겠다고 하더군요.

저는 그 여성분과 통화하며 좋은 소식을 전해 듣는 동안에도 버스를 놓칠까 봐 걱정했습니다. 제가 사는 곳 남쪽에 있는 도시에서 약속이 있었기 때문에 버스를 놓치면 안 되었습니다. 저는 재단의 다른 남성분에게 전화를 걸었습니다. 다행히 그분은 사무실에 있더군요. 그 남성분이 아마도 당신이라고 생각합니다. 비록 이렇게 시간이 많이 흐른 지금 확신할 수는 없지만요. 그분이 저를 놀리기 시작했습니다. 제가 그 친절한 여성분의 말을 오해했고, 사실 어떤 지원금도 받지 않을 거라고 생각하게 만들었습니다. 그분은 틀림없이 제가 자신의 놀림을 인지하고 있다고 생각했을 것이고, 또한 그 놀림에 제가 놀랐고 심지어 걱정도 하고 있을 거라고 생각했을 것입니다. 물론 제가 어떤 식으로 걱정을 해야 하는지는 정확히 알 수가 없었지만요. 나중에 제가 당신이 좋은 소식을 전하면서 놀린 유일한 사람일까 궁금했습니다만, 그 사실 자체를 믿을 수가 없으므로 당신이 통화하는 사람을 놀리는 버릇이 있나 보다 생각하고 있습니다. 물론 그 사람이 당신이었다면 말입니다.

저는 그 남성분 혹은 당신과 대화했습니다. 당신이 원하는 것처럼 보이는 만큼은요. 당신이 제게 프랭크라고 부르라고 했지요. 그 순간 저는 당신이 원하는 것처럼 보이는 거라면 뭐든지 할 준비가 되어 있었습니다. 그 순간에 주의를 기울이지 않는다면 모든 일을 망치고 지원금이 사라질까 두려웠으니까요. 그건 이성적이라기보다 본능적인 반응이었습니다. 통화가 끝나자 저는 서둘러 버스를 타러 갔습니다.

물론 저는 기뻤습니다. 도시로 가는 내내 그 좋은 소식을 생각했으니까요. 또한 처음으로 제 마음이 갑작스럽게 새로운 상황에 정확히 어떻게 적응하는지 관찰할 수 있었습니다. 어떤 일을 평소대로 생각하는 저 자신을 발견할 때마다 몇 번이고 반복해서 아니라고, 이제 상황이 달라졌다고 되뇌었습니다. 이런 일이 수없이 반복되자 마침내 제 마음은 새로운 상황에 적응하기 시작했습니다.

그날 저는 공공도서관 근처 식당에서 혼자 점심을 먹었습니다. 7달러 정도 하는 샌드위치 절반과 수프 한 컵을 주문했습니다. 직원이 물러갔는데도 저는 계속 메뉴를 생각했습니다. 사실 저는 제가 좋아하는 11달러짜리 샐러드를 먹고 싶었거든요. 순간 깨달았습니다. 이제 나는 그 샐러드를 먹을 여유가 있다! 하지만 곧바로 생각했습니다. 아니야! 조심해! 지금부터 과거에 소비했던 모든 것에 가격의 절반을 더 쓴다면 금세 돈이 바닥나고 말 거야!

저는 크게 안도했습니다. 이 엄청난 안도감에 대해 재단 측에 말씀을 드리고 싶었습니다. 하지만 이윽고 당신도 당연히 알고 있을 거라는 생각이 들었습니다. 당신이 도와준 모든 사람에게 이런 이야기를 들었을 거라고요. 모든 이들이 알려주지 않던가요? 아니면 어떤 사람들은 아주 과묵하거나 혹은 사무적인가요? 그 사람들은 무척 실용적이라 그 돈을 어떻게 사용할지 곧바로 계획을 세우나요? 행복하고 흥분하기는 해도 안도감을 느끼지는 않는가요? 아니면 아예 행복하고 흥분하는 일도 없나요? 그래도 저는 여전히 재단 측에 말씀드리고 싶었습니다. 이제 모든 게 괜찮아질 거라고, 걱정할 필요가 없을 거라고 말씀드리고 싶었습니다.

우선 스물한 살에 시작한 성인 생활 내내 다음 해에 먹고살려면, 때로는 다음 주에 먹고살려면 어떻게 돈을 벌어야 하나 걱정해왔다고 말씀드리고 싶었습니다. 제가 아직 젊었을 때, 심지어 더 나이가 들었을 때도 부모님이 가끔 약간의 돈을 보내주셨지만, 부담감은 제 몫이고 제 책임이었습니다. 저는 그걸 알았고, 다음 해 수입이 안정적이었던 때가 한번도 없었습니다. 때로는 돈이 너무 없는데 더 벌 방법을 몰라 겁이 나기도 했습니다. 공포는 배 속 깊은 곳에서 신체적으로 느껴지는 것이었습니다. 이제 어떻게 하지? 이런 생각이 불쑥 들곤 했습니다. 언젠가 친구가 빌려간 13달러를 빼고 돈이 한 푼도 없었던 적이 있습니다. 친구에게 돈을 갚으라고 말하고 싶지 않았습니다만, 했습니다. 그러니 무엇보다 이제 제가 하고 있는 일 가운데 너무 어려운 일은 하지 않아도 된다고 당신께 말씀드리고 싶어요. 그건 바로 가르치는 일을 말합니다.

가르치는 일은 언제나 너무 어려웠습니다. 때론 재앙이었을 만큼이요. 저는 힘든 일을 두려워하지 않고 힘든 일에 익숙하지만, 이 특정 종류의 일, 즉 제가 하는 종류의 가르침은 저를 짓누르고 거의 진을 빼왔습니다. 특히 그 전화를 받기 전 해와 전화를 받은 해가 힘들었습니다. 당시 저는 울고 싶고, 고함치고 싶고, 한탄하고 불평하고 싶었습니다. 그래서 어떤 사람들에게 불평해보려고 했습니다만, 제가 원하는 만큼 불평하거나 울지는 못했습니다. 어떤 사람들은 제 말을 들어주고 도움을 주려고 했지만 충분히 오래 들어주지는 못했습니다. 대화란 언제나 끝나기 마련이었으니까요. 감정의 대부분을 줄곧 혼자 간직해야 했습니다. 재단에서 전화가 왔을 때 저는 여전히 가르치는 중이었지만, 그 통화 후 큰 변화가 찾아올 것이기에 저는 가르치는 일을 계속하지 않겠다고 생각했습니다. 남은 두 달만 더 가르치고 아마도 영원히 끝을 내겠다고요.

당시 아침이면 저는 대학으로 가는 버스에 앉아서 무슨 일이 일어나 나를 구출해주거나 혹은 아무도 다치지 않는, 적어도 아주 심하게 다치지는 않는 가벼운 사고가 일어나 강의가 취소되기만을 기도했습니다.

수업이 있는 날은 이렇게 시작됩니다. 제가 사는 마을에서 공공버스를 타고 북쪽으로 한 시간 거리에 있는 작은 대학 도시로 갑니다. 운전을 할 수는 있지만 차를 몰고 가지는 않습니다. 강의가 있는 날 운전이라는 책임을 추가하고 싶지 않거든요. 자동차를 모는 것에 대해 생각하고 싶지 않습니다.

버스에 조용히 앉아 창밖을 봅니다. 버스는 제 몸을 가만히 양옆으로 흔들고, 속도를 내다가 좌석 깊숙이 밀치거나 장애물을 넘어갈 때는 갑자기 튀어 오르게 합니다. 저는 버스의 흔들림이 좋습니다. 머릿속에 울리는 노래는 좋아하지 않습니다. 언제나 알아채기도 전에 머릿속에 노래가 흘러 들어옵니다. 축하의 노래는 아닙니다. 이유는 모르겠지만 제 머리에 떠오르는 노래는 종종 지루하고 반복적입니다. 그건 '멕시코 모자 춤'이라는 노래입니다.

이 소식을 들었을 때 마침 제가 돈이 떨어지는 중이었

다는 말씀도 드리고 싶습니다. 봄에 몇 가지 소소한 일이 들어올 예정이었지만 제 은행 잔고는 지난 몇 년보다 더 적었습니다. 하지만 이제 드디어 당신 덕분에 제겐 충분한 돈이 생길 예정이었지요. 물론 그 전에 죽지만 않으면요.

먹고살 돈이 충분해질 테고, 심지어 가지고 싶거나 필요한 것들에 쓸 여윳돈도 생길 예정이었습니다. 새 안경을, 어쩌면 더 매력적인 안경을 살 수도 있었습니다. 항상 어려운 일이긴 하지만요. 저녁으로 더 비싼 음식을 사 먹을 수도 있었습니다. 하지만 여윳돈으로 살 수 있는 것들을 생각하기 시작하자마자 부끄러움 혹은 당혹감이 몰려왔습니다. 새 안경이나 보다 좋은 저녁은 근사하겠지만 실제로 필요하지 않은 것인데, 저는 실제로 필요하지 않은 것을 몇 개나 사도 되는 걸까요?

이상한 일이 벌어지고 있었습니다. 저는 가끔 제 삶에서 제거당하는 느낌을 받습니다. 마치 제가 제 삶 위에 둥둥 떠 있거나 약간 옆으로 비켜난 것처럼 말이죠. 이런 부유의 감각은 틀림없이 제가 더 이상 어떤 일에도 혹은 많은 일에 집착하지 않겠다고 생각한 사실과 관계가 있을 것입니다. 저는 가르치는 일에 집착하지 않겠다고 생각했고, 석 달 혹은 두 달, 아니 한 달 정도 먹고살 수 있게 4천 달러 혹은 3천 달러, 아니 2천 달러를 벌어줄 다른 크고 작은 일들에 그리 집착하지 않겠다고 생각했습니다. 저는 위로 떠올라 멀찌감치 떨어져서 제 주변 테두리 안에 있는 풍경을 관망하고 있었습니다.

학과에서 제 지원금 수령을 축하하는 작은 파티를 열어주었습니다. 지원금이 대단히 큰 액수는 아니었지만, 학과는 교직원이 어떤 일을 하든 수선 피우기 좋아하니까요. 학과는 대학 행정실에서 교직원의 성취를 알고 그 학과를 높이 평가해주기를 바랍니다. 그러나 저는 이 파티가 불편했습니다. 학과, 그리고 어쩌면 대학 당국까지 저를 더욱 가치 있게 여길 텐데 저는 대학을 떠나길 바라고 있었으니까요. 사실 저는 은밀히 대학을 떠날 계획을 세우고 있었습니다. 인연을 완전히 끊거나 가능하면 관계를 줄이려고 말이지요.

결국 저는 가르치는 일을 그만둘 수가 없게 됩니다. 하지만 한동안은 그 사실을 알지 못했습니다.

저는 언제나 나쁜 선생만은 아니었습니다. 제가 가르치는 일에 어려움을 겪는 이유는 복잡하고, 저 역시 그 점을 많이 생각해왔습니다. 어쩌면 저의 일 처리 능력이 대체로 부족하기 때문일 것입니다. 여기에 과도한 준비와 무대 공포증, 그리고 학생들의 표현력 부족과 저조한 참석률 같은 교실 자체의 문제가 관련되어 있습니다. 저는 학생들의 눈을 잘 보지 못합니다. 중얼거리기 일쑤고 대체로 명확하게 설명하지 못합니다. 칠판을 사용하고 싶지 않습니다.

 칠판 사용이 싫은 것은 학생들을 향해 등을 돌리고 싶지 않기 때문입니다. 제가 등을 돌리는 순간 학생들이 자기들끼리 대화를 나누거나, 다른 수업의 필기를 복습하거나, 더 나쁘게는 아무런 존중 없이 제 등을 멀뚱히 볼 거라는 두려움이 있습니다. 지난해 내내 저는 칠판을 사용하지 않았습니다. 올해는 사용하기 시작했습니다. 칠판을 쓸 때는 마음이 아주 다급해지고 불편해지는 데다가 제 필체가 너무 엉망이라 칠판에 쓴 제 글씨가 작고 희미해 읽기 어렵습니다.

 제가 일하는 방식은 다음과 같습니다. 가능하면 오랫동안 수업 생각을 피합니다. 그러다가 시간이 얼마 남지 않았을 때, 일테면 하루나 하룻저녁 정도 남았을 때 수업 준비를 시작합니다. 안타깝게도 준비 도중 수업을 상상하기 시작합니다. 수업을 상상하면 교실과 학생들이 너무 무서워 얼어붙어버리고, 그러면 더는 명료하게 생각할 수 없게 됩니다. 가끔은 공황을 통제할 수 있습니다. 꾹 눌러 참거나 벗어나야 한다고 혼잣말을 하지요. 그러면 한 몇 분 동안 심지어 반 시간까지도 합리적으로 수업을 준비할 수 있게 됩니다. 그러다 다시 공황이 찾아오면 이제 더는 생각할 수가 없습니다. 모든 계획이 틀린 것만 같고, 나는 아무것도 모르고, 가르칠 것도 없다고 믿게 됩니다. 이렇게 계획을 세우기가 어려워질수록 시간은 흘러가고 수업 시간도 가까워지기 때문에 두려움이 점점 더 커집니다.

제가 말씀드린 감정, 즉 제 삶에서 제거당하는 것 같은 느낌은 제 생각에 치명적인 병에 걸린 걸 알게 된 사람이 느끼는 감정과 비슷합니다. 죽어가는 사람은 오히려 전망이 더 분명해지기도 합니다. 변한 것은 제가 아니라 주변의 모든 것처럼 보였어요. 모든 게 더 날카롭고 분명하고 가까워졌습니다. 전에는 어떤 일도 제대로 보지 못하거나, 아주 일부분만 보이거나, 전부 보이더라도 베일이나 안개에 가려진 듯 희미하게 보였던 것처럼요. 과거 제 시야를 막았던 건 무엇이었을까요? 저와 세계 사이에 장막이라도 있었을까요? 아니면 제가 시야를 좁히고 눈을 가린 채 앞만 보았던 걸까요? 지금까지는 제가 주변을 전부 보지 않는 습관이 있다는 걸 잘 몰랐습니다. 모든 걸 당연하게 여겼다는 게 아니라 모든 것을 한번에 보지 못했다는 뜻입니다. 왜일까요? 할 시간이나 돈이 없는 일을 하고 싶다는 유혹에 빠지지 않으려고 그랬을까요? 아니면 너무 주의를 뺏는 일은 생각조차 하기 싫었던 걸까요? 저는 세계의 많은 부분을 모른 척하거나 세계로부터 주의를 돌려 눈앞의 업무로 돌아가야 했습니다. 그게 뭐든지 말이죠. 제 생각이 가고 싶은 곳으로 향하고, 이어서 다른 일로 옮겨가도록 할 수가 없었습니다.

이제 모든 게 달리 보였습니다. 땅으로 돌아와 그곳을 다시 보고 있는 것 같았습니다. 모든 게 더 아름다워 보였을까요? 아니, 꼭 그렇지는 않았습니다. 어쩌면 그 자체로 더욱 완전해졌고, 더 온전해졌으며, 더 중요해졌습니다. 거의 죽음에 이르렀다가 삶으로 돌아온 사람들이 이런 식으로 세상을 바라보게 될까요?

저는 자동차나 버스 창밖을 바라보며 결코 가보지 않을, 가고는 싶지만 가지는 않을 머나먼 곳의 어떤 것들을 그리워하는 버릇이 있습니다. 아마도 그곳은 제가 한때 살았던 곳, 웃자란 들판 곳곳에 유칼립투스와 종려나무가 서 있는 캘리포니아의 낡고 황폐한 목장 집일 것입니다. 집으로 이어지는 길게 굽은 흙길이 있었죠.

요즘 대학으로 가는 버스 안에서 비슷한 집을 봅니다. 부속건물이 있고 주변에 나무가 있으며 고속도로와 집 사이에 들판이 있는 낡은 농장 집입니다. 아주 단순하고 낡은 구조의 집이고, 나무들도 키가 큰 그늘용 나무들이 있을 뿐입니다.

한때는 그 집이 딱 적당한 거리에 떨어져 있어야 한다고 생각했습니다. 그래야 그리워할 수 있고 거의 상상의 존재로만 남아서 제가 결코 거기 가지 않게 될 테니까요. 그런데 이제 저는 한동안 삶의 바깥쪽에 있다고 느꼈으면서도 그곳을 찾아갈 수도 있겠다 생각했습니다.

동시에 저는 이방인에 더 가깝다고 느꼈습니다. 마치 그곳과 저 사이에 서 있었던 게 사라진 것처럼 말입니다. 그것이 이제 더 이상 제가 제 삶 안쪽에 있지 않은 것처럼 느끼는 것과 관련이 있는지는 모르겠습니다. '제 삶'이라고 말한 것은 더는 타당해 보이지도 않는 걱정과 계획과 구속을 의미합니다. 주로 버스정류장에 있을 때 저는 이 이방인에 가까운 느낌을 느낍니다. 버스정류장이란 수많은 타인을 한꺼번에 보는 곳이면서 한번에 한두 시간 동안 그들을 지켜볼 수 있는 곳이니까요. 예를 들어 저는 집으로 돌아가는 심야버스를 기다리며 카페테리아에 앉아 편지를 쓰거나 학생들의 과제물을 읽습니다.

막상 수업이 시작되면 수업이 가까워지는 시간, 특히 수업 10분 전이나 20분 전보다 오히려 긴장이 덜하다고 말씀드려야겠군요. 최악의 순간은 최후의 순간, 즉 연구실 의자에서 일어나 가방을 챙겨 들고 연구실 문을 열 때입니다. 연구실 밖으로 걸어 나갈 때까지 단지 5분만 남아 있어도 저는 약간 보호받는다고 느낄 수 있습니다. 물론 5분이라는 게 뭔가를 하기엔 너무 짧은 시간이긴 합니다만. 하지만 10분은 최후의 순간으로부터 저를 지켜내기엔 상당히 긴 시간입니다.

일단 수업이 시작되면 그 시간 자체는 10분이나 20분 전만큼, 특히 최후의 순간만큼 나쁘지는 않다는 걸 알아야 합니다. 그 시간 자체가 그리 나쁘지 않다는 걸 알면 그 시간을 그렇게 두려워하지 않을 것이고, 그러면 10분 혹은 20분 전도 그리 나쁘지 않을 테니까요. 하지만 저는 자신을 설득할 방법이 전혀 없습니다. 그리고 당연하게도 그 시간 자체가 아주 나쁠 때도 있습니다.

예를 들어 수업 중 토론이 걷잡을 수 없어지고, 일부 학생들이 특정 집단을 향해 공격적인 발언을 하게 되면, 저는 재빨리 그들을 막을 방법을 모르기 때문에 제가 그런 발언을 승인하거나 심지어 격려한 것처럼 보일 수 있습니다. 또 일부 다른 학생들과 저 자신은 토론이 진행될수록 점점 불편해졌습니다. 보다 능숙한 선생이라면, 예를 들어 일반화의 위험과 그 유용성을 비교하는 주제로 바꿈으로써 토론을 확장하고 망할 뻔한 토론을 구해낼 수 있을 것입니다. 그러나 저는 그 자리에서 당장 좋은 방법을 떠올리지 못했고 수업은 나쁜 감정으로 끝나고 말았습니다. 나중에 집에 돌아와서야 도움이 될 만한 영리하고 좋은 발언이 떠올랐지만, 그땐 이미 너무 늦어버렸죠. 저는 다음 수업도, 다음 수업에 퍼져 있을 냉기도 두려웠습니다. 그리고 다음 수업에 관한 저의 예상은 틀리지 않았습니다.

토론이 안타깝게 흘러가는 일은 그리 자주 일어나지는 않습니다. 그보다는 거북한 순간이 더 많습니다. 예를 들어 저는 때때로 말하다 머뭇거리는데, 완벽한 구문이나 이

미지를 포착하기 직전이라서가 아니라 단지 생각의 길을 놓친 바람에 이해가 될 만한 발언을 위해 결론을 찾아내야 하기 때문이에요. 제가 머뭇거리면 학생들은 특히 더 집중합니다. 학생들은 제가 유려하게 말할 때보다 뭐라고 말해야 할지 몰라 더듬거릴 때 훨씬 더 관심을 보입니다. 학생들이 제가 다음에 뭐라고 말하나 보려고 더 골똘히 저를 바라보면 저는 뭐라고 말해야 할지 몰라 더 당황하게 됩니다. 그러다가 제가 완전히 마비될까 봐 두렵습니다. 저는 제가 거의 마비될 지경이라는 사실을 숨기고 어떤 결론을 향해, 적어도 임시적인 결론을 향해 저 자신을 밀어붙이며 연기를 해야 합니다. 그러면 학생들은 곧 흥미를 잃어요.

하지만 제가 교실에서 두려워하는 것은 단지 제가 부적절하다고 느끼는 수많은 거북한 순간이나 제가 구출할 수 없는 나쁜 순간만은 아닙니다. 그보다 더 큰 것이에요. 저는 제가 뭐라고 말하려나 혹은 뭘 하려나 기다리며 지켜보는 수많은 학생의 관심이 집중되는 걸 원치 않습니다. 정말이지 불공평한 시합입니다. 한쪽에는 수많은 사람이 줄지어 앉아 있는데, 그들 앞에는 단 한 사람이 모든 시선을 받고 있어요. 제 얼굴이 변하는 것만 같습니다. 학생들은 제 얼굴을 친구나 친지를 바라보는 것처럼, 혹은 심지어 은행이나 상점에서 카운터 너머 사람을 바라보는 것처럼 자비롭게 바라보지 않고 낯선 대상을 보듯 비판적으로 보기 때문에 저는 더욱 취약해집니다. 학생들이 지루해할수록 제 얼굴과 신체는 비판적으로 검토해야 하는 낯선 대상이 됩니다. 저 스스로 학생이었던 시절이 있기에 이런 걸 잘 압니다.

학급을 처음 만날 때는 이후에 찾아올 만남들에 비해 그리 어렵지 않은 게 사실입니다. 그날은 처리할 업무가 아주 많고 저 역시 그런 일에 완벽할 만큼 유능하니까요. 저는 출석 여부를 살피고 교과과정을 설명하고 학생들에게 기대하는 바를 설명합니다. 제가 가져온 목록들과 제록스 복사기로 만들어온 유인물 사이에서 더듬거려도 상관없어요. 선생들 대다수가 첫날에는 그러니까요. 저는 유능한 교사의 태도를 취하고 학생들도 첫 수업 시간 동안은 저를 신뢰합니다. 학생들이 평생 수많은 교사를, 그중에서도 유능한 교사, 혹은 적어도 자신감 넘치고 힘 있는 교사를 만나 왔다는 사실이 큰 도움이 됩니다. 저는 자신감 넘치고 심지어 당당한 교사의 역할을 연기할 수 있고, 그들도 그렇게 믿을 것입니다. 때때로 저는 역할 연기를 잘 해내고 한동안은 학생들을 설득할 수 있습니다.

  수업 중에 좋은 순간들도 있습니다. 토론이 흥미롭고 학생들이 놀라며 집중하는 것처럼 보일 때가 있습니다. 드물지만 처음부터 끝까지 좋은 수업도 있었습니다. 저는 학생들을 참 좋아해요. 전부는 아니라도 적어도 대부분은 좋아합니다. 언제나 학생들을 좋아했는데, 아마도 그들의 좋은 성적이 제게 달렸기 때문에 제게 자신의 가장 좋은 표정과 가장 다정한 본성을 보여주기 때문일 겁니다.

저는 학생들이 쓴 글을 읽는 일도 무척 좋아합니다. 매주 작문 과제가 새로 쌓이는데, 대다수가 적어도 최소한은 깔끔하게 타자해 제출하고, 저는 언제나 그 안에서 보물을 발견하길 기대합니다. 그 안에는 정말로 좋은 글이 있고, 이따금 적어도 문장 한 개나 구문 하나, 생각 하나처럼 아주 근사한 게 있어요. 가장 흥분되는 순간은 특별히 잘하지 않았던 학생이 갑자기 아주 좋은 글을 썼을 때입니다. 사실 학생들의 작품을 읽고 평가의 말을 쓰는 건 가르치는 일 중 제가 가장 좋아하는 부분인데, 부분적으로는 보통 집에서 혼자 침대나 소파에 누워서 하기 때문입니다.

그러나 이렇게 좋은 시간과 얼마 안 되는 성공적인 수업은 힘든 시간보다 훨씬 적습니다.

지원금 수령 소식을 처음 들었을 때 저는 이제 가르치는 일을 그만둘 수 있을 뿐만 아니라 마침내 서재를 떠나 공적인 삶에 진입하는 꿈을 꾸었습니다. 심지어 사무실을 운영할 생각도 했습니다. 그렇게 대단한 사무실은 아니고요,

학교 이사회나 마을 계획 위원회 같은 곳이요. 그러다 제가 어떤 공적인 일을 할 수 있을지 의문이 들었습니다. 어쩌면 그저 혼자서 계속 서재에서 시간을 보내게 될 거라고요. 아니면 서재에 머무르되 거기서 지역 신문 칼럼을 쓸 수 있을지는 모르겠다고요.

시간이 흐르고 저는 이렇게 단계적인 반응이 알아서 점점 시들고 결국엔 정상 상태로 돌아올 거라 생각했습니다. 어쩌면 제가 느끼는 데 익숙해진 대로 느끼고 제가 하는 데 익숙해진 대로 하게 되는 것이야말로 제가 정말 원하는 것일지도 모르겠습니다. 유일한 차이라면 제게 시간이 아주 조금 더 생기고, 일은 아주 조금 덜 하게 되고, 저 자신에 대한 평가가 아주 조금 더 높아진다는 정도겠지요.

제가 다녔던 대학, 즉 제 모교는 졸업 후 제게 연락한 적이 한번도 없었습니다. 심지어 동창회보에 실을 소식이나 기금을 요구한 적도 없습니다. 그런데 학계 게시판에 저의 지원금 수령 소식이 발표되자마자 총장이 직접 축하 편지를 보냈습니다. 총장은 봄이 오면 저를 강연회에 초대하겠다고도 했습니다. 저는 기다렸지만 초대장을 받지는 못했습니다. 문의 편지를 썼지만 답장이 오지 않았습니다. 몇 달이 더 지나자 모교는 다시 제게 편지를 보내기 시작했는데, 그냥 동창회보를 보냈을 뿐만 아니라 기금을 요구하기도 했습니다.

이윽고 저는 마침내 정상으로 돌아왔다고 느끼기 시작했습니다. 몇 주 동안은 막연하게 아프고 사고가 날까 두려웠습니다. 제가 죽을까 봐 두려웠습니다. 왜 죽을까 두려웠냐고요? 이 지원금을 받았으니 제 삶이 갑자기 더 가치 있게 느껴져서였을까요? 아니면 좋은 일이 생겼으니 이제 나쁜 일이 일어날 차례 같아서였을까요? 먼저 죽어버려서 이 행운을 즐길 수 없을까 봐 그랬을까요? 이 지원금은 어떤 식으로든 양도되지 않는다는 약속이 되어 있었습니다. 당신이 제게 보낸 첫 번째 편지에서 조심스럽게 밝힌 바 있지요. 만약 제가 죽는다면 가족 중 누구도, 예를 들어 어머니나 자매, 형제 누구도 그 돈을 가져갈 수 없다고요. 그러니 제가 죽으면 저 역시 그 돈을 가져갈 수 없다는 말은 당연히 덧붙일 필요가 없었을 것입니다.

혹시 제게 이렇게 이토록 좋은 일이 생겼으니 그 돈을 받기 전에 죽을지도 모른다는 생각이 들었을까요?

갑자기 너그러운 충동이 솟구쳤습니다. 친구들에게 돈을 주고 싶었고 도시의 낯선 사람들에게 20달러 지폐를 주고 싶었습니다. 슬프고 허름한 버스정류장에, 어쩌면 대기실에 커다란 화분이나 책장을 기증할까 생각했습니다.

그러다가 이런 일을 경험한 적이 있는 친구에게 경고를 받았습니다. 친구는 조심하라고 했어요. 그 돈을 전부 내놓고 싶은 거의 억누르지 못할 충동을 느끼게 될 거라고요.

저는 살면서 하고 싶었지만 시간이 없어서 하지 못했던 일이 아주 많았습니다. 저는 우아하지는 않지만 춤을 좋아합니다. 목소리가 가늘고 약하지만 노래하길 원했습니다. 물론 이 지원금이 그런 데 쓰라고 주어지지는 않았습니다. 재단은 제가 춤과 노래에 쓰는 시간을 지원할 뜻이 없었습니다.

저는 돈이 많아지면 사고 싶은 근사한 물건들도 꿈꿔왔습니다. 그런데 이제 수치심과 경계심이 결합해 그 돈을 자유롭게 혹은 어리석게 쓰지 않도록 막아주었습니다. 하지만 가끔은 사고 싶은 물건들을 생각했습니다. 제겐 목록이 있었습니다. 카누, 낡은 옷장, 더 좋은 피아노, 식탁, 작은 땅, 그 위에 놓을 트레일러, 물고기 연못, 농장 동물들, 동물을 키울 헛간 등을 원했습니다. 원래 근사한 옷들에 더해진 목록입니다.

하지만 저는 조심해야 한다고 생각했습니다. 근사한 땅처럼 꼭 필요하지는 않지만 기쁨을 주는 것들은 세금 때문에 유지 비용이 비쌀 수 있습니다. 또 농장 동물들은 지속적인 보살핌이 필요할 것입니다.

그래서 저는 그런 것들을 하나도 사지 않았습니다.

대학 신문에 공고가 나간 후로 저는 다음 수업 때 학생들에게서 어떤 반응과 질문이 나올 거라고 기대했습니다.

제 연구에 관해, 그리고 그 연구가 얼마나 흥분되는 일인지 학생들과 이야기를 나누고 싶었습니다. 이런 대화는 편안하고 흥미로울 것이고 저를 향한 학생들의 존경심을 키워주겠지요. 또 학생들이 저를 존경한다는 생각이 들면 제 수업도 한결 나아질 것입니다. 저는 학생들의 질문을 예상하고 대답을 생각하면서 토론을 준비했습니다. 하지만 어떤 학생도 소식을 듣지 못했고 그것에 관해 어떤 말도 나오지 않았습니다. 저는 학생들의 흥미로운 질문에 대비했지 침묵에 대비하지는 않았으므로 평소보다 훨씬 더 굳었고 어색해졌습니다.

이제야 제가 왜 이렇게 가르치는 일에 관해 당신께 장황하게 늘어놓고 있는지 알겠습니다. 전에는 가르치는 일이 얼마나 괴로운지 저 스스로도 감히 말하지 못했습니다. 가르치면서 먹고살아야 했으니까요. 하지만 이제 다시는 가르칠 필요가 없다고 생각하게 되었습니다. 그 순간 가르치는 일이, 다시 말해 무관심한 대중 앞에 서거나 심지어 조롱당할 가능성이 있는 젊은 학생들 앞에 서는 것이야말로 최악의 고문임을 인정했습니다.

처음에는 학급을 대면할 때 느끼는 공포가 합리적이라고 생각했습니다. 비판적이거나 무관심하거나 경멸하는 젊은이들 앞에 서서 그들 눈에 확신 없는 태도와 인상적이지 않은 외관과 훈련 부족과 자신감과 당당함의 부족을 전부 노출해야 하는 것만큼 두려운 일이 또 있을까요? 이 이야기는 어느 정도 사실입니다. 저는 몇 년째 여러 학교에서 이 일을 반복해왔습니다. 마침내 그 중요한 해가, 다시 말해 당신에게 전화를 받았던 그해가 시작되었을 때, 이 대학에서 이만큼이나 경험을 했는데도 제 공포가 줄어들거나 사라지지 않자, 저는 제 공포가 과장되었고 부자연스럽다는 사실에 직면해야 했습니다. 그런 제 생각에 동의하는 친구들도 있었습니다.

예를 들어, 제가 이 대학에서 가르치던 첫해 첫 수업에서 저는 지금은 심신 손상이라고 생각하는 어떤 일을 겪었습니다. 그 말이 순전히 감정적인 상태 때문에 일어난 손상을 부르는 올바른 용어라면 말입니다. 아침에 일어나 보니 한쪽 눈에 커다란 피멍울이 져 있었습니다. 거울을 보며 괴물 같다고 기괴해 보인다고 생각했습니다. 이후 수업에 들어가면 학생들이 제 피멍울을 알아볼지 알 수는 없었습니다. 당연히 학생들은 피멍울에 관해 아무 말도 하지 않을 것이므로 저로선 절대 알 수가 없을 것입니다. 또 그 또래 학생들은 대체로 눈에 피멍울이 생겼든 말든 선생보다는 자기 일에 더 관심이 많은 법이니까요.

그 학기 도중 저는 손가락 끝에 아주 작은 조각이 박혀서 염증이 생기는 바람에 수술을 받아야 했고, 결국 커다란 붕대를 감고 수업에 들어갔습니다. 수술은 영구적인 흉

터와 결각 그리고 일부 감각 손실을 남겼습니다. 저는 이 상처 역시 제가 가르치는 일을 할 수 없도록 저 스스로 불능을 남기려고 한 애처로운 시도로 볼 수밖에 없습니다.

그 손가락이 낫고 붕대를 푼 후 저는 한번에 몇 분씩 이상한 시간에 잠들기 시작했습니다. 별로 놀랍지 않게는 버스 안에서 잠들었고, 사무실에서 책상에 머리를 대고 혹은 뒤로 기댄 채 잠들었으며, 쇼핑 후 주차장 자동차 안에서, 치과 의자에 앉아서, 안과에서 다른 환자들과 나란히 앉아 동공을 팽창시키길 기다리는 동안 잠들었습니다. 저는 그 잠들이 잠깐이라도 제 상황을 회피할 수 있는 한 가지 방법이라고 확신했던 모양입니다.

학기 내내 저는 검은 옷을 입었습니다. 검은 코트, 검은 신발, 검은 바지, 검은 스웨터를요. 마치 일종의 보호 장구처럼 말이죠. 검은색은 확실히 강한 색이고, 검게 보이면 학생들에게 제가 강한 사람이라는 확신을 심어줄 수 있으리라 생각했을지 모르겠습니다. 저는 학생들을 자신 있게 이끌어야 했으니까요. 하지만 저는 그들의 지도자가 되기를 원치는 않았습니다. 누구의 지도자가 되길 원한 적도 없습니다.

제가 더 이상 기대하지 않게 되었을 때 학생들은 저의 수상 소식을 듣고 질문하기 시작했습니다. 그들은 진심으로 그 소식에 관심이 있어 보였습니다. 자기 선생을 갑자기 캠퍼스의 소소한 유명인사로 즐기는 것 같았습니다. 일상을 깨뜨린 신기한 일로 생각했고, 저 역시 그런 상황을 환영하고 어쩌면 학생들의 지루함을 덜어주었을지도 모릅니다. 마치 학급에서 평소와 다른 어떤 일이 일어날 때마다, 즉 갑작스런 태풍이나 눈보라, 전기 결함이나 제가 손가락에 커다란 붕대를 감고 나타난 일 같은 게 벌어질 때마다 저는 긴장을 풀고 그 시간은 더 원활하게 흘러갑니다.

그 학기 강의 일정이 거의 끝나갔습니다. 마지막 수업이 8일 후에 있을 예정이었어요.

저는 죽음이 다가오는 것을 느끼고 있었는데, 아마도 재단이 첫 수표를 줄 시간이 다가오고 있었기 때문일 것입니다. 제가 1월에 그 돈을 받지 못한다면 유일한 이유가 저의 죽음일 것입니다. 그래서 저는 새해와 함께 제게 죽음이 찾아오든지 아니면 재단의 첫 수표가 찾아오든지, 둘 중 하나라고 생각했습니다.

마지막 수업 날 우리는 파티 비슷한 걸 열었습니다. 물론 앞서 수업을 조금 더 하기는 했고요. 저는 배낭에 사이다 두 병과 맛있는 사이다 도넛 한 상자를 챙겨 넣고 버스를 탔습니다. 우리는 아주 커다란 원형으로 의자를 배치했는데, 제 생각은 아니었습니다. 저라면 스물다섯 명의 학부생들과 파티를 여는 방법을 생각조차 할 수 없었을 겁니다. 물론 저도 학생들이 저를 바라보며 줄줄이 앉아서 도넛을 지저분하게 먹는 게 흥겨울 거라고 생각하지는 않았습니다. 하지만 의자를 전부 치우고 칵테일 파티처럼 서서 돌아다니는 것 역시 어색해 보였습니다. 학생들이 전부 서로 친한 게 아니었으니까요.

이제 학생들에게 작별 인사를 하려니 조금 미안했습니다. 더 이상 그들을 두려워할 필요가 없었으므로 그들을 그리워하고 좋아한다고 생각하기가 더 쉬웠거든요.

수업이 끝나고 가르침의 부담이 사라져도 당연히 혼자서 계속 가르치는 상상을 하고 다른 읽기 과제나 똑똑한 발언들을 생각했습니다. 학생들이 전부 거기 앉아 수업에 흥미를 느끼고 집중하는 상상을 했습니다. 사실 그 무렵 그들은 다른 수업에 앉아 있거나, 아직 방학 중이거나, 제 수업을 다시는 생각하지 않을 텐데 말이지요. 아마 성적이 어떻게 나올지 궁금할 때만 제 수업을 생각할 겁니다.

새해를 맞은 직후 세무 상담사를 만났다가 나쁜 소식을 들었습니다. 지원금의 상당 부분이 세금으로 나갈 거라는 말이었지요. 지원금에 대한 세금이라니요! 세금을 피하려면 지원금 일부를 특별 계좌에 넣어두어야 한다고 했습니다. 하지만 나머지로는 먹고살기 충분하지 않았습니다. 그 순간 저는 지원금을 받기 전과 마찬가지로 소소한 임시직을 계속 찾아다녀야 한다는 것을 깨달았습니다. 그래도 저는 여전히 가르칠 필요는 없다고 생각했습니다.

처음에는 대학과의 관계를 완전히 끊고 싶지는 않았습니다. 강연을 할 수는 있을 거라 생각했어요. 미리 써둔 강연 원고를 청중 앞에서 전달하는 일은 두렵지 않습니다. 이 정도 일은 적은 비용을 받고 할 수 있다고 생각했습니다. 그러나 알고 보니 강연 계획은 불가능했습니다. 대신 가을 학기에 지역민을 위한 특별 단기 강좌를 맡는 일에 동의한다면 아주 적은 보수를 받을 수 있을 거라는 말을 들었습니다. 지역민들은 보통 나이가 많았고 때론 꽤 나이가 많았으며 종종 괴짜가 있었습니다. 그들은 또 강사에게 동정적이고 강사를 더 존경했기 때문에 저는 이 해결책을 환영했습니다.

이윽고 저는 죽음을 더 이상 두려워하지 않았습니다. 지원금을 일부 받았기 때문일까요? 지금 당장 죽어도 적어도 지원금 전부를 잃지는 않는다고 생각해서일까요? 처음에는 죽음에 대한 공포와 관계없어 보이는 생각이 떠올랐습니다. 지금 죽음을 준비하면 이러한 대비가 '어긋나' 다시 삶을 계속 살아갈 수 있으리라는 생각이었습니다. 만약 죽음이 최악으로 두려워해야 할 일이라면 죽음과 평화를 맺어야 한다는 생각이요. 하지만 이러한 생각이 과연 죽음에 대한 제 이전의 두려움과 전혀 관계가 없다고 생각할 수 있을까요?

저는 동시에 이제 재단에 편지를 쓰기 시작해야겠다고 생각했습니다. 제가 모든 일을 보다 신중하게 하고 있다고 재단 측에 말씀드려야겠다고요. 당신은 아마 그 소식을 듣고 기뻐하겠죠. 그리고 저는 돈이 조금 더 생겼으니 더 많은 물건을 산 게 아니라 오히려 필요하지 않은 물건들을 전부 없애고 싶었다는 말씀을 드리고 싶습니다. 일테면 책장 위에 쌓아두어 두꺼운 먼지층만 덮여 있던 것들, 혹은 수납장에 밀어 넣고, 박스에 담아두고, 화장실 캐비닛 뒤에 쌓아두어 곰팡이가 슬어가는 모든 것들을 말입니다.

하지만 이런 이야기가 당신에게 별로 흥미롭지 않다는 것도 알고 있습니다.

저는 재단에 보내는 편지에 제 계획을 말하는 게 좋을지 확신이 서지 않았습니다. 이전에도 저는 이런 일을 설명하려고 해도 이웃과 이야기를 나누려고 가던 길을 멈추는 것 같은 일을 할 시간이 없었으니까요. 그래서 지금 이렇게 할 수 있게 되어 재단에 감사드립니다. 당신에게 아직 진지한 계획을 시작하지 않았다거나 현재 집 안 물건을, 예를 들면 약, 로션, 연고, 잡지, 카탈로그, 양말, 펜, 연필 같은 것을 정리하며 보내고 있다는 말을 하지는 않겠습니다. 제가 정리를 시작한 건 아마 곧 죽을지도 모른다고 생각했기 때문일 겁니다. 어쩌면 제가 이 상을 받을 가치가 없는 사람이고, 재단이 단 몇 분이라도 제 삶을 들여다보면 그 무질서에 질색할 거라고 생각했기 때문일지도 모르고요.

물론 재단이 제게 이 지원금을 줄 때는 이런 점을 염두에 두지는 않았을 겁니다. 행여 재단이 돈을 낭비했다고 생각할까 두렵습니다. 돈을 돌려받기엔 너무 늦었지만 실망하거나 화를 낼지도 몰라요.

그러나 어쩌면 조만간 제 양심 때문에 제가 마땅히 해야 할 일을 하게 될지도 모르겠습니다. 그리고 또 어쩌면 재단도 결국 제가 양심 때문에 제 시간을 낭비하지는 않을 것이고, 결국 재단의 돈을 낭비하지 않을 거라는 사실에 기대고 있을지도 모르지요.

지원금의 첫 분할금을 받은 후 저는 비싼 물건을 살 수 있을까 생각하고 있었습니다. 그러던 어느 날 실수로 267달러나 하는 스웨터를 살 뻔했습니다. 물론 어떤 사람들은 그리 비싸지 않다고 생각한다는 걸 알지만, 저는 그 정도면 비싼 스웨터라고 생각하거든요. 저는 가격표를 잘못 읽고 스웨터가 167달러라고 생각했는데 그 정도도 이미 제겐 많이 비쌌습니다. 저는 심호흡을 한 번 하고 그 옷을 사기로 마음먹었어요. 심지어 입어보지도 않았습니다. 자칫 용기를 잃을까 봐 두려웠거든요. 직원이 전표를 기록할 때 저는 제 실수를 알아챘고, 결국 직원에게 그 물건을 사지 않겠다고 말해야 했습니다. 그것은 평범한 빨간색 카디건이었습니다. 저는 그런 재료와 흥미로운 디자인 특징 한 가지 때문에 평소 익숙한 가격보다 훨씬 더 비싼 옷을 왜 사야 하는지 정말로 이해할 수가 없었습니다.

저는 한동안 계산대 옆에 계속 서 있었는데, 아마도 부분적으로는 직원이 제가 가격 때문에 마음을 바꾼 사실에 당황하지 않았다고 생각하게 하기 위해서였을 겁니다. 저는 유리로 된 보석 진열함을 들여다보며 234달러짜리 목걸이에 감탄했습니다. 목걸이는 예뻤지만 그 정도 돈을 쓸 만큼 예쁘지는 않았습니다. 잠시 후 제가 금팔찌의 가격을 묻자 직원이 거의 400달러라고 말했습니다. "뭐, 금이 워낙 비싸니까요." 직원은 말했습니다. 지금은 기억나지 않는 어떤 보석 한 조각에 작고 얇은 금 원반이 달린 단순하고 섬세한 팔찌였습니다. 아주 예뻤습니다. 그러나 아무리 예뻐도 저는 그 팔찌에 혹은 어떤 종류의 보석에라도 400달러를 쓰지는 않을 것입니다. 결국 저는 어쨌든 샀을 것 같은 36달러짜리 귀걸이 한 쌍을 샀습니다.

제가 비싼 물건을 걸쳐야 하는지 어쩐지 잘 모르겠습니다. 한 번 정도는 그 팔찌처럼 비싼 물건을 살 수도 있으리라 생각했습니다. 하지만 왜 그래야 할까요? 저는 한때 옷가지를 아주 적게 소유하되 그 옷들은 단순하면서 잘 만들어져야 한다고 결심한 적이 있습니다. 아직도 그 생각은 변함이 없습니다. 하지만 잘 만들어졌다면 비싸다는 뜻이기도 할까요? 단순하게 입는다는 생각도 그 단순한 옷이 아주 비싸다면 반드시 필요한 건 아닙니다. 하지만 중고 의류를 산다면 질이 훌륭해야 한다는 기준도 괜찮을 것입니다. 중고품 중에 단순하고 오래되고 약간 낡았지만 질이 훌륭한 게 있을 테니까요. 그 정도면 좋은 타협안으로 보였습니다. 하지만 곧 제가 중고 상점에서 그런 옷을 산다면 정말로 필요한 사람에게서 그 옷을 뺏는 일이 될 수도 있다는 걱정이 들었습니다.

그해 봄 저는 바쁠 예정이었습니다. 이미 오래전에 약속해 이제 취소할 수 없는, 다소 피곤한 단기적인 일들이 많았습니다. 예를 들면 출판사를 위한 서평이나 짧은 기사 쓰기, 소소한 학회에서 논문 발표 같은 일이요. 그래서 제 삶은 조금도 달라지지 않았고 이전보다 딱히 더 자유로워지지도 않았습니다. 이따금 가을 학기에는 가르치지 않아도 된다는 생각을 할 때만 제외하고요. 물론 그것도 잘못된 믿음이었습니다만. 여름이 오면 저는 정말로 모든 의무에서 벗어날 예정이었습니다.

그러나 막상 여름이 오자 곧 단기 강좌를 맡아야 한다는 생각과 함께 너무도 많은 시간이 흘러버려 저는 다음 두 가지 모순을 동시에 느끼는 일에 익숙해지고 말았습니다. 즉, 제 삶의 모든 것이 변했다는 느낌과 실제로 제 삶의 어떤 것도 변하지 않았다는 느낌이요.

앞서 말씀드렸듯이 이 대학은 제 첫 강의 장소도 아니었습니다. 다른 때 어떤 수업은 좋았고 어떤 수업은 별로였습니다. 어떤 수업은 첫 시간에 너무 어지러워 학생들에게 즉석에서 궁리해낸 숙제를 내주고 교실을 떠난 적도 있습니다. 저는 복도에 서서 좀 나아질 때까지 물끄러미 유칼립투스 숲을 바라보았습니다.

몇 년 후 또 다른 대학에서 우연히 가까운 친구가 연구실로 사용했던 방을 교실로 쓰게 되었습니다. 저는 그 방에서 그 친구와 어려운 일을 연달아 겪었었죠. 어쩌면 그 기억 때문에 그 수업이 특히 힘들었던 걸지도 모르겠습니다. 첫 수업 시간에 재능 있는 한 학생이 제 강의의 요구 사항을 전달받고 무례하게 항의하더니 즉시 수강을 취소했습니다. 나중에는 제 개인적인 일을 말했는데 또 다른 학생이 잘못 받아들여 몹시 불쾌해하기도 했습니다.

저는 수업 시작 한 시간 동안 연구실에 대기하도록 일정이 짜여 있었습니다. 하지만 어떤 학생도 저를 찾아온 적이 없었으므로 저는 제 책상 앞에 언제나 혼자 앉아 있었습니다. 저녁 수업이라 그 시간이면 건물이 거의 비어 있었지만 제 옆 칸 선생은 인기가 많고 성공한 사람이었습니다. 저는 거의 빈 건물에 혼자 앉아 그 선생이 꾸준히 찾아오는 학생들에게 전해주는 모든 말을 들었습니다.

저는 저 자신에게 말했습니다. 매주 딱 네 시간이면 돼. 한 번에 하나씩, 화요일에 두 시간, 목요일에 두 시간. 일주일 중 단지 네 시간이라고. 물론 수업 전날은 아주 길고 어두운 그늘을 드리우지. 심지어 그림자는 수업 이틀 전부터 시작되고, 수업 날 아침에 특히 어둡고, 수업 시작 10분 혹은 20분 전에 가장 끔찍하게 어두운데, 그중에는 연구실 문을 열고 걸어 나가는 거의 참을 수 없는 최후의 순간이 포함된다.

저는 세상의 많은 이들이 끔찍한 직업을 가졌고, 그런 직업들과 비교하면 이 일은 좋은 거라고 되뇌기도 합니다.

지금까지 당신께 가르치는 일에 관해 대략 말씀드렸습니다. 그건 지원금이 도착했을 때 더는 가르칠 필요가 없다고 생각했기 때문입니다. 또 당신이 지원금을 줄 정도로 제 일에 관심이 있을 테고, 그렇다면 저에 관한 모든 일과 제가 말해야 하는 모든 일에도 관심이 있을 거라고 생각했기 때문입니다. 지금도 그렇게 생각하고 있습니다. 물론 사실이 아닐 수도 있지만, 저는 당신이 여전히 제가 어떤 사람이고 어떤 일을 하는지 관심이 있다고 믿는 쪽을 선택했습니다.

저의 정신적인 습관은 무척이나 고정되어 있어서 저는 상황이 바뀌었을 때도 같은 식으로 생각하는 버릇이 있습니다. 그러나 그 소식을 접하고 한동안은 제 시야가 넓어졌습니다. 저는 주변부를 더 보게 되었고 더 넓어진 시야를 관찰하고 기쁨을 느꼈습니다. 어느 날은 제 차를 몰고 한 번도 가본 적 없는 동네를 탐험하기도 했습니다. 저는 제게 주어진 새 공간 혹은 새 시간을 탐험했습니다. 그 후 봄에 겪은 다양한 일의 압박 때문이었는지 제 시야는 다시 좁아졌고, 저는 더 큰 프로젝트의 일이 아닌, 당장 해야 할 일이나 마쳐야 할 다음 일에 집중하게 되었습니다. 제 시야는 오직 아침 식사에서 점심 식사로, 다시 점심 식사에서 저녁 식사로 이어질 뿐이었습니다.

그러다가 봄에 약속했던 모든 일을 마치자마자 놀랍게도 깊은 게으름이 시작되었습니다. 대담한 휴식으로 시작했던 일이 압박이 사라지자 끝이 없고 한계도 없는 빈둥거림으로 변했고, 저는 부탁하는 사람이 바로 눈앞에 있지 않으면 부탁받은 대부분의 일을 하지 않겠다고 고집스럽게 거절하기 시작했습니다. 멀리서 온 요청이든 편지든 어떤 통신수단이든 저는 단순히 무시했습니다. 혹은 재빨리 거절의 답장을 보냈습니다. 너무 바빠 요청받은 일을 할 수 없다고, 일정이 다 찼다고 말했습니다. 아무것도 하지 않느라 일정이 꽉 차 있었습니다.

저는 보통 에너지가 대단한 사람입니다. 요청받은 일은 뭐든 처리할 수 있고, 혼자서 할 수 있으며, 대단한 속도와 대단한 집중력을 동시에 발휘해 연달아 임무를 완수할 수 있습니다. 그런데 연구가 필요한 프로젝트에 착수할 기회가 주어지자마자 갑자기 모든 에너지가 빠져나가고 저는 무기력해졌습니다. 누구든 제게 부탁하는 사람에게 몇 번이고 반복해 이렇게 말해야 했습니다. "죄송합니다. 제가 너무 바빠요. 이미 할 일이 너무 많습니다."

결국 아무도 알 수 없습니다. 저는 정말로 바빴을 수도 있고 아니었을 수도 있습니다. 때로는 "일 년 후에 다시 말씀해주시겠어요?" 하고 말했습니다. 친절하고 좋은 사람들이라 그들을 실망시키고 싶지 않았거든요. 그들이 요청한 거라면 뭐든 하고 싶었습니다. 곧바로 해야 하는 일만 아니라면요. 미래의 어느 날 그 일을 할 의지와 에너지가 생길 거라고 확고하게 생각했습니다.

저는 이 이상한 게으름의 원인이 뭘까 생각해보았습니다. 어쩌면 이런 게 아니었을까요? 저는 받을 필요가 없는 것을 받았습니다. 다른 사람들이 중요하게 생각하지만 저 자신은 그리 중요하게 생각하지 않는 것을요. 전에도 그렇게 중요하다고 느끼지 않았는데, 이제 제가 받은 것이 저를 심하게 줄였습니다. 저는 확실히 제가 받은 것보다 더 작고 덜 중요한 사람입니다. 저는 이 상호작용에서 그저 수령자였을 뿐입니다. 수령자는 그리 적극적이거나 중요하지 않습니다. 재단은 제게 돈을 준 만큼 적극적인 쪽이었습니다. 이 일은 한동안 제 삶을 바꾸었습니다. 한 번의 결정과 한 번의 전화 통화가요. 저는 감사합니다! 하고 말하는 만큼만 적극적이었습니다. 감사합니다! 2년 후면 지원금 지급도 끝납니다. 그동안 제 감사는 매우 적극적이겠지만, 제가 달리 뭘 할 수 있겠습니까?

그러다가 제 에너지가 일부 돌아왔고, 저는 해야 할 일을 일부 할 수 있었습니다. 한번에 많이는 아니고 하루에 업무 편지 한 통, 다음 날 개인적인 편지 한 통 정도요. 저는 아직 재단에 편지를 쓰지는 않았습니다. 당신에게 편지를 쓰겠다고 약속한 것도 잘못이었다고 생각했습니다. 당신은 기대하지 않았겠지만 제가 약속했기 때문에 이제 기대하는 사람이 되어버렸고, 지금쯤 제가 약속을 지키지 않는 사람이라고 생각하겠지요.

그 첫해 늦여름 어느 날, 저는 버스를 타고 대학으로 가는 길과 똑같은 길을 가고 있었습니다. 그러다가 우연히 대학 근처가 아닌 더 먼 곳으로 가게 되었고, 그날은 훨씬 더 긴 여정의 출발점이 되었습니다. 그러나 버스를 타고 북쪽으로 가는 동안 저는 대학에 가는 길이 아니었으면서도 똑같은 불행이 다가오는 것을 알아챘습니다. 참 이상하다고 생각했어요. 기억이 너무 생생해 차분히 명상할 수가 없었습니다. 불행의 기억은 그 자체로 불행으로 가득 차 불행이 여전히 저를 기다리며 누워 있고, 저는 언제라도 그 대체 현실 속으로 미끄러져 들어갈 것만 같았거든요.

수업 전에, 단지 그 일이 수업이 아니고, 또 제가 캠퍼스에 있지 않다는 이유만으로 제가 어떤 일에서 작은 즐거움을 찾는다고 말하면 당신은 믿기 어려우시겠지요. 예를 들어 저는 여행 자체에 흡족함을 느낍니다. 제가 사는 동네에서 그 작은 도시로 가는 버스를 타고, 다음으로 대학 캠퍼스로 가는 시내버스를 탑니다. 시내버스는 대학 신분증을 보여주면 공짜인데, 저는 당신이 생각하는 것보다 이 특권을 즐긴답니다. 첫 번째 버스에서 두 번째 버스로 갈아타려면 버스정류장에서 시내 도로를 향해 아침 햇볕을 받으며 씩씩하게 걸어야 합니다. 한 7분 정도 걷는데, 그 사이 그 무렵이면 언제나 직원 하나가 테라스를 청소하고 탁자와 의자를 다시 가져다놓는 어떤 식당을 지나갑니다. 이 식당을 지나 넓은 주도로를 건너고 왼쪽으로 돌아 언덕길을 몇 블록 걸어가면 시내버스 정류장이 나옵니다. 이 오르막길을 오를 때마다 저는 심장에 좋다고 되뇌곤 하지요.

식당을 지나기 전 식당과 한 건물에 있는 여행사 한 곳을 지나가는데, 당연히 여행사와 야외 테이블, 이른 아침의 분주함을 보면 머나먼 외국이 떠오릅니다. 그러면 잠시 멀리 떠나 있는 것만 같고 더는 이곳에 있지 않기를 더 바라게 됩니다.

평소보다 시내버스를 조금 늦게 타면 가는 길에 정거장이 하나 더 있는데, 이쪽이 시간이 더 걸려서 이 경로를 더 좋아합니다. 버스는 도시 경계선을 넘어 노동자들이 활기차게 혼자서 혹은 짝을 지어 둥근 보도를 걸어가는 널찍하고 외딴 사무용 단지에 들어섭니다. 이 정거장에 사람이 내리는 일은 별로 없습니다.

자신을 위로하기 위해 저는 종종 아주 잠깐 동안 위대하고 이상하고 까다로운 어떤 프랑스 시인을 떠올리곤 합니다. 그는 생계를 유지할 방법이 달리 없어서 매해 고등학교에서 가르쳤습니다. 해가 바뀔 때마다 학생들은 그를 놀려댔습니다. 혹은 적어도 어디선가 그렇게 읽은 기억이 납니다.

버스정류장 안 간이식당은 제가 일주일의 마지막 시간을 보내는 곳입니다. 늦은 시간 버스를 타고 집으로 돌아가기 전 저녁을 보냅니다. 이 저녁은 평화롭고 어쩌면 일주일 중 가장 평화로운 시간일 거예요. 한 주의 가르침을 끝내고 다음 주 첫 수업이 시작될 때까지 가장 긴 시간이 남았다는 엄청난 안도감이 가득한 시간입니다.

저는 자리에 앉기 위해 뭔가를, 보통은 핫초코 한잔을 사고, 깨끗한 테이블을 찾아가거나 아니면 테이블을 닦아 깨끗한 자리를 만들고 제 물건을 내려놓습니다. 앉아서 과제물을 읽거나 수정합니다. 식당 테이블은 아주 널찍하고 튼튼하게 잘 만들어졌고, 표면은 근사하고 단단한 노란색 플라스틱이며, 테두리는 밝은색으로 코팅된 목재로 마감되어 있습니다. 핫초코 한잔과 흰색 냅킨, 책이나 과제물만 있으면 저는 완벽하게 행복합니다. 그 시간에는 어떤 것도 부족하지 않아요. 완벽한 고요 속에서 두 시간 정도가 흘러갑니다. 선택지가 더 많은 복잡한 상황이었다면 가능하지 않을 고요입니다. 주변에서 온통 소음이 들려오지만, 저는 절대 소음이 괴롭지 않습니다. 저는 식당 직원들끼리 대화하고 웃고 농담하는 소리에 귀 기울이고, 그들이 일종의 동반자라고 느낍니다. 식당 한구석에 있는 게임기 소음에 편안함을 느낍니다. '화물트럭' 게임을 소개하는 웅장한 내레이션 소리, 꾸준하게 들려오는 게임 속 트랙터 트레일러의 경적 소리, 다른 게임에서 나오는 쿵, 비명, 금속끼리 충돌하는 소리, 일테면 무거운 검끼리 부딪치는 소리나 끊임없이 반복되는 도로 소음이 들려오고, 이 소음들과 함께 '사냥용 사격 USA' 게임을 소개하는 젊고 열정적인 녹음 목소리가 역시 녹음된 군중의 함성 소리와 충돌합니다.

그러나 다음 주가 시작되고 첫 수업을 위해 대학으로 돌아가는 길이면 다시 전주 끝에 안식처와 같았던 그 식당을 지나가야 합니다. 그 익숙한 소음이, 직원들의 외침이, 게임기가 딸랑딸랑, 쿵쿵, 쾅쾅 하는 녹음된 소리가 들립니다. 그러나 그 소리는 저녁에 자리에 앉아 핫초코를 마실 때처럼 반복해서 듣는 게 아니라 가방을 들고 식당 문 앞을 지나가는 순간에만 들을 수 있습니다. 저는 그 안에 들어가고 싶다고 열망할지 모르지만, 그 마음을 감히 인정하지도 못합니다. 대신 저는 그 생각을 밀치고 정류장을 빠져나와 주도로와 시내버스를 향해 가는데, 그 사이 식당 소음도 제 뒤쪽으로 멀어집니다. 그때는 그 안식처가 제 영역 안에 있지 않고, 제 영역 안에 있지 않으면 제게 더 이상 귀하지 않게 되지요. 사실 그 안에 들어갈 수 없다면 아예 보거나 듣지 않는 편이 낫습니다. 그 근처에 갈 때마다 안도감과 두려움이 동시에 찾아오지만 두려움 쪽이 더 강합니다.

그 소식을 듣고 일 년이 지난 후 저는 정상적이라고 생각하는 상태로 돌아가고 싶었습니다. 어느 정도 그 상태로 돌아오기는 했지만, 저는 정상적인 상태에 구속이라는 오래된 느낌도 포함되었다는 것을 깨달았습니다. 좋은 소식을 듣자마자 처음 느낀 그 자유를 똑같이 느낄 수 없었습니다. 저는 늘 그랬던 것처럼 다시 시간을 걱정하고 있었습니다. 일정을 만들었고, 더 많은 일정을 만들었습니다. 어떤 집안일을 하려면 얼마나 걸리는지 기록했습니다. 필요한 어떤 허드렛일을 하는 데 걸리는 모든 시간을 더하고, 이 지루한 일을 하기 위해 필요한 최소한의 시간이 어느 정도일지 계산해보았습니다.

제 삶의 갑작스런 변화 덕분에 자유를 느껴보았습니다. 이전과 비교해보면 어마어마한 자유였습니다. 그러나 그 자유에 익숙해지자 훨씬 작은 업무조차 더 어려워졌습니다. 저는 저 자신을 구속했고 하루 시간을 일로 채웠습니다. 혹은 그보다 훨씬 더 복잡했을지도 모릅니다. 때로는 하루 종일 제가 하고 싶었던 그 일을 했습니다. 소파에 누워 책을 읽거나 옛 일기를 타자했다는 말입니다. 그러면 가장 두려운 종류의 절망이 찾아왔습니다. 제가 즐기고 있는 자유가, 제가 그날 했던 그 일이 제멋대로고, 그러므로 제 인생 전체와 인생을 보내는 방식이 제멋대로라고 말하는 것만 같았습니다.

이렇게 제멋대로라는 느낌은 몇 년 전 또 다른 버스정류장 옆에 있는 어느 식당에서 사고를 당한 후 찾아온 느낌과 비슷했습니다. 제가 이 일을 설명해도 괜찮기를 바랍니다. 그 일은 재단이 2년간의 지원금을 수여했을 때 제가 경험한 일과도 연관이 있는 것 같으니까요.

저는 버스를 타고 오는 친구를 마중 나왔고 버스정류장 안에 있었습니다. 대학에 가는 길에 자주 들어가는 정류장이 아니라 제 동네에 있는 정류장입니다. 제 친구가 탄 버스가 꽤 늦게 도착할 거라는 말을 들었습니다. 잠시 망설이다가 저는 버스를 기다리는 동안 뭐라도 먹어야겠다고 결심하고 주차장을 가로질러 식당에 들어갔습니다.

테이블도 많고 계산대도 긴 커다란 대중음식점이었습니다. 그 자리에 수십 년간 있었던 식당이지요. 식당은 저녁 시간이라 붐볐습니다. 저는 작은 테이블에 앉았는데, 근처에 어떤 노인이 카운터 앞에 앉아 있었습니다. 새로 온 젊은 직원이 노인의 주문을 받고 있었어요. 노인이 생선이 먹고 싶다고 하자 직원이 다소 지루한 말투로 송어 아망딘을 제안했고 노인도 동의했습니다. 새로 온 직원이 주방 문을 통해 주문을 외쳤습니다. 그러자 나이 든 직원이 주문을 받고 이쪽으로 다가왔습니다.

"해리스 씨는 견과류를 못 드세요." 그 직원이 새 직원에게 말했습니다. "해리스 씨, 견과류를 못 드시잖아요. 송어 아망딘을 드시면 안 돼요. 거기 아몬드가 들었어요."

노인은 약간 당황한 것 같았지만, 메뉴를 다시 보고 새 직원이 무심하게 바라보는 동안 주문을 바꿨습니다.

저는 그 나이 든 직원이 단골손님을 세심하게 보살핀다

는 사실이 좋았습니다. 순간 불쾌한 건 아니고 다소 이상한 생각이 들었습니다. 만약 제가 버스정류장에 머물러 있기로 했다면 이 장면을 쉽게 목격하지 못했을 거라고요. 이 장면이 벌어지는 동안 저는 주차장 건너편 대기실에 앉아 있었겠지요. 그래도 그 일은 여전히 벌어졌을 테고요. 제가 그곳에 있지 않아서 목격할 수 없었을 모든 장면에 대해 이토록 분명하게 생각해본 적이 없었습니다. 그러자 더 이상하고 덜 유쾌한 생각이 떠올랐습니다. 저는 이런 장면에 필요한 사람이 아니고, 저 없이도 계속되는 삶에 필요한 사람도 아니며, 저 자체가 전혀 필요한 사람이 아니라는 생각이요. 저는 존재할 필요가 없었던 것입니다.

그 일이 어떻게 관련이 있다는 건지 당신이 이해하셨길 바랍니다.

그 소식을 들은 지도 일 년이 지났을 때 저는 마침내 당신에게, 재단에 보내는 편지를 끝내야겠다고 결심했습니다. 편지를 마무리하고 보내기에도 적절한 날이었으니까요. 꼭 일주년이 되는 날이었거든요.

물론 약 일 년이 더 흘러 지원금 수령 마지막 날이 오면 편지를 쓰기에 더 적당할지도 모른다는 생각이 들었습니다. 그리고 실제로 일 년이 또 지나갔습니다.

마침내 그날 역시 왔고, 저는 편지를 쓰지도 부치지도

않았습니다.

이제 수상은 먼 과거의 일이 되어버렸고 저는 여전히 가르치고 있습니다. 지원금은 가르칠 필요가 없도록 저를 영원히 지켜주지는 않았습니다. 제가 확신했던 대로 말이지요. 사실 2년 동안 조금 덜 가르치기는 했습니다만, 완전히 그만두지는 않았습니다. 다시 가르칠 필요가 없을 정도로 몹시 훌륭한 연구를 하지 않았으니까요. 대학에서 계속 가르치려면 완전히 그만두면 안 된다는 사실을 깨달았습니다.

이제 편지에 쓰고 싶었던 것들을 생각하기 시작한 지도 벌써 몇 년이 흘렀습니다. 지원금 수령 기간도 오래전에 끝이 났고요. 당신은 저를 기억조차 못할 테지요. 서류를 뒤져본다 해도요. 당신의 인내심에 감사드리고, 너무 오래 지연되어 죄송합니다. 부디 제 감사가 진심이라는 것만은 알아주세요.

안녕을 빌며.

통계학의 한 가지 결과

어린아이처럼
더 양심적인 사람들은
더 오래 산다.

교정 사항: 1

따뜻한 불이라거나 빨간 불이라고 할 필요가 없다. 형용사를 더 제거할 것.

거위는 정말로 너무 우스꽝스럽다. 거위를 빼자. 발자국을 찾아가는 것으로 충분하다.

작은 머리라는 말은 불쾌할 수 있다. 작은 머리를 제거할 것. (하지만 엘리엇은 진실로 작은 머리를 사랑했다.) 작은 머리를 빼고 그 자리에 좁은 머리를 넣자.

커다란 모자는 언제 등장해야 할까? 여행자이자 영어 교사인 그 여자는 모자 때문에 정체를 오해받고 파괴 행위로 체포되었다. 등장 직후에 혹은 약간 나중에 커다란 모자를 써야 한다. 이름은 니나가 좋을까? 커다란 모자는 처음부터 끝까지 이동하다가 다시 처음으로 돌아간다.

그 남자가 절대 결혼하지 않겠다고 말하는 게 타당할까? 어쨌든 남자는 이웃과 약혼하게 되는데, 그때가 되면 절대 결혼하지 않겠다고 말하면 안 될 것.

나중에 애나는 행크라는 남자와 사랑에 빠지는데, 누구도 행크라는 이름을 가진 남자와 사랑에 빠질 것 같지 않다는 언급이 있다. 그러므로 이 남자는 더 이상 행크라는 이름이어서는 안 되고, 대신 스테판으로 하자. 물론 스테판은 애나라는 이름의 누이와 롱아일랜드에 사는 어느 어린애 이름이다.

짧은 대화 (공항 출발 라운지에서)

"그거 새 스웨터예요?" 한 여자가 옆에 앉은 모르는 사람에게 묻는다.
 상대방 여자는 아니라고 말한다.
 더 이상 대화는 진척되지 않는다.

교정 사항: 2

'아기'는 남기고 '우선권'은 지우자. '우선권을 우선할 것'. '앞으로 나아가기' 안으로 들어갈 것. 지루함이 흥미로움 안에 포함되어 있고 흥미로움이 지루함 안에 포함되어 있다라는 '역설을 더할 것'. '라'를 뺄 것. '시간'을 찾을 것. '시간'을 계속 쓸 것. '기다림'을 계속 쓸 것. '아기'에 이상한 개구리 발을 붙잡고 있는 손을 추가할 것. '교정 사항: 1'에 '우선권'과 '긴장'을 추가할 것. '가족과 함께 킹스턴'과 '슈퍼마켓'을 계속 쓸 것. '토라지다'를 계속 쓸 것. '시베리아 호랑이와 킹스턴'으로 시작할 것.

수하물 보관

문제는 이러하다. 여자는 도시를 관통하는 중이고 공공도서관에서 시간을 보내야 한다. 하지만 도서관 휴대품 보관소에서 여자의 가방을 받아주지 않는다. 결국 가방을 다른 곳에 보관해야 한다. 해결책은 명백해 보인다. 여자는 거리를 내려가 기차역에 가서 가방을 보관한 다음 도서관으로 돌아갈 것이다. 여자는 한 손에 작은 우산을 들고 다른 손에 바퀴 달린 여행 가방을 끌고 비바람을 뚫고 기차역까지 걸어간다. 수하물 보관소를 찾아 역 안을 헤맨다. 역 안에는 식당과 상점, 별자리가 그려진 아름답고 높은 천장, 대리석 바닥과 벽, 웅장한 계단과 보도용 경사로가 있지만, 수하물 보관소는 없다. 안내 창구로 가 수하물 보관소에 관해 물었더니 화가 난 직원이 말없이 카운터 아래로 손을 뻗어 전단 한 장을 찾아 여자에게 건넨다. 유료 수하물 보관소 두 군데가 안내되어 있는데 역 안에는 없다. 여자는 몇 블록 위쪽 주택지구로 가든지 몇 블록 아래로 가야 한다.

여자는 비바람 속에서 주택지구로 걸어갔는데, 동쪽으

로 몇 블록 잘못 갔다가 다시 서쪽으로 몇 블록 제대로 걸어가 보관소를 찾는다. 보관소는 패스트푸드 가게와 여행사 사이에 낀 낡고 좁은 건물에 있다. 여자는 브라질에서 결혼할 계획인 어느 커플과 함께 엘리베이터를 타고 올라간다. 그들은 공증인 사무소에 가는 길이다. 여자가 남자에게 공증인 앞에서 절대 결혼한 적이 없다고 맹세해야 한다고 설명 중이다. 이 건물에는 공증인 사무소와 수하물 보관소 외에 돈을 보내거나 받을 수 있는 웨스트 유니언 은행 지점도 있다.

작은 꼭대기인 6층 전체가 수하물 보관소인데, 거리를 면한 방 하나와 뒤쪽을 향한 방 하나가 있다. 거리를 면한 방은 완전히 비었고 햇볕이 가득하다. 뒤쪽 방은 문간에 길쭉한 접이식 탁자가 가로지르고 있고 작은 연푸른색 티켓이 큼직한 두루마리로 말려 있는 곳 옆에 남자 하나가 앉아 있다. 티켓은 꼭 시골 박람회장에서 놀이기구용으로 주는 표처럼 생겼다. 남자 뒤쪽 방에 여행용 가방 몇 개가 벽에 기대어 있다. 남자가 웃으며 동유럽 억양으로 말한다. 그 미소가 친절하다. 치아 몇 개는 비뚤어졌고 몇 개는 없다. 여자는 선불로 10달러를 내고 남자에게 여행 가방을 건넨 다음 연푸른색 티켓을 받는다. 여자는 엘리베이터를 타고 내려가 비바람을 뚫고 여행 가방을 생각하면서 공공도서관을 향해 걷는다. 급하고 혼란스런 마음에 가방을 잠그지 않았다. 여자는 외화를 도난당하지 않기를 바란다.

  여자는 다른 나라의 다른 도시에서 이 도시로 막 비행기를 타고 왔다. 그곳은 달랐다고 여자는 생각한다. 그곳엔 기차역 한가운데에 보관함이 있었고, 보관함이 열리면 컨베이어 벨트가 모든 수하물을 보관소로 옮겨갔다. 그곳에서 여자는 5달러 상당의 요금을 내고 보관함에 가방을 맡겼는데, 옆에 서 있었던 남자가 보관 비용이 비싸다고 생각해 눈과 입을 크게 벌리고 말했다. "Donnerwetter!!"* 가방을 찾으러 가면 컨베이어 벨트가 가방을 다시 가져다주었다. 여자는 걸어가는 동안 이런 생각을 한다. 하지만 조용하고 쌀쌀하고 인적 드문 도서관에서 일하는 동안에는 잊을 것이다. 그러나 여자는 걸으면서 생각한다. 하지만 난 지금 집에 돌아왔는데, 이게 이 나라, 이 도시에서 우리가 하는 방식이라니.

---

* 독일어로 '이런!' '빌어먹을!' 정도의 뜻이다.

이륙을 기다리며

우리는 비행기 안에 앉아 이륙을 기다리는 중인데, 대기 시간이 길어지자 한 여자가 자기는 장편소설을 써야겠다고 선언하고, 옆자리 여자는 자기가 그 소설을 편집하면 좋겠다고 말한다. 통로에서 음식을 판매 중인데, 기다리느라 배고픈 승객이나 한동안 음식 구경을 못할까 봐 걱정인 승객들이 평소에 먹지도 않는 음식을 열렬하게 사고 있다. 예를 들면 무기로 써도 좋을 법한 길쭉한 초콜릿 바가 있다. 음식을 파는 승무원 말이 언젠가 승객에게 공격당한 적이 있는데 그 초콜릿 바로 공격당한 것은 아니었다고 한다. 비행기 출발이 너무 오래 지연되자 그 승객이 승무원 얼굴에 음료수를 던졌고 얼음 조각에 맞아 안구를 다쳤단다.

산업

플로베르의 일갈

자연은 우리를 비웃지.
그러면서 나무들이 춤추는 무도회는 얼마나 수동적인가
풀밭, 그리고 파도는!

르아브르발 증기선 종은 어찌나 사납게 울리는지, 나는 당장 일을 멈춰야 해.

기계란 얼마나 귀에 거슬리는가.
세계의 산업은 얼마나 요란한가!
거기서 얼마나 어리석은 직업들이 탄생하는가!
거기서 얼마나 많은 어리석음이 나타나는가!
인간이 동물로 변하고 있지 않은가!

핀 하나를 만들겠다고 전문가 대여섯이 달려든다.

맨체스터 사람들에게 무엇을 기대할 수 있을까.
핀이나 만들며 평생을 보내는 사람들에게서?!!

로스앤젤레스 상공

언제나 로스앤젤레스 분양주택 위 하늘이다. 하루가 지나면 동쪽 커다란 창문에서 태양이 나왔다가 다시 남쪽으로, 다시 서쪽으로 향한다. 창밖으로 하늘을 바라보면 뭉게구름이 갑작스럽게 파스텔 색조의 복잡한 기하학적 형상으로 모였다가 곧바로 무너지고 흩어지는 게 보인다. 이런 일이 하도 자주 일어나 드디어 그림을 다시 그리기 시작할 수 있을 것만 같다.

꿈

한 문단 속 두 등장인물

겨우 두 단락 길이의 이야기다. 이야기의 끝인 두 번째 단락의 끝부분을 쓰고 있다. 나는 이 일에 몰두하고 있고 등이 굽었다. 끝부분을 쓰는 동안 도입부에서 그들이 뭘 하고 있는지 보라! 그들은 그리 먼 곳에 있지 않다! 남자는 내가 등장시킨 곳에서 둥실 떠올라 겨우 한 단락 떨어진 곳에 있는 (첫 번째 단락) 여자 위를 맴돌고 있다. 사실 이 단락은 밀도가 높고 그들은 그 단락 한가운데 있으며 그곳은 어둡다. 나는 두 사람 모두 거기 있는 걸 알지만 그냥 놔두고 두 번째 단락으로 돌아갔다. 둘 사이에 어떤 일도 벌어지지 않았다. 이제 보라…

꿈

이집트에서 수영하기

우리는 이집트에 있다. 우리는 심해 잠수를 할 것이다. 지중해 옆 육지에 거대한 수조가 생겼다. 우리는 등에 산소통을 메고 수조로 내려간다. 우리는 바닥으로 내려간다. 거기 터널 입구에 푸른 조명이 반짝인다. 우리는 터널로 들어간다. 터널은 지중해로 이어진다. 우리는 헤엄치고 또 헤엄친다. 터널 반대편 끝에 흰색 조명이 더 많이 달렸다. 그 조명을 지나가자 갑자기 터널 밖의 너른 바다가 나오고, 우리는 1킬로미터 넘게 아래로 떨어진다. 주변에도 머리 위에도 온통 물고기가 있고 사방에 산호초가 깔렸다. 우리는 깊은 곳 위를 날고 있다. 우리는 당분간 길을 잃지 않게 조심해야 하고, 터널 입구로 돌아가는 길을 꼭 찾아야 한다는 사실을 잊고 만다.

꿈

집 안 사물들의 언어

세탁기가 빙글빙글 돌아가며: "파키스탄인, 파키스탄인."

세탁기가 동요하며(느리게): "소방관, 소방관, 소방관, 소방관."

식기세척기 선반에서 접시들이 덜컥이며: "방치됐어."

유리 믹서기가 금속 싱크대 바닥을 치며: "컴벌랜드."

싱크대에서 냄비와 접시들이 덜컹거리며: "담배, 담배."

플라스틱 볼 안에서 팬케이크 반죽을 젓는 나무 숟가락이: "도대체, 도대체."

금속 선반 위에서 철제 버너가 덜컥이며: "보난자."

•

책장 맨 위에서 돌아가는 전동 연필깎이가: "립 밴 윙클."

서랍을 여닫을 때 매직들이 구르고 부딪치며: "자주색 열매."

휘프트버터 용기 뚜껑을 열어 싱크대에 내려놓으며: "점성술."

숟가락이 그릇 안에서 이스트를 저으며 "편파적, 편파적."

이런 단어와 구문이 계속 들려오는 건 잠재의식 때문일까?
이런 단어들과 구문들이 우리를 기다리며 잠재의식 위를 맴돌고 있는 게 틀림없다.
반드시 빈 공간과 관계가 있을 것이다. 일테면 공명실 같은.

부엌 싱크대 배수구로 물이 내려가며: "지난번 공놀이."

유리 항아리로 물이 쏟아지며: "모하메드."

빈 파르메산치즈 통을 싱크대에 내려놓을 때: "날 믿어."

●

싱크대 상판에 포크가 부딪치며: "금방 돌아올게."

구멍 뚫린 금속 숟가락을 스토브 위에 내려놓을 때 딸각거리며: "파키스탄인."

싱크대에서 냄비에 물을 받을 때: "깊은 존경."

찻잔을 젓는 숟가락이: "이라크인, -라크인, -라크인, -라크인."

세탁기가 흥분해서 돌아가며: "포켓북, 포켓북."

세탁기가 흥분해서 돌아가며: "기업 -업, 기업 -업."

어쩌면 집 안 사물들이 말하는 것처럼 들리는 단어는 우리가 이미 책에서 읽어 두뇌 속에 들어온 단어일지도 모른다. 아니면 라디오에서 들었거나 서로 나누는 대화에서 들은 것들, 혹은 차창 너머로 보인 글자들, 일테면 컴벌랜드 농장 간판이나 (버지니아주의) 로어노크같이 우리가 좋아했던 단어들일지 모른다. 이 단어들이("이라크인, -라크인") 계속 우리 두뇌 조직 안에 머물러 있는 건 우리가 그 단어의 다소 정확한 자음과 종종 정확에 가까운 모음 발음과 함께 그 단어의 아주 정확한 리듬을 들었기 때문이다. 리듬과 자음 발음만 있으면 우리 두뇌는 이미 간직한 단어에 적절한 모음 발음을 적용해보는 것일지도 모른다.

●

세면대에서 손을 씻을 때: "따옴표 열고 따옴표 닫고"

스토브 다이얼을 돌릴 때: "볏짚 가리."

금속 카펫 먼지떨이를 지하실 계단 나무벽 고리에 걸 때: "탄수화물."

남자의 젖은 발이 가속페달을 밟을 때: "리사!"

이 사물들이 다른 언어의 음성을 창조하는 방식은 다음과 같다. 딱딱한 자음은 딱딱한 물질이 딱딱한 표면에 부딪힐 때 만들어진다. '점성술' 같은 단어의 소리를 낼 때처럼 버터 용기의 내부 빈 공간과 뚜껑이 모음을 만들어낸다. 즉, 뚜껑이 열리면서 '점'이, 뚜껑이 싱크대 상판에 놓일 때 '성술'이 만들어진다. '방치됐어'에서처럼 'ㅏ'와 같은 모음은 설거지통에 잠긴 접시들이 만들고 우리 뇌에 들어가 '치댔어'의 자음들과 결합한다.

자음의 기능은 모음을 강조하거나 모음을 막는 것이고, 모음의 기능은 자음 사이를 채우거나 자음에 특색을 부여하는 것이다.

나무 손잡이 칼이 싱크대 상판을 때릴 때: "배경."

플라스틱 샐러드 탈수기를 싱크대 상판에 내려놓을 때: "줄리! 확인해!"

•

배수구 물이 빠져나갈 때: "호티컬트."

오렌지 주스 용기를 한번 흔들면: "제노아."

고양이가 화장실 타일로 뛰어내리면: "바 베네."

점토 타일에 주전자를 내려놓을 때: "팔레르모."

고리버들 빨래 바구니의 뚜껑이 열릴 때: "보비스쿰." 아니면 "우 비스트 두?"

코 골 때: "이슈임."

겨울 재킷 지퍼를 내릴 때: "알뤼메트"

철망으로 된 건조기 필터를 손으로 닦을 때: "필라델피아."

부엌 싱크대 배수구로 물이 빨려 들어갈 때: "드보락."

변기 손잡이를 눌러서 수조 물이 처음 빠져나갈 때: "루돌프."

최근 이런 단어들을 듣거나 읽은 기억이 없다. 그렇다면 내가 항상, 일테면 '루돌프' 같은 단어를 머리에 넣고 다닌다는 뜻일까? 루돌프 줄리아니나 '루돌프 사슴코' 때문에?

지퍼: "찢어."

설거지하는 식기들이 딸그락거릴 때: "협조."

고무 샌들이 나무 바닥에서 끽끽거릴 때: "진짜."

이런 단어 하나를 듣고 집중하면 다른 단어도 더 들려온다. 집중을 멈추면 들려오는 것도 멈춘다.

플라스틱 도마 위에서 칼이 긁힐 때 오리가 꽥꽥하는 소리가 들린다. 젖은 스펀지로 냉장고 선반을 닦을 때도 오리 소리가 들린다. 마찰이 더 심하면(젖은 스펀지) 삐걱 소리가 나고 마찰이 적으면(마른 스펀지) 부드러운 솔질 소리가 난다. 소리에 약간의 변화를 주면 곧바로 프라이팬 하나나 두 개에서 단조롭게 울부짖는 음악을 들을 수도 있다.

행위와 소리를 내는 사물(가속페달을 밟는 남자의 발) 사이, 그리고 그 단어의 의미("리사!") 사이에 큰 관계는 없다.

새: "디쥐트."

•

새: "마르게리트!"

새: "헤이, 프레데리카!"

싱크대 상판 위 수프 그릇: "파브리치오!"

세탁부들

플로베르 이야기

어제 나는 여기서 두 시간 거리에 있는 한 마을에 갔어. 옛날 오를롭스키와 함께 11년 전 방문했던 곳이야.

집들도 절벽도 배들도 하나도 변하지 않았어. 세탁 통 앞 여자들도 같은 수에 같은 자세로 무릎을 꿇고서 똑같이 파란 물속에 더러운 리넨을 넣고 두들기고 있었어.

지난번과 똑같이 비가 조금 내렸어.

어느 순간 우주가 움직임을 멈추고 모든 것이 돌로 변했는데 우리만 살아 있는 것 같았어.

자연이란 얼마나 오만한지!

호텔 매니저에게 보내는 편지

호텔 매니저 귀하

귀 식당 메뉴에 'scrod'*라는 단어의 철자가 잘못됐다는 사실을 지적하고자 이 편지를 씁니다. 'sch'를 넣어 'schrod'라고 되어 있어요. 처음 그 단어를 보았을 때 굉장히 당혹스러웠습니다. 귀 호텔에 이틀 묵기로 한 일정 중 첫날 밤에 혼자 조각 목재 패널과 높은 천장, 황금색 엘리베이터가 있는 1층 식당에서 저녁을 먹고 있었습니다. 저는 메뉴에 있는 철자가 옳고 제 생각이 틀렸다고 생각했습니다. 제가 있는 곳은 대구와 새끼 대구의 본고장인 뉴잉글랜드, 그중에서도 보스턴이었으니까요. 다음 날 밤 로비로 내려와 귀 식당에서 두 번째 저녁 식사를 하려고, 이번에는 오빠와 함께 먹으려고 로비에서 오빠를 기다렸습니다. 보통 저는 장소가 마음에 들고 훌륭한 저녁 식사를 고대할 때면 이렇게 합니다. 물론 이 경우 저는 일찍 왔

* 대서양산 새끼 대구.

고 오빠는 아주 늦게 와 대기 시간이 길어지는 바람에 오빠에게 무슨 일이 생긴 걸까 걱정하면서 친절한 안내데스크 직원이 준 책자를 보고 있었습니다. 그 직원은 다른 직원들처럼 친절했고 예외가 있다면 식당 매니저의 태도였는데, 어쨌든 안내데스크 직원은 무척 자연스럽고 꾸밈이 없어서 저의 호텔 숙박이 꽤 수월했습니다. 제가 혹시 호텔의 역사를 설명하는 자료가 있는지 묻자 그 직원이 책자를 주었는데, 제가 호텔의 역사를 궁금해했던 건 이곳에 묵었거나 여기서 일했거나 혹은 여기서 식사를 하거나 술을 마신 사람 중 흥미롭고 유명한 사람이 워낙 많았기 때문이고, 그중에는 유명하진 않지만 저의 고모할머니도 있었는데, 아무튼 호텔에서 작성했을 그 책자에서 저는 이 도시의 대표 산물이라고 알고 있는 'cod'*와 대조적으로 그날 잡혔음을 표현하기 위해 호텔이 직접 'scrod'라는 단어를 만들었다는 내용을 읽었습니다. 저는 어디선가 'shrod'라는 단어를 본 기억도 났는데, 어쩌면 기억이 잘못되었을 수도 있고, 이 단어가 다른 의미를 가진 다른 단어일지도 모르겠습니다. 저는 아마도 오해일 수 있습니다만, 'scrod'가 '어린 대구'를 뜻한다고 생각했었는데, '어린 대구'는 'shrod'이고 'scrod'는 '그날 잡힌 것'이라는 뜻

* 대구.

일지도 모르겠습니다. 물론 'shrod'라는 단어가 존재한다면 말입니다. 저는 'scrod'에 관해서는 많이 알지 못하고, 그저 보스턴에서 기차를 타고 집으로 돌아가는 상류층 숙녀 두 사람에 관한 오래된 농담만 압니다. 두 사람이 대화를 나누던 중 한 명이 'scrod'라는 단어를 과거형 동사로 오해했다는 이야기 말입니다. 아까 말씀드린 전날 밤 저는 이 철자가 옳을지도 모른다고 생각했지만, 잠시 후 옳지 않다고 꽤 확신했고, 어쨌든 'shrod'라는 단어가 존재한다면, 'shrod'가 맞는지 'scrod'가 맞는지 확신할 수 없었습니다. 그러나 어디서도 'sch'를 넣은 'schrod'라는 철자는 본 적이 없습니다. 결국 둘째 날 밤 귀 식당 매니저가 제 오빠와 제게 말하는 억양을 듣고서야 그 억양과 틀린 철자의 관계를 알게 되었습니다. 물론 제 추측이 틀렸을 수도 있고요. 그 매니저는 제가 식사했던 두 밤 모두 식당에 있었습니다. 그는 정중하기는 했지만 약간 냉정한 태도를 보였고, 그건 특별히 저한테만 그런 건 아니었고 모두에게 그랬으며, 식당 메뉴에 베이크트빈*을 추가하면 좋겠다는 저의 제안으로 시작된 대화를 길게 끌고 싶지 않은 것처럼 보였습니다. 베이크트빈 역시 보스턴 토박이 음

---

* 강낭콩을 돼지고기와 토마스 소스로 조리한 음식.

식이고, 이 식당은 파커하우스롤*과 함께 매사추세츠주의 공식 디저트인 보스턴 크림 파이의 창시자임을 몹시 자랑했으니까요. 이 사실 역시 호텔 책자에서 배웠습니다. 매니저는 빨리 대화를 끝내고 자리를 뜨고 싶어 안달 난 게 거의 투명하게 보였는데, 어디로 뜨고 싶은지는 알 수 없었던 게, 그가 다소 거드름을 피우며(지나치게 몸을 꼿꼿이 세우고 있었다는 뜻입니다) 다소 어둡고 화려하고 길쭉한 식당 한쪽 끝에서 반대편 끝으로, 다시 말하면 가끔 한 무리의 사람들이 저녁을 먹으러 로비 쪽에서 들어오는 넓은 통로에서 바 같은 것과 커다란 야자수 화분 두 개로 잘 감춰놓았지만 주방인 게 틀림없는 곳까지 걸어 다니는 것 말고 그가 하는 일이 별로 없는 듯 보였거든요. 아무튼 저는 매니저가 우리 앞에 서서 대화를 나눌 때, 우리 쪽으로 살짝 몸을 숙이면서도 말을 멈추면 다시 멀어지곤 했을 때, 그의 억양이 독일식으로 들릴 수 있음을 알아챘고, 나중에 'scrod'의 철자가 잘못되지 않았나 하고 떠올렸을 때 어딘가 독일어스러운 'sch'라는 철자가 매니저 때문일 거라고 생각하게 되었습니다. 저의 이런 발언이 꽤 불공정할 수도 있는 것이 'scrod'의 철자 실수가 다른 사람, 그보다 더 어린 사람의 것일 수도 있는데, 그 매니저가 단어를

* 둥근 반죽을 반으로 접어서 구운 롤빵.

'sch'로 시작하는 독일어의 경향 때문에 실수를 미처 알아보지 못했을 수도 있기 때문입니다. 이 대목에서 매니저를 위한 변호를 추가해야겠습니다. 그는 냉정한 태도에도 불구하고 메뉴에 베이크트빈이 포함되어야 한다는 제 생각에 꽤 마음을 열었던 것으로 보였으니까요. 그 사람 말이 한때 이 식당에서 식사 초반에 롤빵과 버터를 곁들인 베이크트빈 작은 냄비 요리를 내었는데, 보스턴의 수많은 식당들이 베이크트빈을 대표 메뉴로 파는 바람에 이 식당은 그 메뉴를 중단했다고 했습니다. 제가 식사 초반에 작은 냄비 요리를 낸다는 생각을 마음에 들어 했다고 그 사람이 오해하지 않기를 바랍니다. 오히려 정반대로 저는 무척 끔찍한 아이디어라고 생각했습니다. 식사 초반에 베이크트빈이라니, 훌륭한 애피타이저가 될 수 없습니다. 너무 무겁고 단 음식이잖아요. 아니 그게 아니라, 그 요리는 본 식사 메뉴 어딘가에 들어가야 한다고 저는 말했습니다. 저는 어쩌다가 베이크트빈을 무척 좋아하게 되었는데, 이곳 보스턴 식당에서 제가 이튿날 저녁 주문한 새끼 대구와 파커하우스롤과 보스턴 크림 파이와 함께 베이크트빈을 먹을 수 없어서 실망했습니다. 저의 식사 동료, 다시 말해 제 오빠는 이 길고 아마도 의미 없을 대화를 참아주었는데, 어쩌면 어머니의 부동산과 관련한 몇 가지 일을 처리하려고 고향도 아닌 이 도시 곳곳을 돌아다니느라 피곤한

데다가 그 일을 전부 완수하지 못한 탓에 힘든 하루를 보내고 와서 근사한 저녁과 레드와인 한잔을 앞에 두고 앉은 게 그저 행복했거나, 아니면 제 행동이 사실 낯선 사람과 대화 트길 무척 좋아하고, 더 솔직하게 말하자면 낯선 사람이 근처에 올 때마다 대화를 트고, 그 사람의 삶에 대해 알아내고 그 사람에게 자신의 확고한 신념을 알려주지 않으면 직성이 풀리지 않는, 그러나 애통하게도 지난가을 세상을 떠난 제 어머니를 떠올렸기 때문일 것입니다. 당연히 어머니의 습관 중 어떤 면은 살아생전 우리를 힘들게 했지만, 지금은 어머니가 보고 싶어 어머니를 떠올리기를 좋아하고, 이미 받아들인 습관이 아니라면 지금은 오빠와 저 둘 다 일부 습관을 받아들이려고 노력 중이기 때문일 것입니다. 오빠는 저와 매니저의 대화를 조용히 듣고 있다가 직접 한 가지 제안을 덧붙이기도 했습니다. 뭐라고 말했는지는 기억나지 않지만요. 사실 그때가 매니저를 저희 테이블로 부른 두 번째 시간이었습니다. 제 아이디어가 괜찮다고 생각한 웨이터가 그러라고 했거든요. 제가 매니저를 처음 테이블로 부른 건 베이크트빈이나 'scrod'의 철자에 관해 말하려고 한 게 아니라, 우리와 가까운 룸에 있던 다른 손님, 진줏빛이 도는 회색 머리를 뒷덜미에 말아 올리고 길쭉한 의자에 훨씬 젊어 보이는 고용 동반자와 나란히 놀라울 만큼 낮게 앉아 있던 아주 침착한 초로의 여성이었는데, 그분이 음식을 먹으려면 손을 꽤 멀리까지 뻗어 올려야 한다는 사실을 매니저에게 말해주고 싶어서였습니다. 전날 밤 저녁 식사 시간에도 그 부인을 보았는데, 우리가 꽤 가까이 앉아 있고 손님도 훨씬 적어서 그 동반자와 말을 트게 된 결과 부인이 걸어서 얼마 안 되는 거리에 사는데 수년 동안 매일 밤 호텔에서 식사하고 있고, 그날 제가 조명이 가장 밝은 부인의 평소 자리를 차지하고 있다는 사실을 알게 되었습니다. 동반자는 부인에게 물어보더니 여기 30년째 단골이라고 구체적으로 말해줘서 저를 깜짝 놀라게 했지만, 둘째 날 저녁 식당 매니저는 부인이 여기 다닌 지 5, 6년밖에 안 됐다고 정정해주었습니다. 그날 저는 아마도 코트 뒤 론 와인을 한잔 마신 탓에 흥이 올라서 부인이 호텔 역사의 한 장이 되었으므로 어느 방 벽에 부인의 초상화를 걸어두어야 하는 게 아니냐고 제안하고 싶었습니다. 지금도 괜찮은 아이디어라고 생각하고 있으니 호텔도 한번 고려해주시길 바랍니다. 사실 나중에, 아마도 별생각 없이 제 자리에서 일어나 식당을 막 떠나려는 부인과 동반자에게 다가가 똑같은 제안을 했는데, 둘 다 흡족해했습니다. 그러나 매니저에게 직접 'scrod'의 철자를 언급한다면 그리 요령 있는 태도가 아니라는 생각이 들어 대신 지금 이렇게 귀하에게 편지를 쓰고 있습니다. 웅장했던 귀 호텔 숙박은 즐거운 경험이었고, 식당 지배인의 냉정함을 제외하면 모든 서비스와 안내가 흠잡을 데가 없었습니다. 한 가지, 철자 실수만 제외하고요. 저는 새끼 대구의 본고장으로 알려진 이곳이 그 철자까지 정확히 써야 한다고 굳게 믿고 있습니다. 읽어주셔서 감사합니다.

진심을 담아.

그녀의 생일

105세:
그녀가 죽지 않았어도
오늘 살아 있지는 않았을 것이다.

인생이 너무 심각해서
글을 계속 쓸 수 없다

5부

내 어린 시절 친구

머리에 양모 모자를 쓰고 약간 음울하게 걷고 있는 이 늙은 남자가 누구지?

하지만 내가 불러서 돌아보았을 때 그 역시 처음에는 나를 알아보지 못한다. 겨울 코트를 입고 바보처럼 웃고 있는 이 늙은 여자가 누구지?

그들의 가엾은 개

저 짜증스러운 개:
그들은 개를 원하지 않는다며 우리에게 주었다.
우리는 개를 밀쳐내고, 머리를 한 대 쥐어박고, 줄에 묶어놓았다.
개가 짖고, 헐떡이고, 달려들었다.
우리는 개를 그들에게 돌려주었다. 그들은 한동안 개를 데리고 있었다.

이윽고 그들은 개를 동물보호소에 보냈다. 개는 콘크리트 우리에 들어갔다.
방문객들이 그 모습을 보았다. 개가 희고 검은 네 발로 콘크리트 위에 서 있었다.
아무도 개를 원하지 않았다.

개에겐 장점이 없었다. 개는 그 사실을 몰랐다.
새로운 개들이 계속 보호소로 들어왔다. 이내 보호소에는 개를 둘 공간이 없어졌다.

사람들이 개를 안락사하려고 안락사 방으로 데려갔다.

개는 바닥에 있는 다른 개들 사이로 걸어가야 했다.

개가 풀쩍 뛰어올랐다가 뒤로 잡아 당겨졌다. 개는 다른 개들과 그 냄새 때문에 겁을 먹었다.

사람들이 주사를 놓았다. 그들은 개를 쓰러진 자리에 그대로 놔두고 다른 개에게 갔다.

그들은 시간을 절약하려고 언제나 죽은 개들을 막판에 한꺼번에 데려갔다.

안녕, 자기

안녕, 자기
우리가 연락 주고받았던 거
기억해?

오랜만이지만,
나 마리나야, 러시아와 함께 있던.
나 기억해?

눈물을 가득 머금고
가슴에 큰 슬픔을 안고
너에게 이 메일을 쓰고 있어.
내 홈페이지로 와줘.

나를 진심으로
생각해주면 좋겠어.
부디, 우리 대화하자.
기다리고 있을게!

흥미 없음

나는 이 책을 읽는 데 흥미가 없다. 지난번 시도해봤지만 역시 흥미가 없었다. 내가 가진 책 중 어떤 것도 점점 읽기가 싫어진다. 물론 전부 충분히 좋은 책이라고 생각한다.

며칠 전 나뭇가지와 막대를 모아 들판 구석에 쌓아둘 생각으로 뒷마당에 나갔는데, 갑자기 나뭇가지를 줍고 더미로 가져갔다가 나뭇가지를 더 주우러 그 높은 풀밭을 다시 오르내려야 한다고 생각하자 몹시 지루해졌고, 결국 일을 시작하지도 않고 집으로 들어와버렸다.

지금은 그 일을 할 수 있다. 지루했던 건 그날 하루뿐이었다. 그 후 지루함은 사라졌고, 이제 나는 다시 밖으로 나가 나뭇가지와 막대를 주워 들판 구석 더미로 가져갈 수 있다. 실제로 양팔 가득 나뭇가지를 주워 나르고, 더 큰 가지는 끌고 간다. 두 가지를 동시에 하지는 않는다. 한 세 번 정도 왕복하면 피곤해서 그만둔다.

내가 말한 책들은 충분히 좋을 것 같기는 하지만 흥미가 생기지 않는다. 내가 가진 어떤 책보다 훨씬 좋은 책들일지도 모르지만, 때로는 별로 좋지 않은 책들이 더 흥미롭기도 하다.

어느 특별한 날의 전날과 그다음 날 나는 흔쾌히 막대를 주워 더미로 가져갔다. 사실 그 며칠 전에도 그랬고 며칠 후에도 그랬다. 그날들은 왜 지루하지 않았는지 묻지 마라. 나도 그 이유가 종종 궁금하니까.

생각해보면 나뭇가지와 막대를 나르거나 끌고 가는 동안 매일 집 근처에 아무렇게나 쌓인 나뭇가지와 막대 더미가 점점 작아지는 걸 볼 때의 만족감이 있는 것 같기도 하다. 내 발밑에 펼쳐진 풀밭을, 그 풀과 야생화와 가끔 야생동물의 똥을 볼 때면 약간의 흥미도 있는데, 많지는 않고 아주 조금, 사실 거의 지루함에 가까울 정도의 흥미다. 가장 좋은 순간은 나중에 덤불 더미에 이르렀을 때다. 양팔 가득 안은 막대 묶음의 무게를 가늠하거나 두 손으로 큰 나뭇가지의 균형을 맞춘 다음 가능하면 더미 꼭대기까지 들어 올린다. 들판을 가로질러 돌아오는 길은 손과 팔이 자유롭고 가벼워서 더미를 향해 가는 길과 비교하면 한결 쉽다. 그럴 때면 우듬지와 하늘을 쳐다보기도 하고 집을 바라보기도 한다. 그래도 감정이 변하거나 흥미가 생기지는 않는다.

그런데 그 특별했던 날, 나는 이 허드렛일에 흥미가 생기지도 않았고 갑자기 이전보다 훨씬 더 깊은 지루함만 느껴져 몸을 돌려 집으로 들어가버렸다. 내가 왜 다른 날에는 이 일을 하고 싶어 했는지 의문이 들었고, 도대체 다른 날의 가벼운 흥미와 지금의 심각한 지루함 중 어느 쪽이 진실인지 궁금했다. 그리고 내가 이 일을 언제나 지루하게 여기고 다시는 하지 않게 될지, 내 마음이 뭐가 잘못되어 그동안 지루하지 않았던 건지 알고 싶어졌다.

나는 모든 좋은 책을 지루해하지는 않는다. 그냥 장편소설과 단편소설, 심지어 좋은 소설이나 좋을 것 같은 소설들만 지루해한다. 요즘 나는 사실적인 것, 혹은 적어도 작가가 사실이라고 믿는 것들이 담긴 책들이 좋다. 나는 다른 사람의 상상에 지루해지고 싶지 않다. 대부분의 상상은 별로 흥미롭지가 않다. 작가가 이런저런 생각을 어디서 떠올렸는지 추측할 수 있다. 한 문장을 다 읽기도 전에 다음 문장을 추측할 수도 있다. 전부 너무 임의적으로 보인다.

그러나 때로는 내가 꾸는 꿈도 꿈꾸는 행위도 지루한 게 사실이다. 또 이러네, 이 장면이 이해 안 돼, 잠들어야 해, 이건 꿈이야, 또 꿈을 꾸기 시작하는군, 이런 식이다. 때로는 생각하는 행위도 지루하다. 또 다른 생각이군, 이 생각이 흥미로운지 아닌지는 조만간 알게 되겠지, 다시는 안 돼! 사실 나는 우정도 가끔 지루하다. 아, 우린 함께 저녁을 보내겠구나, 대화를 나누겠구나, 그리고 집으로 돌아오겠구나, 이 일을 또!

사실 내 말은 옛날 장편소설과 단편집이 지루하다는 뜻

은 아니다. 좋거나 나쁘거나 요즘 책들을 말한다. 이렇게 말하고 싶다. 제발 당신의 상상력을 맛보이지 말아요. 다른 사람은 즐길지 몰라도 나는 당신의 생생한 상상력이 아주 지루하니까요. 이게 요즘 내가 느끼는 감정이고, 어쨌든 이 또한 지나갈 것이다.

늙은 여자, 늙은 물고기

오후 내내 내 배 속에 들어앉았던 그 물고기는 요리해서 먹었을 무렵 몹시 늙었고, 나는 당연히 불편했다. 늙은 여자가 늙은 물고기를 소화하고 있다니.

약사 집에서

플로베르 이야기

내가 어디에 있게? 약사의 집이야! 그래, 하지만 그 사람이 누구 제자이게? 뒤프레! 정말 환상적이지 않아?

뒤프레처럼 이 사람도 셀처 탄산수를 많이 만들어.

"트루빌에서 셀처 탄산수를 만드는 사람은 제가 유일하죠." 그 사람 말이야.

그리고 아침 8시만큼 이른 시간에 종종 코르크 마개 날아가는 소리에 잠에서 깨어나는 것도 사실이야. 핍, 팝, 그리고 쿠르르륵!

부엌이 연구실이기도 해. 냄비들 사이, 괴물 같은 적막 속에서

김이 피어오르는 무시무시한 구리관이

날아올라. 언제나 약을 조제하고 있어서 불 위에 솥을 올려놓을 수가 없어.

안뜰 변소에 가려면 병이 가득 든 바구니를 넘어 다녀야 해. 거기 물을 길어 올려 다리를 씻을 수 있는 펌프가

있어. 두 소년이 항아리를 헹궈. 하루 종일 앵무새 한 마리가 짹짹거려. "자코, 점심 먹었냐?" 아니면 "코코, 나의 귀여운 코코!"라고. 그리고 그 집 아들이자 약국의 커다란 희망이기도 한 열 살 꼬마가 치아로 무거운 추를 들어 올리는 차력 묘기를 연습해.

내가 감동적이라고 생각한 선견지명이 하나 있다면 언제나 화장실에 종이가 있다는 거야. 풀로 붙인 종이나 밀랍을 바른 방수 종이로 소포에서 나온 포장지인데, 아마 그걸로 달리 뭘 할지 알 수 없어서 그랬겠지. 약사의 임시 변소는 너무 작고 어두워서 대변을 볼 때도 문을 열어둬야 하고, 엉덩이를 닦으려면 팔을 움직이기도 힘들어.

가족 식당이 바로 옆에 있어.

접시에 고기 조각을 옮기는 소리와 깡통으로 똥이 떨어지는 소리가 동시에 들려. 트림과 방귀 소리가 번갈아 들리기도 하지. 매력적이야.

그리고 끝없이 종알대는 그 앵무새! 녀석은 지금도 휘파람을 불고 있어. "난 근사한 담배를 구했네, 정말이라네!"

노래

어느 집에서 어떤 일이 벌어졌고, 잠시 후 또 다른 일이 벌어졌는데, 아무도 신경 쓰지 않는다. 어떤 남자가 가볍고 유쾌한 목소리로 위층 복도에서 막연하고도 꾸준히 노래하기 시작한다. 우리는 거의 알아채지도 못한다. 이윽고 계단 밑에서 돌연 또 다른 남자의 야만적인 외침이 들려온다. "누가 노래하!?!" 노래하는 목소리가 잠잠해진다.

꿈

두 명의 전직 학생

한밤중 전직 학생 하나가 다른 전직 학생에게 바깥의 눈밭으로 나가라고 말했다.

가버려, 그는 상대방에게 말했다. 그녀가 우릴 본다면 내가 나고 네가 너인 걸 잊고 우릴 둘 다 전직 학생으로 생각할 거야.

그는 나이가 더 많은 전직 학생이었다. 그는 전쟁에서 싸웠고 다른 일을 하고 싶어서 재입대하지 않았다. 그는 한쪽 귀가 들리지 않았다.

다른 전직 학생은 젊지만 유럽에 다녀왔다.

사실 여자는 가로등 불빛 아래를 오락가락하며 창문 너머로 그들을 보았는데, 그들이 어쩔 수 없는 한 명의 전직 학생일지라도 여자의 마음속에서는 각자 혼자서 온전한 자신으로 있을 때보다 두 명의 전직 학생으로 존재할 때가 더 많았다.

꿈

작은 초콜릿 상자에 대한 소소한 이야기

그해 가을 몹시 친절한 남자가 빈을 방문한 여자에게 작은 초콜릿 상자 선물을 주었다. 상자는 여자의 손바닥 위에 올려놓을 수 있을 만큼 아주 작았지만, 기적처럼 그 안에 전부 다른 32개의 작고 완벽한 초콜릿이 16개씩 두 줄로 들어 있었다.

여자는 초콜릿을 하나도 먹지 않고 빈에서 집으로 가져갔다. 여자는 여행 중 생긴 음식은 언제나 집에 가져갔다. 남편에게 보여주고 싶고 남편과 나눠 먹고 싶었다. 그러나 상자를 열어보고 두 사람 모두 초콜릿에 감탄한 다음 여자는 초콜릿을 남편에게 하나도 주지 않고 상자를 다시 닫고는 개인 작업실에 가지고 갔다. 여자는 거기 초콜릿 상자를 놔두고 가끔 바라보았다.

여자는 다음 수업에 갈 때 학생들과 나눠 먹어야겠다고 생각했지만, 가져가지 않았다.

여자는 상자를 열지 않았고 남편도 초콜릿에 관해 묻지 않았다. 여자는 남편이 초콜릿에 관해 잊었다는 사실을 믿을 수가 없었다. 여자 자신은 초콜릿을 자주 생각했고 상자를 자주 바라보았다. 하지만 2주가 지나자 여자는 남편이 초콜릿을 정말로 잊었다고 믿어야 했다.

여자는 초콜릿을 매일 하나씩 먹을 생각이었지만, 특별한 계기 없이 먹고 싶지는 않았다.

여자는 31명의 친구들과 초콜릿을 나눌 생각을 했지만, 언제 시작할지 결정하지 못했다.

마침내 학기 말이자 마지막 수업 일이 다가오자 여자는 초콜릿을 가져가 나눠 먹기로 했다. 그 친절한 남자가 빈에서 초콜릿을 준 지도 4주나 지나서 혹시 초콜릿이 상했을까 걱정했지만, 어쨌든 고무줄로 상자를 묶어서 가져갔다.

여자는 학생들에게 이렇게 작은 초콜릿 상자를 31명의 친구들과 나눌 수 있다니 정말 놀랍다고 말했다. 학생들이 웃을 거라고 생각했지만 웃지 않았다. 어쩌면 웃는 게 예의인지 아닌지 확신할 수 없었을 수도 있고, 여자의 말이 웃기지 않았을 수도 있다. 여자는 언제나 학생들의 반응을 예측할 수 없었다. 여자는 자기 말이 웃기거나 적어도 흥미롭다고 생각했다.

여자는 상자 뚜껑을 열고 가장 가까운 학생에게 내밀었다. 여자가 초콜릿을 구경하라고 학생들을 불러 모았다.

"우리도 먹어도 되나요?" 상자를 든 학생이 말했다. "아니면 그냥 보기만 하나요?" 학생은 농담했을 수도 있지만, 여자가 초콜릿을 나눠 먹을 거라고 분명히 말하지 않아서였을 수도 있다.

"당연히 여러분도 먹어야죠." 여자가 말했다.

"상자 뚜껑을 봐도 될까요?" 다른 학생이 물었다.

뚜껑도 초콜릿만큼이나 아름다웠다. 초록색이었고 주황색, 노란색, 검은색, 흰색, 금색의 중세 인물들과 건물들이 세밀하게 그려져 있었다. 작은 흰색 띠 안에는 속담처럼 보이는 검은 글씨가 독일어 고딕체로 쓰여 있었다. 라임을 맞춘 짧은 말이었는데 여자는 단어 몇 개만 알아볼 수 있었다. 한 속담은 해시계처럼 행동하라고 했다.

배고픈 학생들이 작은 초콜릿을 하나씩 가져갔다. 여자가 자세히 보지 않았기 때문에 어떤 학생은 안 가져가고 어떤 학생은 하나 이상 가져갔을 수도 있다. 여자는 초콜릿을 31명의 친구들과 나눌 계획이었지만, 이제 학생들이 지치고 배고픈 게 마음에 걸려 그냥 상자를 돌렸다. 캐나다에서 온 젊은 남학생이 책임지고 빈 종이 포장을 모아 교실 문 옆에 있는 휴지통으로 가져갔다.

수업이 끝나고 여자는 상자를 다시 고무줄로 감아 집으로 가져왔다.

그녀 자신은 아직 초콜릿을 먹지 않아서 너무 오래 기다린 건 아닌지 살짝 걱정이 됐다. 초콜릿은 상자 안에 얼마나 오래 보관할 수 있을까? 학생들이 먹은 초콜릿에서 퀴퀴한 맛이 났을까 걱정했다. 그런데 학생들 가운데 초콜릿 전문가는 단 한 명뿐이었다고 여자는 확신했다. 그 학생은 예의를 차리려고 아무 말도 하지 않았고, 어쩌면 여자가 빈에 다녀온 지 얼마나 오래되었는지 알고 초콜릿을 먹지 않았을지도 모른다.

이틀 후 여자는 가방이나 서류 가방에서 초콜릿 상자를 찾을 수 없어 잃어버렸다고 생각했다. 심지어 잠시 한 학생이 훔쳐갔을지도 모른다는 생각이 들기도 했다.

잠시 후 여자는 가방을 더 자세히 살펴보고 초콜릿 상자를 발견했다. 상자를 열고 숫자를 셌다. 32개 중 7개의 초콜릿이 남아 있었다. 25개를 먹은 것이다. 그러나 학생은 모두 11명뿐이었다.

여자는 상자를 다시 작업실에, 여자가 아주 좋아하는 오래된 멕시코 벤치 위에 올려두었다.

여자는 초콜릿을 하나 먹어도 괜찮을지, 괜찮다면 초콜릿을 혼자 먹을 분위기나 마음 상태는 어때야 하는지 궁금했다. 화나 울분이나 탐욕 때문에 초콜릿을 먹는 건 옳지 않아 보였고, 그저 쾌락을 향한 욕망이나 행복, 축하의 분위기 속에서 먹어야 할 것 같았다. 하지만 사람이 탐욕 때문에 혼자 초콜릿을 먹었다 해도 그 초콜릿이 아주 작다면 덜 잘못된 걸까?

여자는 남은 초콜릿은 남과 나누고 싶지 않았다.

마침내 초콜릿 하나를 혼자서 먹었을 때 그 맛은 아주

근사하고 풍부하고 쌉쌀하고 달콤하면서 동시에 이상했다. 초콜릿 맛이 몇 분이 지나도록 계속 입안에 남았고, 결국 초콜릿을 하나 더 먹고 이 쾌락을 다시 반복하고 싶어졌다. 여자는 초콜릿이 사라질 때까지 매일 하나씩 먹기로 계획했다. 그러나 곧바로 하나를 더 먹었다. 세 번째 초콜릿을 먹고 싶었지만 그러지 않았다. 그다음 날 여자는 스스로 옳다고 생각하는 바를 거스르고 쾌락을 향한 욕망으로 초콜릿을 하나씩 연달아 두 개 먹었다. 그리고 그다음 날은 음식이 꼭 필요하지 않았는데도 막연하고 애매한 배고픔을 느끼고 초콜릿을 하나 더 먹었다.

초콜릿이 너무 맛있다는 걸 깨닫자 너무 오래 기다린 게 후회되었다. 하지만 여자에겐 판단할 자격이 없었고, 4주 후 먹는 초콜릿과 곧바로 먹는 초콜릿의 맛 차이가 하나 있다 해도 여자가 전문가라고 믿는 그 학생처럼 전문가는 지각할 수 있을지 몰라도 여자는 지각할 수가 없었다.

그래서 여자는 초콜릿 전문가인 그 학생에게 이 도시에서 최고의 초콜릿을 살 수 있는 곳이 어디냐고 물었다. 학생은 최고의 초콜릿 가게를 알려주었고 여자는 친절한 남자가 빈에서 주었던 것과 같은 작은 초콜릿을 찾을 수 있길 바라며 그 가게에 갔다. 그러나 그 가게에는 전형적인 크기의 더 큰 초콜릿만 있었고, 그것도 나름대로 좋았지만 여자가 원하는 초콜릿은 없었다.

여자는 더 큰 초콜릿은 먹고 싶지 않았다. 처음으로 아주 작은 초콜릿을 경험했으므로 이제 그게 여자가 선호하는 초콜릿이 되었다.

여자는 몇 달 전 오랫동안 알고 지낸 다소 엄격한 벨기에 여성의 코네티컷 집에서 초콜릿을 대접받았다. 여자가 보기에도 좋은 초콜릿이었지만 조금 컸고, 어쨌든 빨리 먹기엔 너무 컸다. 여자는 초콜릿을 여러 입 나눠 먹었고 한 입 한 입 즐겼지만 누가 권한다면 하나 더 먹고 싶지는 않았다. 그 자리에 있었던 다른 사람들이 그 모습을 이상하게 생각했고 벨기에 여성은 여자를 보고 웃었다.

비행기 옆자리 여자

비행기 옆자리 여자가 비행 도중《빠르고 쉬운 십자말풀이》라는 책으로 빠르고 쉬운 십자말풀이를 많이 한다. 나는 느리고 어려운 혹은 불가능한 십자말풀이만 가지고 있다. 여자는 풀이 하나를 마칠 때마다 페이지를 넘겼고, 우리는 최고 속도로 하늘을 날고 있다. 나는 페이지 하나를 물끄러미 볼 뿐 하나도 끝내지 못한다.

글쓰기

인생이 너무 심각해서 글을 계속 쓸 수 없다. 한때 인생은 더 쉬웠고, 종종 즐거웠고, 그래서 글쓰기 역시 심각해 보이기는 했지만 즐거웠다. 지금 인생은 쉽지 않고, 너무 심각해졌으며, 그에 비해 글쓰기가 조금 우습게 보인다. 글쓰기는 현실을 주제로 하지 않을 때가 많고, 현실을 주제로 하더라도 동시에 현실의 일부를 대체할 때가 많다. 또한 글쓰기는 삶을 감당할 수 없는 사람들에 관한 것이기도 한데, 지금은 내가 그런 사람 중 하나가 되고 말았다. 나는 그런 사람 중 하나다. 그러니 나는 삶을 감당할 수 없는 사람들에 관해 글을 쓰는 대신 그냥 글쓰기를 중단하고 삶을 감당하는 법을 배워야 한다. 그리고 인생 자체에 집중해야 한다. 더 이상 글을 쓰지 않아야 더 똑똑해질 것이다. 대신 해야 할 다른 일들이 있다.

극장에서 쓰는 "고마워요"의 잘못된 사례

관객들이 입장하는 동안 극장 뒤쪽에서 어떤 여자가 같은 열에 있는 자기 자리로 갈 수 있게 나는 자리에서 일어난다.
"고마워요." 여자가 말한다.
"아, 네!" 나는 알았다는 뜻으로 말한다.
하지만 나의 오해다. 여자는 내게 고마워한 게 아니라 몇 걸음 떨어진 곳에 서 있는 안내원에게 고마워했다.
"아뇨, 저분 말이에요." 여자가 내 쪽을 보지도 않고 말한다.
여자는 굳이 사실을 분명히 하고 싶어 했다.

수탉

오늘 팜 앤드 컨트리 식품점 주인 사프완 집에 조문을 하러 갔다. 그의 수탉이 지난주 거리에서 죽었기 때문이다. 먼저 식품점 건너편에 있는 사프완의 집에 들렀는데, 거기 암탉 수 마리와 수탉 세 마리가 있었지만, 죽은 수탉은 그중 하나가 아니었다. 나는 아주 잠깐 사프완과 대화를 나누었다. 그는 다른 수탉을 들이지는 않을 거라고, 도로가 너무 위험하다고 말했다. 그의 수탉은 집 뒷마당에 있지 않고 종종 도로로 나가 부스러기를 쪼아 먹고 다녔는데, 그건 옆집 마당에서 키우는 개가 너무 무서웠기 때문이라고 했다.

조문을 마친 후 도로 가장자리에서 그 수탉의 기름기 도는 녹색 깃털 두 개를 유품으로 주웠다. 나는 친구 레이철에게 온종일 규칙적으로 울어 나를 행복하게 해주었던 사프완의 수탉이 죽어 슬프다는 메시지를 보냈다. 그 울음소리를 들을 때마다 내가 정말로 시골에 살고 있다고, 적어도 지난번 집보다는 훨씬 더 시골이라고 느꼈다.

언제나 머릿속에 시구를 많이 넣어 다니는 레이철이 답

장으로 엘리자베스 비숍의 시구를 보내주었다. "오, 어쩌자고 암탉은 / 웨스트 4번가에서 / 차에 치었을까?" 차에 치인 암탉은 물론이고 웨스트 4번가에 사는 암탉을 상상하기도 어려웠지만, 나는 이 시구가 좋았다. 나중에 은둔자와 철로에 관한 어느 시에서 암탉에 관해 쓴 엘리자베스 비숍의 다른 시구를 발견했다. "애완용 암탉은 칙칙 하고 울었다." 내게 '칙칙'은 암탉보다는 기차 소리처럼 들렸다.

나중에 그날의 사고를 목격한 다른 이웃을 만났다. 그들은 밴을 타고 식료품점으로 향하는 중에 눈앞 도로에서 그 수탉을 보았다고 했다. 동시에 도로 반대 방향에서 트랙터 트레일러가 북쪽의 식료품점을 향해 다가오고 있었다. 수탉은 밴을 피하려고 서둘러 달아나다가 트랙터 트레일러를 향해 곧바로 뛰어들었다. 이웃은 그 이야기를 웃으며 들려주었다. 그들은 충돌의 폭력성과 새가 트럭 앞부분에 부딪혔다가 사방으로 깃털을 날리며 공중에서 폭발하는 모습을 재미있어 하는 것 같았다.

며칠 후 수탉이 먼 도로까지 나가 돌아다녔던 또 다른 이유가 있지 않았을까 하는 생각이 들었다. 수탉은 사프완이 소유한 유일한 새였다. 수탉은 어쩌면 암탉과 수탉이 작은 무리를 이루어 사는 이웃집 닭장에 놀러 가고 싶어서 도로를 건넜을지도 모른다. 수탉은 그 닭들에게 관심이 있었고, 울타리 너머로 그들을 바라보기를 즐겼으며, 심지어 다른 수탉에게 도전할 생각이었을지도 모른다. 가금류 기르는 법에 관한 책을 읽다가 이런 사실을 깨달았다. 암탉과 수탉은 사교적인 동물이고 무리를 이루어 사는 쪽을 선호한다고 책에 쓰여 있었다. 병아리를 살 생각이라면 반드시 최소 다섯 마리는 사야 한다.

내 어린 친구와 나란히 앉아

집 앞 계단 햇볕 아래 내 어린 친구와 나란히 앉아
나는 블랑쇼를 읽고
친구는 제 다리를 핥는다.

늙은 군인

플로베르 이야기

며칠 전 나와 상관없는 일이기는 하지만, 감동적인 장면을 보았어. 우리는 여기서 3마일 떨어진 라세이 성 유적지에 있었어. (이 지역에서 해수욕을 하고 싶어 한 뒤바리 부인을 위해 6주일 만에 지은 성이야.) 큼직한 루이 15세식 계단과 창틀 없는 창문 몇 개, 벽을 제외하고 남은 게 없었는데, 바람이… 바람이 있었어! 성은 바다가 보이는 고원 위에 있거든. 그 옆에 농부의 오두막이 있고. 우리는 릴린에게 줄 우유를 사러 안으로 들어갔어. 릴린이 목이 마르다고 했거든. 작은 정원에는 처마에 닿을 만큼 높이 자란 사랑스러운 접시꽃이 늘어서 있고, 콩 몇 줄, 그리고 더러운 물이 가득한 주전자 하나가 있었어. 근처에서 돼지가 꿀꿀거렸고 저 멀리 울타리 없는 들판에서 망아지들이 바닷바람에 풍성한 갈기를 나부끼며 풀을 뜯고 힝힝거렸지.

오두막 벽에 황제와 바딩게*의 초상화가 걸려 있었어! 나는 뭔가 농담을 하려고 했는데, 그때 난로 옆 구석에 앉은 여윈 노인이 보였어. 노인은 한 2주일은 기른 것 같은 턱수염을 하고 반 마비 상태로 앉아 있었는데, 그의 안락

의자 위로 황금 견장 두 개가 걸린 게 보였어! 가여운 노인은 너무 허약해 숟가락도 제대로 들지 못했어. 아무도 그에게 관심을 보이지 않았지. 그는 거기 앉아 접시의 콩을 먹으며, 신음하고, 사색했어. 햇빛이 창문을 타고 넘어와 양동이 둘레 철 띠에 반사되자 노인이 눈을 갸름하게 떴어. 고양이가 바닥에 놓인 냄비에서 우유를 핥았어. 그게 전부야. 멀리서 희미하게 바다의 소리가 들려왔지.

나는 영원히 반쯤 잠든 노인을 보고(계속해서 다른 잠으로 넘어가며 생에서 무의 상태로 전이 중인) 이 사람은 당연히 러시아의 눈밭이나 이집트의 사막을 다시 보고 있겠구나 생각했어. 저 흐릿한 눈앞에 어떤 장면들이 떠다니고 있을까? 그리고 그는 어떤 옷을 입고 있을까? 천을 덧대어 기웠지만 깨끗한 재킷이겠지! 우리를 대접한 여성은 (아마 노인의 딸일 거야) 루이 15세 궁전의 난간 기둥처럼 생긴 종아리 위로 짧은 치마를 입고 머리에는 면 모자를 쓴 쉰 살의 수다쟁이였어. 여자는 파란색 스타킹과 조악한 치마를 입고 왔다 갔다 했는데, 그 모든 풍경 사이로 삼각 모자를 손에 들고 노란색 말에 올라탄 위풍당당한

---

* 루이 나폴레옹이라고 불린 나폴레옹 3세는 쿠데타 시도에 실패하고 요새에 갇혀 있다가 바댕게라는 이름의 석공과 옷을 바꿔 입고 탈출에 성공한 후로 정적들에게 바댕게라고 불렸다.

바딩게가 의족을 하고 반듯하게 정렬해 있는 부상병들에게 경례를 하고 있었어.

지난번 알프레드와 라세이 성을 방문했을 때의 일이야. 지금도 우리가 나눈 대화, 우리가 암송한 시구, 우리가 짠 계획이… 기억나.

두 명의 슬라이고 젊은이

두 명의 슬라이고* 젊은이가 지평선 너머로 어른거리는 거대한 공장에 일하러 간다. 그런데 갑자기 타원형 호를 그리며 회전하는 자동차들로 이루어진 박람회장 탈것 속으로 빨려 들어가고, 어느새 내 머리 위 높은 곳의 점으로만 보인다. 그들은 몇 번이나 반복해 회전하면서 나에게 불규칙한 간격으로 "안녕, 안녕"이라고 외친다. 이윽고 탈것이 사라지는데, 그들은 여전히 그 자리에서 회전하고 있다. 어쩌면 그건 갈매기들일지도 모른다.

꿈

* 아일랜드 북서부의 주이자 주도이다. 예이츠가 유년을 보냈고 그의 이상향이었던 이니스프리의 호수섬이 있는 곳이기도 하다.

붉은 옷을 입은 여자

내 근처에 검붉은 드레스를 입은 키 큰 여자가 서 있다. 여자는 멍하고 얼굴에 표정이 거의 없다. 어쩌면 약에 취했거나 그저 습관적인 표정일지도 모른다. 나는 여자가 조금 무섭다. 내 앞에서 붉은 뱀 한 마리가 솟구쳐 나를 위협하는 동시에 한두 차례 변신하더니 오징어처럼 촉수가 돋아난다. 그 뒤쪽 넓은 길 한가운데에 커다란 물웅덩이가 있다. 뱀으로부터 나를 지켜주기 위해 붉은 드레스를 입은 여자가 물웅덩이 수면에 테두리가 널찍한 붉은 모자 세 개를 내려놓는다.

꿈

만약 결혼식에서 (동물원에서)

결혼식 가는 길에 검은 돼지 우리를 보려고 걸음을 멈추지 않았더라면, 아주 커다란 돼지가 여물통에서 떨어지라고 더 작은 돼지에게 달려드는 모습을 보지 못했을 것이다.

일찍 도착해 식이 시작되길 기다리며 햇볕 속 정자 지붕 아래 벤치에 앉아 있지 않았더라면, 우리는 탈주한 조랑말이 밧줄을 질질 끌며 달아나는 모습을 보지 못했을 것이다.

식이 시작되기 전 차가운 햇볕 속 정자 지붕 아래 벤치에서 이웃들이 갑자기 웅성거리는 소리를 듣지 못했다면, 우리는 저 멀리서 밝은 초록색 드레스를 입은 신부가 어머니와 손을 잡고 성큼성큼 씩씩하게 걸어오는 모습을 보지 못했을 것이다.

결혼식에서 제 역할을 해낼 준비를 하고 우리 앞에 선 사람들을 목을 빼고 둘러보지 않았더라면, 우리는 신부와 신부 어머니가 고개를 숙이고, 마치 그 자리에 다른 사람이 없는 것처럼 둘 다 정자도, 하객들도, 삼각대 위에 설치한 카메라도, 결혼식도, 신부를 기다리며 서 있는 미래의 남편도 절대로 쳐다보지 않고, 신부 어머니가 신부에게 뭔가 심각하게 말하는 장면을 보지 못했을 것이다.

결혼하는 부부가 불교 신자 친구 앞에 서서 뭔가를 진행하고 그동안 다른 친구들과 가족이 인도어와 다른 언어로 기도문을 암송하는 사이 우리가 그 장면에서 고개를 돌리지 않았더라면, 우리는 호기심 어린 시선으로 이쪽을 바라보며 정자를 지나 옥수수밭 미로를 오가는 하시드파 유대인과 아시아인 가족들을 보지 못했을 것이다.

우리가 피로연이 시작되는 방을 가로지르며 여성과 남성으로 이루어진 두 명의 아코디언 연주자를 지나치다가 뒤쪽 창문으로 추운 10월의 늦은 오후 햇살 속에서 클레즈머 음악*에 맞춰 결혼식 사진을 찍는 모습을 보지 않았더라면, 우리는 두 농부 가족이 숲속 쉼터를 향해 호박밭 이랑을 따라 달려가는 모습을 보지 못했을 것이다.

* 동유럽에서 기원한 유대인 전통 음악.

피로연장을 가로질러 뒤 창문 쪽 낯선 사람들 옆에 서지 않았더라면, 우리는 저물어가는 해를 향해 얼굴을 들고 추위 속에 서로를 끌어안고 웃다가 촬영 중에 자세와 위치를 바꿀라치면 비틀거리기도 하는 결혼식 사진 찍는 모습을 보지 못했을 것이고, 배경음악으로 아코디언 소리가 들려와 그 장면이 갑자기 행복한 이탈리아 영화의 엔딩처럼 느껴지는 일도 없었을 것이다.

피로연이 어느 정도 진행되어 방 안 깊숙한 곳에서 축하 연설이 끝나고 아는 사람들 가까이 그러나 건너편에는 모르는 사람들과 앉아서 만찬을 다 먹은 다음, 다시 뒤쪽 창문 너머를 보지 않았다면, 우리는 나무 아래 갈색 암소 한 마리가 코끝을 치켜들고 뿔로 허공을 치받다가 하늘을 보고 되새김질하는 모습을 보지 못했을 것이다.

날이 저문 후 조명이 켜지고 음악과 춤이 시작되기 전 잠시 피로연장을 떠나지 않았더라면, 우리는 나뭇가지에 앉은 검고 둥근 것들, 즉 잠자리에 든 닭들을 보지 못했을 것이다.

금광지의 금광꾼

그곳은 금광지라고 부르는 유령 마을로, 판자로 막아놓은 술집들이 있고 인구는 백 명이었다. 우물마다 비소로 오염되었는데, 지금까지 그대로다. 짐의 새어머니는 암에 걸렸고, 아마도 우물의 비소 때문일 것이다. 짐의 아버지는 아내의 치료비를 마련하려고 수집한 동전을 한번에 조금씩 내다 팔았다. 아내의 병세가 악화했고 결국 암병원에 데려갔지만, 그땐 이미 너무 늦었다. 아내는 죽었다.

2주일 후 짐은 아버지에 관한 전갈을 받는데, 의학적인 응급 상황이니 지금 당장 오라는 내용이었다. 우리는 36시간을 내리 운전했다. 그러나 우리가 도착할 무렵 그 역시 죽었다.

그때는 가족 상을 치르러 가는 사람들을 위한 특별 배려 항공료 지원이 있다는 것을 몰랐다. 그 소식을 들었을 때 우리는 이미 다섯 개 주를 가로질러 운전했다. 우리는 벌써 이만큼이나 왔고 아직도 운전 중인데, 하고 짐이 말했다.

짐은 스물네 시간 후 잠들었고, 내게 운전대를 넘겼다. 그러나 자동차 안에서는 잠을 잘 수가 없어 결국 세 시간

후에 짐이 다시 운전했다. 알리스가 계속 집으로 오라고 문자를 보냈다. 나는 아이에게 숙제하라고, 걱정하지 말라고 했다. 아이는 우리가 얼마나 멀리까지 왔는지 몰랐다.

거기 어디야? 아이는 계속 말했다. 아이는 우리가 뉴저지에 있다고 생각했다. 어디야? 네바다? 아이는 계속 물었다.

가서 지도를 가져오렴, 내가 말했다.

도착하면 무엇을 보게 될지 우리는 몰랐다.

내가 금광꾼이라고 부르는 짐의 누이 리사는 어떤 동전들이 남았는지 전부 확인했고, 아버지를 살펴드릴 명목으로 더 많은 돈을 원했다. 리사는 아버지를 묻을 돈이 없다고 했다. 아버지를 화장하려면 세금을 내야 한다고도 했다.

우리가 도착했을 때 집 안 곳곳에서 계속 동전이 발견되었다. 동전 더미였다. 금광꾼 리사는 찾지 못했다. 리사는 어딜 찾아야 하는지 몰랐다. 하지만 리사는 우리가 도착하기 전 집 안의 총을 모두 가져갔다.

유언집행자인 짐의 또 다른 누이가 (뉴저지에서) 우리에게 서류를 떼어오라고 말했다. 짐은 할 수 없었고, 하지도 않을 작정이었다. 그는 그냥 아버지 침실로 가 거기 앉아 있으려고 했다. 그게 짐이 할 수 있는 전부였다. 그 일은 내가 했다. 나는 짐의 아버지를 알았지만 그렇게 친하지는 않았다. 내가 모든 서류를 구하고 분류해 일 년 단위 파일로 만들었다.

나는 리사에게 정신과 상담을 받아야 한다고 말했다. 아버지와 그토록 가깝게 지냈는데 원하는 게 수집한 동전뿐이라고? 그럼 아버지가 죽기 전에 가져가지 그랬어?

리사는 자기가 아버지를 보살폈으니 유산을 더 많이 가져야 한다고 생각했다. 그건 유언장에 없는 내용이었다.

우리는 또 36시간을 내리 운전해 집으로 돌아갔다. 가는 길에 사슴을 친 게 짐에게는 최후의 일격이 되었다. 그는 그 일에 관해 욕설을 퍼부었다.

유언집행자인 또 다른 누이는 우리더러 뉴저지로 오라고 했다. 짐은 계속 싫다고, 집으로 돌아가고 싶다고 말했다. 그 누이는 계속 오라고 했다. 결국 짐은 그러겠다고 했다. 펜실베이니아에서 뉴저지 쪽으로 들어서는 갈림길에서 짐이 사슴을 쳤다. 렌터카였기 때문에 우리는 신고서를 제출할 수 있도록 경찰이 올 때까지 그 자리에서 기다려야 했다. 헤드라이트 하나가 깨졌다. 수리 비용으로 1천 달러가 들었다. 공제금이 1천 달러였기 때문에 보험으로 처리할 수 없었다.

짐이 갖고 싶었던 것은 기억을 떠올려줄 벨트 버클이었다. 은제 벨트 버클. 나는 금광꾼 누이에게 꼭 정신과 상담을 받으라고 말했다.

짐의 아버지 집에는 냉수기가 있었다. 나는 그 집에 왜 냉수기가 있는지 늘 궁금했다. 지금은 그 이유를 안다.

낡은 진공청소기가 계속 눈앞에서 죽자

낡은 진공청소기가 계속 눈앞에서 죽는데
몇 번이나 되풀이되자
마침내 청소하는 여자가
버럭 고함을 지르며 청소기를 겁준다.
"개새끼야!"

플로베르와 관점

여우 사냥철 개막일이자 사냥개 축복의 날인 어느 토요일 (빨간색 승마복을 갖춰 입은 여자들과 남자들이 매끈하게 단장한 커다란 말 위에 앉거나 옆에서 말굴레를 잡고 있고, 어린 소녀는 말보다는 자기만큼 키가 작아 커다란 말들 배 밑으로 지나갈 수 있을 정도인 길 건너 친구에게 더 관심이 많으며, 시골 가게 밑으로 흘러가는 개울에서 이따금 조용히 꽥꽥거리는 오리나 거위 소리가 들려오고, 이토록 혼잡한 시골 광장에 가끔 자동차가 다가왔다가 최선을 다해 돌아가고, 퍼그 두 마리를 끌고 온 노부인은 개들에게 사냥개 축복의 날 행사를 보여주러 왔다고 말하며, 구경꾼들은 쌀쌀한 이른 아침 대기에 김이 피어오르는 커피 컵을 들고 있고, 사냥개 무리는 긴 채찍을 든 조련사 손에 단단히 통제된 상태로 도로를 돌아다니고, 사냥개 주인이 연설 도중 고개를 숙이고 잠시 침묵할 때마다 오리나 거위가 꽥꽥거리는 소리가 들려오는 그런 날에) 나는 마침내 독보적인 관점에 관한 플로베르의 교훈을 떠올리는데, 그것은 자기 친구인 또 다른 어린 소녀에게 주로 관심이 있는 어린 소녀 때문이 아니고, 아래쪽 개울에서 꽥꽥 소리를 내게 만드는 것에만 관심이 있는 오리나 거위 때문도 아니며, 바로 땅 위 특정 지점에 닿으려면 목줄이 팽팽하게 당겨지는데, 관심 대상이 말도, 기수도, 사냥개 주인의 연설도, 사냥개도, 오리나 거위의 꽥꽥 소리도 아니고, 오직 흥분한 말의 입에서 근처 검은색 포장도로 위로 떨어져 너무 낯설고 너무 향기로운 냄새를 풍기는 누런 기운이 도는 흰색 거품 덩어리인 두 마리 퍼그 때문이었다.

가족 쇼핑

통통하고 예쁜 여동생이 가게 밖으로 달려 나간다. 마른 언니가 그 애 뒤를 쫓아 달린다. 예쁜 동생은 치즈 트위스트 봉지를 들고 있다. 그 애는 마른 언니더러 돈을 내게 했다.

"그거 내놔!" 언니가 말한다. "네 목을 비틀어버릴 거야."

지역 신문 부고란

헬렌은 오래오래 산책하기, 정원 가꾸기, 손주들을 사랑했다.

리처드는 자기 사업체를 설립했다.

애나는 나중에 가족 농장일을 거들었다.

로버트는 자기 집을 아꼈다.

앨프리드는 절친을 아꼈는데, 그의 고양이 두 마리였다.

헨리는 목공예를 즐겼다.

에드는 삶을 사랑했고 온전히 누렸다.

존은 낚시와 목공예를 즐겼다.

・

'투틀스'는 온갖 종류의 퍼즐과 남편이 만든 물건에 색칠하기, 컴퓨터로 가족과 친구들과 연락하기를 즐겼다.

태미는 독서와 볼링을 즐겼다. 태미는 바비큐 레크리에이션 레인스 팀의 혼합 리그에서 볼링을 했다.

마거릿은 나스카(미국 개조차 경주대회) 보기와 십자말풀이, 손주들과 함께하기를 즐겼다.

에바는 열혈 원예가이자 탐조가였고 독서와 시 쓰기를 즐겼다. 오락을 사랑했다.

매들린은 광범위하게 여행했다. 그림, 도예, 브리지 게임, 골프, 카드 게임, 낱말 찾기 퍼즐, 원예, 동전과 우표 수집, 꽃꽂이를 즐겼다. 친구들과 함께 야영하기, 메인 거리에 있는 본가 방문하기를 모두 사랑했다.

앨버트는 동물을 사랑했다.

특수교육 보조 교사 진은 코바늘과 대바늘 뜨개질을 좋아했다.

해럴드는 사냥, 낚시, 캠핑, 가족과 보내는 시간을 즐겼다.

●

샬럿은 퀼트 만들기에 열심이었고 또한 태버턴의 자기 농장에서 블루베리 따기를 사랑했다.

앨빈은 솜씨 좋은 장인이자 원예가였다. 또한 열혈 스포츠맨이었고 송어 낚시, 얼음낚시, 뇌조와 사슴 사냥을 즐겼다. 그는 목도리뇌조 협회 회원이었다.

리처드는 좋아하는 취미인 낚시와 보트 타기를 즐겼고 후크 보트 클럽의 30년 회원이었다.

80세의 건설업자 스벤은 프리랜서 및 공인 석공협회, 노르딕 글리 클럽, 미국 스웨덴 가수 조합 회원이었다. 여행과 사냥, 골프, 파티 열기를 좋아했다. 작업장에서 뭔가를 만드는 모습이 가장 많이 눈에 띄었다.

스펜서는 말년을 우유 짜기와 토지 경작에 바쳤다. 언제나 뜨거운 여름날 갓 자른 건초 냄새를 좋아했다. 동물을 사랑해 헛간에서 살 수 있을 것 같았다. 늘 이웃이 전부 농부이고 서로 일손을 거들었던 옛 시절 이야기를 했다. 함께 일한 아들들과 조카들은 그보다 스무 살에서 서른 살 정도 더 어리지만 그의 속도를 따라가지 못했다. 농장이 팔린 후에도 그 농장에서 트랙터 작업을 계속하며 충만한 삶을 살았다.

또 가을철 풋볼 경기 관람을 즐겼고 언제나 조 몬태나가 최고의 QB라고 말했다.

말년에는 형제 해럴드와 규칙적으로 스튜어트의 집을 방문해 사람들을 만났다. 말주변이 좋아서 아는 사람이나 모르는 사람과도 한 시간은 족히 대화를 나누곤 했다.

•

70세 헬레나는 긴 산책을 좋아했다.

브라운 부인은 32년 동안 등록 간호사였다. 간호 분야를 아주 좋아했다.

록사나는 골프와 볼링에 열심이었고 코바늘뜨기와 유채화, 수채화 그리기를 사랑했다.

프레더릭은 10년 동안 반달 술집의 주인이었고 엘크스 로지의 회원이었는데, 그곳에서 일 년 동안 고귀한 통치자로 일했다.

91세 벤저민은 2차 세계대전 참전 용사이자 벽돌공이었다.

93세 제시는 젊은 시절 지역 공장들에서 일했다. 원예와 볼링을 즐겼다.

51세 앤은 낚시와 원예를 즐겼다.

엘리너는 27년 동안 댄디 세탁소에서 일했고 지역 가정에서 가사노동을 했다.

딕은 그의 집과 마당, 자동차들을 아주 꼼꼼하게 관리했다.

●

'베티'로 알려진 엘리자베스는 경력 초기 전쟁에서 돌아온 군인들과 자유롭게 지냈다. 함께 춤을 추고 탁구를 치고 대화를 나눴다. 교회 성가대에서 노래했고 잠시 교회 회계원으로 봉사했다.

로라는 카드놀이, 퍼즐 풀기, 여행을 즐겼다.

제프리는 골프와 가족 농장에서 일하기를 즐겼다.

스텔라는 고양이 사랑으로 유명했다.

100세 매리언은 평생 주부였다. 시니어 센터에서 카드놀이를 즐겼고 콜로라도로 수많은 여행을 다녀왔다. 언제나 사람들의 장점을 찾아냈다.

79세 넬리는 전 스노화이트 세탁소에서 일했다. 빙고 놀이, 직소 퍼즐, 가족과 함께 시간 보내기를 즐겼다. 오빠 한 명, 자매 여덟 명, 그리고 양육을 도왔던 한 남자아이를 먼저 보냈다.

73세 존은 그래프턴에서 운전 중 갑자기 사망했다. 그는 농장일을 즐겼던 열혈 사냥꾼이었다.

90세 클라이드는 2차 세계대전 중 해군으로 복무했고 직업은 정육업자였다. 미국재향군인회와 스티븐타운 소방대, 타마락 트월러스 댄스 클럽, 쿼드릴 스퀘어 댄스 클럽,

올버니 카메라 클럽 회원이었다.

안타깝게도 메리 엘런은 아들 제임스와 여동생 테레사, 동료 리치, 오빠 해럴드를 남기고 떠났다. 아는 사람은 누구나 티거를 향한 메리의 사랑을 알았다.

81세 엘바는 노스 피터스버그의 방 두 개짜리 교사에서 일했다.

87세 이블린은 메넌즈의 몽고메리 병원에서 일했고 크룩드 레이크 호텔에서 웨이트리스로 일했다. 사라토가에서 말타기를 즐겼고 노래와 춤을 사랑했다. 인생 초반에는 피들 레스토랑에서 빌리 나소와 짝을 이루어 '더 캣'으로 공연했다.

린다 앤은 고양이 세이블과 개 삭스를 남기고 떠났다. 수집한 책, 특히 좋아하는 작가 노라 로버츠의 책과 직접 수놓아 가족과 친구들에게 선물한 베갯잇으로 기억될 것이다. 또 광범위하게 수집한 작은 코끼리 조각상으로도 기억될 것이다.

86세 버니는 더비 클럽, 후시크 폴스 소방단, 후시크 폴스

구조대, 키와니스, 해외 전쟁 참전군인회, 콜럼버스 기사단, 파이어니어 피시 앤드 게임 클럽, 후트 앤드 홀러 클럽의 회원이었다. 낚시와 사냥, 원예, 양봉에 관심이 있었다.

•

83세 로버트는 '낸시'로 알려진 아내 앤을 먼저 떠나보냈다. 미 해군에서 3등 하사관으로 복무했고 빅토리 훈장을 받았다.

88세 앨빈은 낚시, 그림, 원예, 요리, 양키스 경기 관람을 좋아했다.

78세 폴은 카운티 고속도로에서 일했고 유명한 카이저 소프트볼 팀의 회원이었다. 누이 베이브와 볼링하기, 지터벅 춤을 사랑했다.

99세 버지니아는 할머니이자 교회 신도였다.

81세 로버트는 그랜드 유니언의 저녁 시간 담당 매니저였다.

95세 이저벨은 어머니이자 할머니였다.

도널드는 모두에게 영감을 주었다.

72세 제럴드는 요리사이자 상담가로 수년간 이삿짐 운송업자로 일했고, 박람회 가기, 시골 도로 돌아다니기, '버몬트에 관해서라면 뭐든지', 그리고 산타클로스 역할을 사랑했다.

79세 프랜시스는 한국전쟁 참전 군인이자 토양 전문가였고 시추 감독관으로 은퇴했다. 열혈 스포츠맨에 상식 퀴즈 명수였다. 미국재향군인회, 킨더후크 엘크스 로지, 해외전쟁 참전군인회, 틴캔 세일러스 미국 구축함 참전군인협회, 파이브 타운스 남성 클럽, 세인츠 소셜 클럽, 로메오스의 회원이었다. 그의 재빠른 재치와 편안한 미소, 전설적인 팔자 콧수염이 몹시 그리울 것이다.

88세 마거릿은 교회 신도이자 양키스 팬이었고, 작고한 남편과 전국의 엔진 트랙터 전시회를 보러 여행 다니는 것을 사랑했다.

81세 베티는 비서였고 손주들과 보내는 시간을 즐겼다.

81세 윌리엄은 역사와 계보학에 열정이 있었다.

68세 고든은 열혈 사냥꾼으로 월요일 소방관의 집에서 평화롭게 눈을 감았다.

72세 로널드는 전직 소방대장으로 트럭 운전사로 은퇴했고 열혈 오리 사냥꾼이었다.

87세 엘런은 암트랙 스테이션 스낵바에서 자원봉사를 했다.

76세 조지프는 8월 26일 선선한 이른 아침 평화롭게 잠든 채 세상을 떠났다. 지역사회 최고의 배관공 장인이었고, 죽을 때까지 폴란드 스포츠맨 연맹의 적극적인 회원이었다. 아내와 가족을 사랑했다. 서른다섯 마리의 경주용 말들을 사랑했지만, 특히 올해 일찍 세상을 떠난 종마 브라이트 캣을 사랑했다.

95세 아이다는 친구들과 가족을 우선했다.

74세 존은 참전 군인으로 고속도로 관리청에서 일했다.

85세 루스는 열정적으로 동물을 사랑했고 야생동물을 관찰했다.

62세 앤은 고양잇과 동물, 특히 친구 데이지, 리겔, 그레이스, 루시, 셀레스트, 스모키에게서 기쁨을 찾았다.

85세 어니스트는 2차 세계대전 중 상선 선원이었고 적국 해역을 항해하기도 했다. 이후 용접공이자 수선공으로 일했고 은퇴 후에는 목공예를 즐겼다.

94세 에드윈은 딸 하나를 남겼다.

60세 다이앤은 뷰티 스쿨 졸업자이자 실내장식업자였다.

87세 제임스는 수년간 트로이의 엥워 화원에서 월계수 채집자로 일했다. 원예와 통조림 제조, 와인 제조, 그린 토마토나 사워크라우트 숙성시키기를 사랑했다.

83세 덜로리스는 재봉사로 유머 감각이 있었다. 초반에는 카딘 브라더스 포켓북 공장에서 일했다.

미국 인명 정보연구소 회장에게 보내는 편지

회장님께

 귀 편집 운영위원회가 선정한 2006년 올해의 여성 후보에 제가 올랐다는 소식을 듣고 기뻤습니다. 그러나 동시에 당혹스럽기도 했고요. 당신은 이 상이 또래에 '고귀한' 본보기가 된 여성들에게 주는 것이고, 이 상을 통해 그들의 성취가 '고취되기를' 바란다고 말했습니다. 또 저의 수상 자격을 검토하는 과정에서 75개국에 사는 1만 명의 '영향력 있는' 인물들로 구성된 자문위원회의 도움을 받았다고 했습니다. 그런데 이토록 방대한 검토를 해놓고서 당신은 사실관계의 기본적인 실수를 저지르고, 제 이름인 리디아 데이비스(Lydia Davis)가 아니라 리디아 댄지(Lydia Danj) 앞으로 편지를 썼습니다.

 물론 당신은 제 이름을 잘못 쓰지 않았고, 사실 리디아 댄지에게 상을 주려는 것일지도 모릅니다. 하지만 어느 쪽이든 이 실수는 귀 연구소의 세심함 부족을 보여줍니다. 이 실수를 1만 명이나 되는 인물이 참여했음에도 이 상이 바탕으로 삼는 조사에 별로 관심을 기울이지 않았다는 뜻으로 받아들여도 될까요? 이 실수는 상 자체에 대단한 의미를 부여하면 안 된다는 암시를 주기도 합니다. 게다가 당신은 제게 이번 후보 지명의 실질적인 증거로 미국 인명 정보연구소 국제 연구위원회가 수여하는 11×14인치 한정 서명본 '증명서'를 주문하라고 했습니다. 평범한 증명서는 195달러, 코팅한 증명서는 295달러라고요.

다시금 저는 당혹스럽습니다. 전에도 상을 받아본 적이 있지만, 비용 지불을 요구받은 적은 없습니다. 당신이 제 이름을 착각했고 또 수상에 드는 비용을 요구하는 걸 보면, 제게 진심으로 상을 주는 게 아니라 그저 195달러나 295달러를 내게 하려고 상을 주는 게 아닐까 의심이 듭니다. 그러나 그보다 훨씬 더 당혹스러운 점이 있습니다.

저는 진정 세계적인 성취를 거둔 여성이라면, 당신 표현으로 '역사에 남을' 성취를 거둔 여성이라면, 정말로 탁월하고, 당신이 말한 최고의 영광을 누릴 자격이 있으며, 무엇보다 아주 영리해서 당신이 보낸 이런 편지에 속지 않을 거라고 생각합니다. 하지만 당신의 명단은 뭔가를 성취한 여성들로 이뤄져 있지 않을까요? 어떤 성취도 하지 않은 여성은 자신의 성취가 '올해의 여성' 상을 받을 자격이 있다는 말을 확실히 믿지 않을 테니까요.

그렇다면 혹시 당신의 조사 결과 작성된 명단은 '올해의 여성' 상을 받을 자격이 있다고 믿을 만큼 성취를 이뤘으면서 이게 사업에 불과하고 진정한 영광은 개입되지 않는다는 사실을 알아볼 만큼 영리하지 못하거나 물정에 어두운 여성들로 채워졌습니까? 아니면 스스로 자격이 있다고 믿는 성취를 거두었고, 마음 깊은 곳에서는 당신이 오직 영리만 추구하고 있다는 걸 알 만큼 영리한데, 이 상을 받기 위해 평범한 것이든 코팅한 것이든 195달러나 295달러를 기꺼이 낼 마음이 있고, 어쩌면 그런 일이 아무 의미 없다는 사실을 스스로 인정하지 않는 여성들인가요?

당신의 조사 결과 저는 이 두 집단의 여성 중 하나로 식별되었을 것입니다. 귀 단체 같은 곳의 접촉에 쉽게 속아 넘어가는 여성 아니면 기꺼이 자신을 속이는 여성 중 하나일 텐데, 저는 후자가 더 나쁘다고 생각합니다. 그런 사실이 유감스럽고, 이 일이 저에 관해 암시하는 바가 뭔지 계속 의문을 품게 됩니다. 그러나 한편으로 저는 이 두 집단 중 어디에도 속하지 않는다고 생각하기 때문에 이번 일은 그저 당신의 조사가 제대로 이루어지지 않았고, 리디아 데이비스든 리디아 댄지든 당신의 목록에 저를 포함시킨 것이 실수였다는 증거에 더 가까울 것입니다. 이에 관한 당신의 생각을 들려주시길 고대하고 있겠습니다.

진심을 담아.

낸시 브라운이 마을에 온다

낸시 브라운이 마을에 온다. 낸시는 물건을 팔려고 온다. 낸시 브라운은 멀리 이사를 간다. 그는 자신의 퀸사이즈 매트리스를 팔고 싶어 한다.

우리는 그의 퀸사이즈 매트리스를 원하는가? 우리는 그의 오토만 의자를 원하는가? 우리는 그의 목욕 용품을 원하는가?

낸시 브라운에게 작별 인사를 할 시간이다.

우리는 그와의 우정을 즐겼다. 우리는 그의 테니스 수업을 즐겼다.

박사학위

최근 몇 년간 나는 박사학위가 있다고 생각했다. 그러나 내겐 박사학위가 없다.

데이비스의 까다로움과 공모할 때 일어나는 일

옮긴이의 말

> 따뜻한 불이라거나 빨간 불이라고 할 필요가 없다. 형용사를 더 제거할 것.
> ―〈교정 사항: 1〉

실제로 리디아 데이비스의 문장에는 형용사와 부사가 적다. 그의 언어는 정확하고 간결하다. 〈도둑맞은 살라미 이야기〉에서 살라미를 몽땅 도둑맞은 상황에서도 지역 언론에 실린 '소시지'라는 표현을 반드시 '살라미'로 정정해야 직성이 풀리는 이탈리아인 집주인처럼 데이비스의 단어는 꽤 까다롭게 선택된다.

그 선택이 얼마나 집요한 골몰의 과정을 거치는가는 〈플로베르와 관점〉이라는 길어도 너무 긴, 그러나 단 한 문장으로 이루어진 이야기만 봐도 알 수 있다. 여우 사냥철 개막일이자 사냥개 축복의 날의 떠들썩함 속에서 화자가 독보적인 관점에 관한 플로베르의 교훈을 떠올리는 계기는 구경 나온 아이들 때문도, 꽥꽥거리는 오리나 거위 때문도 아니다. 그것은 세상 요란한 축제의 소음도 사냥개도 구경꾼들도 아닌 그저 '흥분한 말의 입에서 근처 검은색 포장도로 위로 떨어져 너무 낯설고 너무 향기로운 냄새를 풍기는 누런 기운이 도는 흰색 거품 덩어리'에만 관심을 보이는 어느 부인의 퍼그 두 마리 때문이었다. 솔직히 화자가 무슨 말을 하는지 언뜻 이해되지 않는데, 그건 우리의 이해력이 모자라서라기보다 작가가 쉬운 이해를 허락하지 않기 때문이다. 그는 시끌시끌하게 흘러가는 축제의 시간과 장면을 잠시 멈추고(얼음!) 우리가 이 한 문장짜리 시공에서 독보적인 관점을 보여주는 주인공과 그의 관심 대상을 정확히 찾아낼 때까지 '땡!'을 허락하지 않을 기세다.

우리는 작가가 짜놓은 까다로움의 결계에 들어섰다. 답을 구할 때까지 한동안 문장과 문장 사이를 헤매야 할지도 모른다. 이때 우리에게 길을 잃지 않을 방책으로 삼을 빵 조각이나 조약돌, 혹은 실꾸리가 있을까?

이 모든 먼지 아래서도
바닥은 사실 아주 깨끗하다.
―〈집안일 관찰〉

이게 무슨 말인가, 다시 한번 읽어보고, 머릿속에서 먼지 덮인 바닥을 클로즈업해보고, 내처 바다 면과 먼지 층을 분리해서 '사고' 혹은 '상상'한 다음 아! 하고 나직한 탄성을 지르지 않았는가? 그렇다. 먼지가 아무리 두껍게 쌓여 있어도 바닥은 사실 아주 깨끗하다. 이는 전혀 몰랐던 사실의 획기적인 발견도 아니고, 엄청나게 숭고한 사상도 아니며, 그저 아! 하고 한번 입을 동그랗게 벌리며 감탄하는 소소한 순간이다. 그러나 리디아 데이비스의 독보적인 관점은 이렇게 사소하고 엉뚱한 순간에 깃든다. 이게 다라고? 싶지만, 이게 다라서 즐거운 문장들이 이어질 때 우리는 리디아 데이비스를 따라간다. 정말 이게 다라고? 싶은데, 사실 이게 다가 아니라서 우리는 리디아 데이비스의 깊은 행간에서 기꺼이 길을 잃는다.

> 집 앞 계단 햇볕 아래 내 어린 친구와 나란히 앉아
> 나는 블랑쇼를 읽고
> 친구는 제 다리를 핥는다.
> ―〈내 어린 친구와 나란히 앉아〉

가느다란 선으로 쓱쓱 그은 크로키 같은 문장 하나가 이토록 넓고 깊은 행간을 벌였다. 따뜻하고 포근한 공간에 우주 하나가 깃들었다. 여기 함께 스며들고 싶을 때 우리

는 리디아 데이비스의 공모자가 된다. 간결한 문장 사이에서 그가 뿌려놓은 유머와 아이러니와 에피파니가 돋아날 때 우리의 독보적인 관점도 함께 탄생한다. 그때부터 우리는 데이비스와 함께 페퍼민트 사탕 회사의 불성실한 중량 표시에 항의하고, 새끼 대구의 철자 표기에 관해 호텔 매니저에게 의문을 담은 편지를 보내며, 즐겨 먹는 냉동 완두콩 포장지의 먹음직스럽지 않은 그림에 대해 안타까운 마음을 품게 된다.

> 외된 폰 호르바트는 바이에른 알프스를 산책하다가 길에서 멀리 떨어진 곳에서 한 남자의 유골을 발견했다. (…) 안에는 (…) 보낼 준비가 된 바이에른 알프스의 그림엽서가 들어 있었다. 엽서에는 "즐겁게 지내세요"라고 적혀 있었다.
> ―〈외된 폰 호르바트의 산책〉

리디아 데이비스를 따라나선 우리는 외된 폰 호르바트의 산책에 함께하게 되고, 뜻밖에 한 남자의 안부 인사를 목격한다. "즐겁게 지내세요"라는 인사말은 알 수 없는 처음 수신자를 우회해 외된 폰 호르바트에게 닿고, 다시 리디아 데이비스를 경유해 그의 독자이자 공모자인 우리에게 당도하며, 우리의 가슴을 아프게 찌른다. 이 경이로운 연결이야말로 리디아 데이비스가 발견한 재료(found materials)를 가지고 우리에게 닿는 방식이다.

그가 발견한 재료는 꿈부터 친구의 경험, 번역하다 만난 19세기 작가의 편지, 책에서 읽은 것, 작가 자신의 경험과 삶의 단편들까지 무궁무진하다. "과연 이런 게 '소설' 혹은 '이야기'가 될 수 있을까"라는 의문과 함께 그의 문장은 태어난다. 그가 만난 생각 하나, 재료 하나는 골똘한 과정을 거쳐 문장들로 이어지고 간결한 문장들은 선으로 쓱쓱 그은 스케치처럼 빈 곳이 많은 구조물이 되어 우리에게 전달된다. 이 화학작용에 대해 데이비스는 《형식과 영향력》에서 외젠 들라크루아의 일기를 인용해 설명한다. "작품의 스케치가 그토록 많은 즐거움을 주는 것은 그저 사람들 각자가 자기 취향에 맞게 그것을 완성시키기 때문인지도 모른다."

리디아 데이비스가 의문을 품고 쓱쓱 긋는 문장들은 언제나 수많은 공간을 품고 우리에게 건네지고, 그 '비어 있음'을 함께 채울 때 가느다란 선의 문장들은 이야기라는 방이 되어 공명한다. 이야기가 될 수 있는가 없는가는 작가 혼자만의 결정이 아니며, 바이에른 알프스에서 발견된 엽서처럼 독자에게 닿아 비로소 완성된다. 그렇게 이야기는 만들어지는 게 아니라 태어난다. 문장과 문장 사이에서, 행과 행 사이에서, 작가와 독자 사이에서, 마침내. 참선에 가까운 지난한 과정을 거쳐 우리에게 당도한 선(線)의 문장들은 〈암소들〉의 집요함과 애틋함을, 〈물개들〉의 가없는 애도를, 〈재단에 보내는 편지〉의 곡진함을 가득 담고 우리를 에워싼다. 우리는 이 이야기들과 함께 웃고, 탄식하고, 가끔 울기도 하는데, 그건 까다롭게 선택된 리디아 데이비스의 문장들이 간결하고 예리하지만 뜻밖에 보드랍고 따뜻한 온도를 품고 있기 때문이다.

무슨 참선이 이리 엉뚱하고 가끔 요란하고 자주 두서가 없으면서 매번 우리 마음을 뒤흔드냐고? 참선이든 이야기든 이런 전개도 얼마든지 가능하다고 알려주는 것, 그게 바로 리디아 데이비스가 뒤늦게라도 잊지 않고 보내는 안부이자 우리와 함께 견디는 '그저 평범한 난기류'다.

추신 1. 〈암소들〉에 등장했던 세 마리 암소 가운데 두 마리는 트럭을 타고 도축장으로 갔고, 언제나 트럭 타기를 거부했던 한 마리는 끝까지 트럭을 타지 않아 계속 그곳에 살았다고 한다.

추신 2. '항의 편지'라는 새로운 장르를 만들다시피 한 리디아 데이비스는 실제로 항의 편지를 보내는 일이 많은데, 답장을 받은 일은 거의 없으며, 유일한 반응으로 냉동 완두콩 회사에서 관심에 감사를 표하며 상품 쿠폰을 보내주었다고 한다.

추신 3. 리디아 데이비스는 가끔 스스로에게 이런 질문을 던진다고 한다. "만약 세계도 사람도 사라지고 혼자 무인도에 남는다면, 그래도 계속해서 글을 쓸 것인가?" 그리고 이 가혹한 질문에 스스로 이렇게 대답한다고 한다. "펜과 종이만 있으면 아마도 계속 쓸 것이다."

이주혜

위 추신 세 가지는 《파리 리뷰》(2015년 봄호)에 실린 리디아 데이비스 인터뷰를 참고했다.

흐릿해지는 채로 　　　　　　　　　추천의 말
명확해지는 세계에 부쳐

　리디아 데이비스의《못해 그리고 안 할 거야》는 전형적인 소설의 형식을 벗어난 이야기 모음집이다. 다채로운 내용과 형식만큼이나 다양한 사건과 인물과 감정에 대한 묘사가 끝없이 이어진다. 전체의 맥락을 알 수 없는 부분으로만 이루어진 이야기들, 단편적인 부분만으로도 전체 맥락을 헤아릴 수 있는 이야기들. 사이사이 배치된 꿈에 관한 삽화들로 인해 이야기가 이어질수록 사실과 허구의 경계는 점점 더 흐릿해지고 세계는 인지할 수 없었던 영역까지 아우르며 돌연 확장된다.

　명확한 것은 오직 불확실성뿐이라는 듯, 세부의 세부를 정교하고 면밀하게 묘사할수록 세계의 전모는 더욱더 흐릿해져 가는 것. 흐릿한 채로 명확해지는 세계와 존재의 이면을 발견하게 되는 것. 마지막 장을 덮고서도 이야기 아닌 이야기들이 끝없이 이어질 것만 같은 감각 속에 남겨지는 것. 리디아 데이비스가 우리를 데려가려던 바로 그 지점에서 우리는 무수한 의문과 질문을 스스로에게 던지게 된다.

꿈과 현실, 사실과 허구의 병치를 통해서 우리가 다시금 바라보게 되는 것은, 굳건히 딛고 서 있다고 믿었던 우리의 발밑, 다름 아닌 살아 있는 한은 볼 수 없는, 일상이라는 익숙한 시간과 공간에 의해 가려진 채로 자각하지 못했던 우리 자신의 죽음/삶인지도 모른다. 단 한 줄로 요약 설명될 수 없는 낱낱의 고유한 존재들이 〈지역 신문 부고란〉이라는 제목 아래 엮인 채 한 명 한 명씩 개별적인 특성으로 묘사될 때처럼. 그렇게 과거형의 진술들 속에서 더는 이어지지 않을 죽은 자들의 과거와 미래를 상상하게 되는 것처럼. 그러니까 그들은 리디아 데이비스의 이야기들 속에서 죽은 채로 다시 살아가게 되는 것이다.

리디아 데이비스의 글은 닫혀 있을 때조차도 열려 있다. 열려 있는 결말 속에 놓일 수 있다는 가능성은 깊은 해방감을 준다. 그의 이야기 속 무수한 인물들이 소통의 불가능성을 확인하며 고립된 채로 망설임과 주저함과 판단 유보와 결정의 번복 속을 오가고 있을 때조차도 그들을 묘사하는 리디아 데이비스의 언어적 인식은 유연하고 드넓다. 책에 실린 이야기들 중에서 몹시도 시적으로 느껴지는 〈암소들〉의 문장들처럼 리디아 데이비스의 글은 언어가 언어로 미끄러지는 형식 그 자체로 내용을 이루며 순환한다. 세 마리의 암소를 묘사하는 문장을 읽다 보면 암소들 대신 세계의 다른 존재들, 다른 이름들을 대입한다고 해도 무방할 만큼 그의 글은 문장 문장마다 세계의 겹과 겹을 깊게 겹쳐 새겨낸다.

리디아 데이비스가 이야기 속에서 언어의 자의성을 탐구한 삽화들, 이를테면 자신이 고안해낸 단모음과 장모음의 배열을 통해 익숙하게 알던 이름-단어들을 재배치함으로써 새로운 세계를 만들어내는 언어적 모험을 시도한다거나, 손쉽게 붙일 수 있는 의성어나 의태어 대신 기표와 기의 사이의 거리가 멀게 느껴지는 명사나 형용사를 호출하여 우리 곁의 사물들의 언어로 발화하게 하는 대목에 이르러서는 어떤 즐거움과 더불어 우리의 내면에 잠재된 무의식을 활성화해 자신도 알지 못했던 의식의 지층을 넓고 깊게 탐사해보고 싶은 욕망마저도 불러일으킨다.

삶은 지극히 사소하고, 그 사소함이야말로 이 세계의 근간이라고, 그러니 그 사소함의 세부의 세부를 될 수 있는 한 구체적인 언어로 밝혀내보자고 요청하는 글쓰기. 당신이 알고 있는 것이 무엇인지, 당신이 믿어왔던 것들은 무엇인지 다시 한번 숙고하기를 청유하는, 아주 작은 질문으로써 작동하는 글쓰기. 그러므로 리디아 데이비스의 이야기들에서는 주제나 결말은 그리 중요하지 않다. 그는 그저 하나의 의문을 제기하듯이 어떤 순간을, 어떤 장면을 넌지시 던져놓을 뿐이다. 그의 따뜻하면서도 건조하고 냉소적인 유머가 빛을 발하는 지점이기도 하다. 오래도록 궁굴려온 진실만을 기입하겠다는 의지, 저마다 사로잡힌 생각들, 어느 결에 학습되고 주입된 사고 체계에 의해 패턴화된 채로 흘러가는 삶에 대해서, 감정과 감각에 대해서 보다 더 섬세한 언어를 익히게 된다면 더욱더 충만한 삶을 살게 될 수도 있으리라는. 그러나 어떤 객관적인 거리를 확보한 채로, 넘치는 감정은 배제한 채로, 사건과 언어의 표면으로써만 전진하듯 다시 돌아와 멈추는 글쓰기.

그가 묘사하는 작디작은 세부를 따라갈 때 우리는 자신의 내면 여행을 다시금 제대로 시작하게 될지도 모른다. 나와는 상관없어 보이는 인물과 사건들이, 다층적이고 다각적인 시점에 의해 실은 나와 아주 가까운 인물이자 사건이었음을 발견하게 되는 그의 이야기들처럼. 명확히 드러내려고 할수록 더욱더 모호해지는 세계의 사실 혹은 진실 속에서 그럼에도 간신히 간신히 용기와 미소를 그러모아 나아가는 작고 슬프고 유약한 인물들처럼. 꿈-이야기를 통해 무한한 자유로움을, 벗어날 수 없는 삶의 형식을 초과하는 새로운 지평을 상상해보듯이. 하나의 주제로 수렴될 수 없는 이야기들이야말로 이 세계를 제대로 재현해내는 방식임을 확인하면서. 유한하고 희미한 삶에 아주 작은 희망이나마 덧입혀보고 싶어서 책 속의 문장 하나를 인용하는 것으로 이 글을 마무리하려고 한다.

> 이들은 서로에게서 용기를 얻고 무리를 지어 전진하면서 눈앞의 낯선 것들을 향해 나아간다.
> ―〈암소들〉, 152쪽

이제니(시인)

못해 그리고 안 할 거야

초판 1쇄 발행 2024년 7월 15일
초판 2쇄 발행 2024년 7월 31일

지은이 리디아 데이비스
옮긴이 이주혜
편집 나희영
디자인 원과사각형

펴낸곳 에트르
등록 2021년 11월 10일 제2021-000131호
전자우편 etrebooks@gmail.com
인스타그램 @etrebooks

ISBN 979-11-978261-5-3 03840

이 책 내용의 일부 또는 전부를 재사용하려면
반드시 저작권자와 에트르 양측의 동의를 받아야 합니다.
잘못된 책은 구입하신 서점에서 바꿔드립니다.